Manuela Samlan

mit Viktoria Bell

Sika, die weiße Königin

Wie die Liebe mich rettete und mir ein ganzes Volk schenkte

KNAUR

Besuchen Sie uns im Internet:
www.knaur.de

FSC
www.fsc.org
MIX
Papier aus verantwortungsvollen Quellen
FSC® C083411

Originalausgabe April 2018
Knaur Taschenbuch

Ein Imprint der Verlagsgruppe
Droemer Knaur GmbH & Co. KG, München

Redaktion: Sabrina Kiefer
Covergestaltung: ZERO Werbeagentur, München
Coverabbildung: Alan Ovaska
Satz: Adobe InDesign im Verlag
Druck und Bindung: CPI books GmbH, Leck
ISBN 978-3-426-78937-7

2 4 5 3 1

Notiz

Dieses Buch schildert die Erfahrungen und Erinnerungen der Autorin. Mag sich die eine oder andere Begebenheit auch tatsächlich anders zugetragen haben, so sind doch alle Schilderungen, Vorkommnisse, Figurenzeichnungen und Dialoge im Buch an die Wirklichkeit angelehnt. Die Namen einiger im Buch genannten Personen wurden geändert.

»Auch mit gebrochenen Flügeln
kann man fliegen«

In Togo

Der Klang der Trommeln, Gesang und rhythmisches Klatschen, schrille Schreie dringen durch die dunkle afrikanische Nacht in meinen Raum.

Leise gleite ich von meinem Lager, um Naga nicht zu wecken, die in dieser Nacht die Aufsicht über mich hat. Lautlos bewege ich mich zur Tür, öffne sie einen Spalt.

Draußen, im flackernden Licht der Fackeln, sitzen die Trommler. Ein Mann mit nacktem Oberkörper, nur mit einem Lendenschurz bekleidet, tanzt ekstatisch vor ihnen. Sein schweißnasser Körper zuckt und windet sich wie in Trance.

Um ihn herum stehen im Kreis Männer, Frauen und Kinder des Stammes. Sie klatschen, stampfen und singen zum Rhythmus der Trommeln. Es ist eine fast gespenstisch anmutende Zeremonie, die in dieser Nacht für mich abgehalten wird, denn morgen werde ich, eine Weiße, zur Königin des Stammes der Ewè-Mina in Togo gekrönt.

Nach meiner Ankunft aus Deutschland vor einer Woche war ich in das Dorf Kpéhénou gebracht worden, dem heutigen königlichen Wohnsitz nahe Lomé, der Hauptstadt Togos.

Seither werde ich auf die Krönung vorbereitet. Mir erscheinen all diese Rituale und Vorkehrungen unverständlich und verwirrend, doch ich lasse sie geschehen und versuche zu lernen und zu verstehen.

Vor drei Tagen wurde ich in einer Art Sänfte mit großer Gefolgschaft von Kpéhénou hierher nach Vogan, dem königlichen Stammessitz der Ewè-Mina getragen, denn nach den rituellen Reinigungsvorschriften darf mein Fuß nicht mehr die Erde betreten.

Hier, in diesem archaischen Dorf im Busch, ist die ursprüngliche Heimat des Stammes, hier verbrachte Jueles, mein Mann, seine frühe Kindheit, und hier wird morgen die Krönung stattfinden.

Ich vermisse Jueles, der morgen, in Abwesenheit, zum König der Ewè-Mina gekrönt wird. Er kann nicht nach Togo reisen, da er in seiner Heimat politisch verfolgt wird. Deshalb hat er mich als seine Vertretung geschickt.

Vor vier Wochen war König Hugpathi, mein Schwiegervater, im hohen Alter von zweiundneunzig Jahren gestorben. Er war der König des Stammes, der im Süden Togos beheimatet ist.

Jueles, dessen Stammesname Kangni Kossigan ist, wurde von seinem Vater als Nachfolger bestimmt, obwohl er seit vielen Jahren in Deutschland im Exil lebt. Trotz dieser langen Zeit fühlt sich Jueles seinem Stamm eng verbunden und ist bereit, die königliche Bürde auf sich zu nehmen.

Es ist nicht das erste Mal, dass ich, Manuela, in Togo bin. Bereits vor drei Jahren verbrachte ich einige Monate hier, um Jueles' Stamm und seine Familie kennenzulernen. Damals lebte »Papa« in seinem königlichen Dorf Kpéhénou und hatte mich, obwohl ich eine Fremde und noch dazu eine Weiße, eine Yowo bin, freundlich aufgenommen.

Es war nicht leicht gewesen, sich in dieser afrikanischen Gemeinschaft einzuleben. Es war ein Schock, aus der modernen Zivilisation in Deutschland, in der Jueles und ich leben, in diese archaische Welt einzutauchen.

Leise krieche ich wieder zurück zu meiner Schlafstatt am Boden, schaue kurz zu Naga, die tief schläft.

Ich sehne mich nach Jueles, wünsche, er wäre bei mir und würde mich in seiner ruhigen Art unterstützen. Ich fühle mich einsam, trotz der vielen Menschen um mich herum, doch ich darf mir meine Angst und Unsicherheit nicht anmerken lassen. Das wäre einer Königin unwürdig.

Während Naga schläft und schnarcht, finde ich keinen Schlaf. Meine Gedanken wandern zurück in die Vergangenheit, lassen mein bisheriges Leben vor mir ablaufen.

An meiner Wiege war mir gewiss nicht gesungen worden, dass ich dereinst Königin sein würde. Dabei weiß ich weder wo meine Wiege stand noch wo ich geboren wurde und wer meine Eltern sind. Ich bin ein Findelkind.

Bis heute, fünfzig Jahre später, war mein Leben höchst wechselvoll und schicksalhaft verlaufen.

Findelkind

1955 wurde ich in Berlin-Marienfelde gefunden, in der Nähe des damaligen Auffanglagers für DDR-Flüchtlinge. Ich lag, nur mit einer Windel bekleidet, in einer Wasserpfütze, gerade so, als hätte mich jemand verloren. Ich schrie aus Leibeskräften, so erzählte man es mir später.

Zu jener Zeit, Mitte der Fünfzigerjahre, flüchteten viele DDR-Bürger nach Westdeutschland, hofften, dort bessere Lebensbedingungen zu finden. Nicht allen gelang das, viele wurden obdachlos, brachten sich bettelnd durchs Leben. Man nannte sie verächtlich »Tippelbrüder«.

Die Lagerleitung, bei der ich abgegeben wurde, rief sofort die Polizei, doch alle Nachforschungen verliefen im Sande. Man fand nie heraus, wer meine Eltern sind, wer mich in dieser Wasserlache abgelegt hatte.

Man schätzte mein Alter auf zwei bis drei Monate, gab mir den Namen »Manuela Stoll«, dazu ein fiktives Geburtsdatum. Wer mir diesen Namen gab, woher er kam, weiß ich nicht. Den Namen »Stoll« hörte ich zum ersten Mal, als ich eingeschult wurde. Bis dahin hatte man mich nur »Manuela« gerufen.

Man brachte mich in ein Waisenhaus nach Dortmund, in dem Säuglinge und Kinder bis zu sechs Jahren untergebracht waren. Es war ein großes Heim, das von katholischen Nonnen geführt wurde. Drei Nonnen betreuten je vierundzwanzig Kinder. Oder vielmehr: Sie »versorgten« uns.

Die Erziehung war streng. Zärtlichkeiten waren verpönt, es wurde darauf geachtet, dass sich keine engen Beziehungen entwickelten, weder zu den Nonnen, dem weltlichen Personal noch unter uns Kindern. Ich kann mich an keine Schwester erinnern, die »lieb« zu uns gewesen wäre.

Heute denke ich, dass es eine Vorsorgemaßnahme war, denn mit spätestens sechs Jahren musste man das Heim verlassen und es würde nicht so »wehtun«, wenn man keine Freundschaften geschlossen hatte.

Außer unserem Bett und einer Zahnbürste besaßen wir Kinder keinerlei Eigentum, kein Kuscheltier, keine Puppe. Mein einziger persönlicher Gegenstand war eine gelbe Zahnbürste, die auf der Ablage über dem Waschbecken in einem Glas stand, das mit einem Marienkäferbildchen beklebt war. Über diese Zahnbürste wachte ich scharf, wehe ein anderes Kind hätte sie benutzt! Noch heute kaufe ich mir nur gelbe Zahnbürsten.

Die Kleidung wurde uns wöchentlich von einer Nonne aufs Bett gelegt. Diese hatte man anzuziehen, ob sie einem gefiel, passte oder nicht. Jedes Kind bekam pro Woche ein Handtuch und einen Waschlappen zugeteilt. Wir mussten uns am Waschbecken reinigen. Eine Dusche oder gar ein Wannenbad gab es selten.

Die älteren Kinder waren angewiesen, den Jüngeren beim Waschen, Anziehen und Bettenmachen zu helfen. Wenn den Kleineren ein »Malheur« passiert war, sie in die Hose oder Windel gemacht hatten, mussten die Größeren die groben Verunreinigungen aus Höschen oder Stoffwindeln mit der Hand auswaschen. Dann erst durften sie zur Wäsche gegeben werden.

Zu den Mahlzeiten wurden wir in Zweierreihen in den Speisesaal geführt, wo jedes Kind seinen angestammten Platz hatte. Wir mussten uns mit unseren Tellern vor den Töpfen anstellen, aus denen das Essen geschöpft wurde. Es war streng verboten, während des Essens zu sprechen. Erst nach dem gemeinsamen Tischgebet durfte man mit der Mahlzeit beginnen: Meist kamen Kartoffeln oder Nudeln, Brotsuppe, Gemüse, selten Obst, dagegen viel Brei, Grießbrei und Haferbrei auf den Tisch. Letzteren kann ich bis heute nicht ausstehen!

Sonntags gab es gelegentlich Fleisch, doch das Beste am Sonntag war das Frühstück: Da gab es statt des üblichen Kräutertees einen dünnen Kakao zu selbstgebackenem Schwarzbrot. Die erste Tasse trank ich schnell, um zu einer weiteren zu kommen. Oft gab es deshalb Gerangel und Streit, dann griffen die Schwestern ein.

»Kloppe« waren an der Tagesordnung, entweder mit der Hand oder mit einem Stock oder Gürtel. Besonders schmerzten, so erinnere ich mich, Schläge mit nassen Tüchern. Manches Mal konnte ich kaum sitzen, so schmerzte der Popo von den Hieben.

Eine andere beliebte Strafe war das Knien auf einem Holzscheit. Eine gefühlte Ewigkeit musste man diese Pein ertragen, bis endlich die Schwester kam und fragte: »Was willst du denn einmal werden?«

Die Antwort, die erwartet wurde, kannten wir. »Ich möchte einmal Nonne werden.« Nach diesem »Zauberwort« durfte man endlich aufstehen.

Zu manchen Zeiten, vor allem in der Karwoche, herrschte ein Schweigegebot, es durfte nur das Nötigste gesprochen werden, auch von uns Kindern. Wir konnten es nicht verstehen, und dementsprechend viele Verstöße mit nachfolgenden strengen Ermahnungen oder »Kloppe« waren an der Tagesordnung.

Eine der schlimmsten Strafen war, in den dunklen Keller gesperrt zu werden. Das war schrecklich und furchterregend. Einmal, so erinnere ich mich, war in den Nebenraum ein anderes Kind gesperrt worden, das fürchterlich brüllte und schrie. Es war ein kleines Mädchen aus der Nebengruppe. Irgendwann hörte ich Schritte auf dem Gang, jemand holte das Kind aus seinem Verlies und verdrosch es, brüllte dabei lauter als das Mädchen. Dann wurde es still. Dieses Kind habe ich nie wiedergesehen.

Das Allerschlimmste war jedoch die Nichtbeachtung. Zur Strafe für ein »Vergehen« wurde man aus der Gemeinschaft ausgeschlossen. Die Schwestern sprachen nicht mehr mit dem Übeltäter, beachteten ihn nicht. Auch den anderen Kindern war es verboten, mit ihm zu reden. Dieser Ausschluss aus der Gemeinschaft war schmerzhafter als jede körperliche Züchtigung.

Ich war vermutlich kein einfaches Kind. Ich hatte bereits damals einen ausgeprägten Gerechtigkeitssinn und rebellierte oft gegen Anordnungen und Befehle. Dabei muss ich mit meinen blonden lockigen Haaren und den blauen Augen wie ein kleiner Engel ausgesehen haben.

Abends im Bett, vor dem Einschlafen, träumte ich mich in meine eigene Welt, dachte mir aus, die Prinzessin aus dem Märchen zu sein, das die Schwester erzählt hatte. Ich stellte mir vor, dass meine Eltern ein König und eine Königin wären, ein böser Zauberer mich entführt hätte und sie sich die Augen nach mir ausweinten. Eines Tages würden sie mich wiederfinden und aus dem Heim befreien, da war ich ganz sicher.

Die Märchen, die die Nonnen erzählten, waren meist grausam, die Schwestern schmückten Details der Geschichten zur Abschreckung gerne besonders drastisch aus. Oft weinte ein Kind nachts vor Angst, doch es war streng verboten, aufzustehen und es zu trösten.

Ich weiß, dies alles klingt schrecklich, doch ich glaube, wir Kinder empfanden es nicht so, wir kannten nichts anderes. Die meisten von uns lebten seit der Geburt im Heim. Wir suchten und fanden für uns kleine »Nischen«, um dieses Leben auszuhalten, es zu überstehen.

Die Sonntage hoben sich vom Alltag ab: Nicht nur, dass es besseres Essen gab, wir durften auch mit den Nonnen draußen um das Heim spazieren gehen. Das Gelände muss riesig gewesen sein, denn ich erinnere mich, dass ich nach diesen Touren oft erschöpft war. Doch vielleicht waren es die vielen fremden Eindrücke einer Welt, die wir sonst nie zu sehen bekamen.

An jedem ersten Sonntag im Monat war Besuchstag. Viele der Kinder hatten Eltern oder Verwandte und warteten sehnsüchtig darauf, dass Mama oder Papa kämen, um sie zu besuchen. Wenn der erwartete Besuch nicht auftauchte, flossen Tränen der Enttäuschung. Und das war oft der Fall. Da hatte ich es wiederum gut, ich hatte keine Eltern, auf die ich wartete und die mich hätten enttäuschen können.

Die aufregendsten Sonntage waren jene, an denen adoptionswillige Paare ins Heim kamen, um uns Kinder zu begutachten. Wir bemerkten sofort, wenn solche Termine anstanden, denn dann wurden wir zur Präsentation herausgeputzt: Hübsch angezogen, die Mädchen mit Schleifen im Haar, die Jungs akkurat gescheitelt, wurden wir ermahnt, besonders artig zu sein.

Wir drückten uns an den Fenstern die Nasen platt, um die Paare zu sehen, die ins Heim kamen und vielleicht das eine oder andere Kind aussuchen würden.

»Schau mal, die da! Die sind nett, die will ich haben!«

»Ach, geh! Dich nehmen sie doch nie!«

»Dich auch nicht, dich hat noch nie jemand mitgenommen, weil du doof bist!«

Endlich wurden wir in den Saal geführt und aufgereiht. Vorne die Buben, die größeren zuerst, danach die Mädchen. Dann öffnete sich die Tür, und die Besucher kamen, gingen die Reihe entlang, beäugten uns. Uns klopfte das Herz, denn jedes Kind hoffte, mitgenommen zu werden. Die Schwestern hatten uns in den buntesten Farben geschildert, wie schön es bei Eltern wäre. Dann hätte man eine Mama und einen Papa, würde eigene Spielsachen und Kleider bekommen. Es schien uns der Himmel auf Erden zu sein, und dementsprechend groß waren die Erwartungen und Sehnsüchte.

Ich wurde nie genommen.

Die Favoriten waren die ganz Kleinen und die Babys, je älter man war, umso geringer die Chance, ausgewählt zu werden.

Wenn die Schwestern nach der Vorführung mitteilten, wer das »große Los« gezogen hatte, ging die Häme los. Die Enttäuschung der anderen war groß, man beneidete die vermeintlichen »Glückspilze« und ätzte: »Du bleibst nicht lange dort, wirst bald wieder hier sein! Dich mag doch keiner!«

Es kam immer wieder vor, dass ein Kind ins Heim zurückgebracht wurde, weil es bei den Pflegeeltern nicht so »funktioniert« hatte, wie diese sich das ausgemalt hatten. Dann waren der Spott und die Schadenfreude der anderen Heimkinder groß, denn ein weiteres Mal auserwählt zu werden, wenn man schon einmal »versagt« hatte, war unwahrscheinlich. Man wusste, man würde für immer in einem Heim bleiben.

Wieder war ein Besuchstag angesagt. Ich wusste, dass ich aus Altersgründen bald das Heim würde wechseln müssen, meine Einschulung stand bevor. Dieses Mal musste ich genommen werden, es war meine letzte Chance!

Als wir brav in der Reihe standen, entriss ich einem der kleinen Mädchen den Schnuller und steckte ihn mir in den Mund, versuchte, mich möglichst winzig zu machen, wusste, nur als kleines Kind hätte ich eine Chance.

Ob es der Schnuller war, ob ich dem Paar, das die Reihe entlanggging und mit mir sprach, gefallen oder leidgetan hatte, weiß ich nicht. Jedenfalls teilte mir eine Schwester am Ende des Tages mit, ich wäre ausgewählt worden und würde demnächst zu einem Spaziergang abgeholt werden. Ich konnte es kaum glauben, ich war überglücklich und aufgeregt. Da waren Menschen, die mich haben wollten!

Bis eine Pflegschaft bürokratisch geklärt war, vergingen drei bis vier Wochen. In dieser Zeit war vorgesehen, dass die künftigen Pflegeeltern das Kind einige Male zu kurzen Spaziergängen abholten, um es an sich zu gewöhnen. Wir im Heim nannten es »Eis essen gehen«, denn die meisten Paare luden die Kinder zu einem Eis ein, was diese stolz im Heim erzählten.

Als ich das erste Mal abgeholt wurde, war ich schrecklich aufgeregt und zugleich voller Angst. Würde ich alles richtig machen, damit sie mich nicht wieder im Heim ablieferten? Wie würde es da draußen sein? Die Welt außerhalb des Heimes war mir fremd.

Es lief alles gut. Der große Mann nahm mich an die Hand und führte mich durch die Straßen, auch die Frau war nett zu mir. Wir gingen tatsächlich Eis essen! Im Heim hatte es nie Eis gegeben. Betont langsam aß ich Löffel um Löffel, um lange etwas davon zu haben.

»Dein Eis schmilzt, wenn du so langsam isst«, sagte die Frau zu mir. Da löffelte ich das Eis schnell in mich hinein, ich wollte auf keinen Fall etwas falsch machen.

Abends im Bett spielte ich den Spaziergang in Gedanken wieder und wieder durch. Ich hatte wohl alles gut gemacht, denn die Leute hatten gesagt, sie würden mich bald wieder abholen. Ich war selig.

Vier lange Wochen später, nach weiteren Spaziergängen, holten sie mich endgültig zu sich.

Ich besaß nichts, als ich das Heim verließ, nur die Kleidung, die ich trug. Selbst meine gelbe Zahnbürste durfte ich nicht mitnehmen.

Bei Mama und Papa

Wir fuhren »nach Hause«, in eine große Wohnung in Dortmund: eine Wohnküche, ein Wohnzimmer, ein Elternschlafzimmer, zwei Kinderzimmer und ein Bad. Die zwei Kinderzimmer gehörten den bereits erwachsenen Kindern, Klaus und Susanne, die bereits aus dem Haus waren und auswärts studierten.

Ich schlief im Wohnzimmer, auf der ausklappbaren Couch, nicht in einem der Kinderzimmer. Wollten die eigenen Kinder nicht, dass ich in ihren Zimmern schlief? Gefiel ihnen nicht, dass die Eltern ein Kind bei sich aufgenommen hatten? Hatte ich Angst, alleine in einem der Kinderzimmer zu Bett zu gehen? Ich weiß es nicht.

Gleich in den ersten Tagen gingen meine Eltern mit mir in ein großes Warenhaus, und ich durfte mir hübsche Kleidung, Spielsachen und Bilderbücher aussuchen. Es sollte mir an nichts fehlen.

Das Essen war anders als im Heim, und oft saß ich vor dem Teller und stocherte herum.

»Schmeckt es dir nicht, Manuela?«, fragte Mama besorgt. »Sag mir, was du gerne isst!«

»Lass nur, sie muss sich erst an all das Neue gewöhnen, das ist ein schwieriger Prozess«, beruhigte Papa sie.

Für mich war alles neu und fremd.

Papa ging morgens aus dem Haus, er arbeitete in einer Bank. Mama war Hausfrau, wie es sich damals gehörte. Sie putzte und kochte den ganzen Tag und kümmerte sich sehr um mich, es war mir oft zu viel der Aufmerksamkeit. Ich war nicht daran gewöhnt, dauernd beachtet und befragt zu werden, verzog mich mit meinen Spielsachen in eine Ecke.

»Ich glaube, sie vermisst Kinder«, meinte Papa, als Mama ihm davon erzählte. »Geh doch mal mit ihr raus; im Haus und unten im Hof gibt es viele Kinder in ihrem Alter.«

Als ich zum ersten Mal mit Mama auf den Hof ging, wurde ich neugierig beäugt. Ich war es nicht gewohnt, Freundschaften zu schließen, und lief weg, wenn mir die Kinder zu nahe kamen, oder klammerte mich an Mama. Doch irgendwann lösten sich meine Ängste.

Zu meinem siebten Geburtstag backte Mama einen Kuchen, ganz für mich alleine, mit sieben Kerzen darauf, und ich durfte Kinder einladen. Es war mein erster richtiger Geburtstag!

Ein kleiner Junge, Peter, gefiel mir besonders, und eines Tages beschlossen wir im kindlichen Spiel, später einmal zu heiraten. Als ich das zu Hause erzählte, amüsierten sich meine Eltern köstlich. Sie schrieben es in den Bericht, in dem sie regelmäßig dem Heim und dem Jugendamt Auskunft über meine Fortschritte und mein Betragen geben mussten.

Pflegeeltern standen stets mit dem Heim und dem Jugendamt in Verbindung, erst wenn das Pflegejahr erfolgreich abgeschlossen war, konnte eine Adoption beantragt werden. Deshalb wurde ich immer ermahnt, besonders brav zu sein, wenn die »Tante« vom Amt uns besuchen kam, um mit mir zu sprechen.

Das Schönste am Tag war, wenn ich abends auf meinem Couchbett lag, Papa mit mir »Sandmännchen« im Radio anhörte, mir eine Geschichte erzählte und ein Gutenachtgebet mit mir sprach. Meist gingen die Eltern in die Küche, bis ich eingeschlafen war, oder sie saßen im Wohnzimmer und hörten leise Radio, während Papa in der Zeitung las und Mama mit einer

Handarbeit beschäftigt war. In diesen Momenten war ich glücklich und zufrieden, fühlte mich sicher und beschützt.

Mein erster Schultag nahte! Ich bekam einen blauen Ranzen, eine Schultüte mit Süßigkeiten und Malstiften und wurde von Mama und Papa in die Schule gebracht. Jetzt erst erfuhr ich, dass ich Manuela Stoll hieß, doch bald, so sagten sie mir, würde ich heißen wie sie.

Die Schule, auf die ich mich so gefreut hatte, wurde für mich zum Albtraum. Von Tag zu Tag bekam ich mehr Angst, dorthin zu gehen. Die Lehrerin hatte ständig etwas an mir auszusetzen, oft musste ich in der Ecke stehen und wurde verspottet. Ungerechtigkeiten konnte ich nicht ertragen, und ich wehrte mich meiner Haut so gut ich konnte. Ich fing an, um mich zu schlagen, und kam oft mit Schrammen, Beulen und beschädigter Kleidung nach Hause.

Mama schlug entsetzt die Hände über dem Kopf zusammen, wenn sie mich so sah. Das war sie von ihren eigenen Kindern nicht gewohnt.

Papa und Mama redeten dann mit mir; manchmal schimpften sie auch, oder ich bekam kein Eis wie sonst. Doch sie schlugen mich nie. Das fand ich sehr seltsam. Die Schwestern im Heim hatten gesagt, sie müssten uns züchtigen, weil uns Jesus nur liebhätte, wenn wir für unsere Sünden gebüßt hätten.

Warum schlugen Mama und Papa mich nicht? Hatten sie mich nicht wirklich lieb? Und Jesus? Würde er mich liebhaben, auch wenn ich nicht gebüßt hatte?

Eines verhängnisvollen Tages hänselten die Jungen ein kleines Mädchen, und ich ging mutig dazwischen. Da habe ich voll die Dresche abgekriegt! An meinem Schulranzen riss ein Riemen, mein Kleid war schmutzig, ich wagte mich nicht mehr nach

Hause. Ziellos lief ich durch die Straßen der großen Stadt, wusste bald nicht mehr, wo ich mich befand.

Zu Hause herrschte große Aufregung, als ich von der Schule nicht heimkam, Mama und Papa waren außer sich vor Angst um mich. Sie suchten mich überall, schließlich alarmierten sie die Polizei. Die fand mich in einem Park, weinend auf einer Bank sitzend. Auch das wurde im Bericht an das Jugendamt erwähnt.

Nach diesem Vorfall spürte ich, dass sich mein Leben bei Mama und Papa veränderte. Ich durfte nicht mehr alleine nach draußen, wurde täglich in die Schule gebracht und abgeholt, auch Papa war strenger zu mir. Manchmal hörte ich vor dem Einschlafen beide in der Küche diskutieren, hörte Mama weinen und Papa auf sie einreden.

Ich begann, ins Bett zu nässen. Das war mir sehr peinlich. Aus der Zeit im Heim wusste ich noch, dass das etwas sehr Böses war! Die Kinder, die ins Bett gemacht hatten, meist waren es Jungs gewesen, wurden beschimpft, den anderen Kindern war das nasse Bettzeug angeekelt vorgeführt worden. Eine noch größere Schande gab es kaum.

Dann kam der bisher schrecklichste Tag meines Lebens.

Bereits beim Aufwachen bemerkte ich, dass etwas anders war als sonst. Papa ging nicht zur Arbeit, und ich musste nicht in die Schule. Mama weinte, und Papa sah bekümmert drein. Ich verzog mich in meine Spielecke und ahnte dumpf, dass etwas Ungewöhnliches passieren würde.

Am späten Vormittag kamen ein Mann und eine Frau, um mich abzuholen. Ich wusste nicht, wie mir geschah. Mama hatte meine Sachen in einen kleinen braunen Koffer gepackt, einen Koffer, der mich die nächsten Jahre begleiten sollte.

Papa umarmte mich ein letztes Mal: »Das haben wir nicht

gewollt, Manuela, das tut uns so leid, das musst du uns glauben! Wir haben alles versucht, aber es hat nicht geklappt.« Er hatte Tränen in den Augen, Mama weinte und weinte, brachte kein Wort heraus.

Die Frau nahm mich an die Hand. »Machen wir es kurz!«, sagte sie und führte mich aus der Wohnung, hinunter vor das Haus, wo ein Auto stand. Dort schob sie mich auf den Rücksitz, der Mann setzte sich ans Steuer, die Frau daneben. Wir fuhren los.

Ich war wie versteinert. Wohin brachten sie mich? Zurück ins Heim? Irgendwann wagte ich zaghaft zu fragen: »Wohin fahren wir?«

Die Frau antwortete: »Du wirst schon sehen. Hab keine Angst, es wird dir dort gut gehen.«

Ich ahnte, dass das Schlimmste geschehen war, dass Mama und Papa mich weggegeben hatten. Warum? Hatten sie mich nicht mehr gewollt, weil ich böse war? Hatten sie mich deshalb nicht mehr lieb?

Ich grübelte, zerbrach mir den Kopf. Mir fiel ein, dass eine der Nonnen im Heim einmal im Zorn zu mir gesagt hatte, dass Findelkinder wie ich vom Teufel zurückgelassen worden seien.

Ich war also ein Teufelskind! Deshalb war ich böse und deshalb hatte mich niemand lieb. Ich fühlte mich schuldig und schlecht, ein Gefühl, das ich gut kannte, denn die Nonnen im Heim hatten dafür gesorgt, dass wir uns wegen jeder Kleinigkeit, die wir falsch gemacht hatten, schuldig fühlten. Sie hatten uns eingebläut, dass wir folgsam, demütig und dankbar sein müssten für all das Gute, das man uns Heimkindern angedeihen ließe.

Endlich, nach Stunden, kamen wir an. Vor uns, mitten im Wald, ragte ein riesiges Gebäude auf.

»Warte hier!«, sagte die Frau und schloss den Wagen ab. Ich blieb alleine im Auto zurück. Ich fürchtete mich, sehnte mich nach meinem Zuhause, nach Mama und Papa, weinte still vor mich hin.

Nach einer Ewigkeit kam endlich jemand aus dem Haus und schloss den Wagen auf. Als ich die Nonnentracht sah, wusste ich, dass ich wieder in einem Heim gelandet war.

»Komm mit!«, war alles, was sie sagte. Sie nahm meinen braunen Koffer und ging vor mir her, während ich versuchte, mit ihr Schritt zu halten.

Drinnen im Haus war es still. Ich folgte der Schwester durch endlos lange Gänge, ihre Schritte hallten. Dann öffnete sie eine Tür und zeigte zu einem Tisch: »Setz dich, Manuela!«

Sie holte aus einem Nebenraum einen Teller mit einem Butterbrot und ein Glas Milch. »Iss! Du wirst hungrig sein!«

Ich nickte, doch meine Kehle war wie zugeschnürt, ich brachte keinen Bissen hinunter.

»Iss!«, befahl sie streng. »Es wird kein Essen vergeudet bei uns.« Sie blieb neben mir stehen, bis ich endlich den letzten Bissen hinuntergewürgt hatte.

»Jetzt komm!« Die Schwester nahm meinen braunen Koffer. Ich folgte ihr wieder durch lange, hohe Gänge, bis sie endlich eine Tür öffnete. Sie knipste das Licht an: Ich sah in einen Schlafsaal. In jedem Bett lag ein Kind, doch es blieb ruhig, als sie mich an ein Bett führte. Darauf lag ein Nachthemd.

»Zieh dich aus und geh in dein Bett!«, flüsterte sie. »Morgen sehen wir weiter. Schlaf gut!«

Sie wartete, bis ich das Nachthemd angezogen hatte. Dann faltete sie meine Kleider zusammen und legte sie als Bündel auf das Bettende. Ich schlüpfte unter die Decke, es war kalt. Die Schwester knipste das Licht aus und schloss die Tür hinter sich.

Es war dunkel, ich horchte angespannt in die Stille. Nichts!

Nur das ruhige Atmen des Kindes nebenan hörte ich und gelegentlich einen Seufzer von irgendwoher.

Ich hatte keine Angst, doch ich fühlte mich einsam und verlassen. Ich dachte über den Tag nach, dachte an Mama und Papa, die mich weggegeben hatten, und war traurig. Nun war ich wieder im Heim.

Ich rollte mich zusammen wie ein Igel. Wenn ich mich ganz klein machen würde, so dachte ich, könne mir nichts passieren. Irgendwann schlief ich ein, erschöpft von den Ereignissen des Tages.

Wieder im Heim

Das Heim, in das ich gebracht worden war, war ein riesiger Gebäudekomplex, ein Kloster mit Kirche und verschiedenen Häusern, umgeben und abgeschirmt von einer hohen Mauer. Der Komplex beherbergte ein Waisenhaus und ein Heim für behinderte Kinder, Taubstumme und Blinde. Es wurde von katholischen Ordensfrauen geführt.

Ich war zwar nicht behindert, doch ich hatte einen anderen Makel: meine Akte. Darin stand, dass ich ein schwieriges Kind sei, eine Ausreißerin und »sexuell frühreif«. Das alles bekam ich erst Jahre später zu lesen, und ich fragte mich, wie diese Beurteilung in die Akte gelangen konnte. Ich war noch keine acht Jahre alt!

Die Erklärung war, dass meine Pflegeeltern in ihrem Bericht geschrieben hatten, ich hätte erzählt, ich würde später einmal den kleinen Peter heiraten. Papa und Mama hatten das als positives Zeichen für meine Eingewöhnung gesehen, das Jugendamt interpretierte es anders. Ich hatte mein Etikett weg, und dementsprechend wurde ich behandelt.

Als ich am frühen Morgen erwachte, standen einige Mädchen um mein Bett, beäugten mich neugierig.

»Wie heißt du denn?«, fragte mich eines der Mädchen.

»Manuela!«

»Und wo kommst du her?«

Ich antwortete nicht.

»Kommst du aus einem anderen Heim?«

Ich blieb stumm, denn ich wollte nicht, dass sie von meiner Schande erfuhren, dass ich von Pflegeeltern in ein Heim zurückgegeben worden war.

Eine Schwester kam in den Saal und klatschte in die Hände. Schnell stoben die Kinder auseinander in das anliegende Bad. Ich stand unschlüssig da. Da kam die Nonne zu mir mit einem Bündel Kleider in der Hand.

»Hier, Manuela, das könnte dir passen. Dort ist das Badezimmer.« Sie ging mit mir in einen angrenzenden Raum mit vielen Waschbecken und führte mich zu einem Regal.

»Hier sind dein Handtuch, dein Waschlappen und deine Zahnbürste.« Sie legte mir alles in die Arme. »Maria!« Ein größeres Mädchen eilte herbei. »Das ist Manuela! Die Neue! Du wirst ihr in den nächsten Tagen alles zeigen, bis sie sich auskennt.« Maria nickte eifrig.

»Aber wo ist mein Koffer mit meinen Kleidern und meiner Puppe?«, wagte ich zu fragen.

»Wir tragen hier alle die gleiche Kleidung, Manuela! Da gibt es keine Ausnahmen. Deine Kleidung wird in der Kleiderkammer für dich aufbewahrt.« Sie zögerte. »Deine Puppe bringe ich dir später. Du wirst sie in deinem Schrank aufbewahren. Kein Kind hat hier eigene Spielsachen, alles gehört der Gemeinschaft, verstehst du?«

Ich nickte. Das kannte ich noch aus dem Heim in Dortmund. Als ich gewaschen und angezogen war – wir Mädchen trugen alle hellgraue Kleider mit karierten Schürzen, die Jungen dunkelgraue Hosen und hellgraue Hemden –, ging ich zurück in den Schlafsaal. Mein Bett war gemacht, meine Kleidung von Mama und Papa war verschwunden, aber meine Puppe lag auf dem Bett. Das Einzige, das ich aus meiner früheren Welt hierher gerettet hatte.

Ich nahm sie hoch, doch Maria raunte mir zu: »Lass das, es ist nicht erlaubt, damit zu spielen. Versteck sie besser in deinem Schrank, wie die Schwester gesagt hat. Sonst ist sie weg.«

Die nächsten Tage und Wochen waren eine harte Zeit für mich. Ich musste lernen, mich an die strenge Ordnung des Hauses zu gewöhnen. Der Tagesablauf war bis ins Kleinste reglementiert. Wir wurden versorgt, bekamen reichlich zu essen, doch keinerlei liebevolle Zuwendung.

Die Schule für die Heimkinder befand sich auf dem Klostergelände, unterrichtet wurden wir von Schulschwestern. Der tägliche Kirchgang zur Frühmesse war Pflicht. Mir wurde gesagt, ich könne später als Nonne im Haus bleiben, wenn ich brav und fromm wäre.

Wir wurden zur Arbeit angehalten. Nicht nur unsere eigenen Sachen waren in Ordnung zu halten, auch in den Räumen, Fluren und vor allem in der Kirche waren wir zu Hilfsarbeiten eingeteilt. Ich arbeitete im Klostergarten oder auf dem Feld, denn wir versorgten uns weitgehend selbst.

Im Klostergarten traf ich einmal eine ältere Schwester, die die schweren Arbeiten wie das Umgraben der Beete verrichtete. Sie freute sich, wenn wir Kinder in den Garten kamen, und mich mochte sie besonders gerne.

»Ach, es ist so eine Freude für mich, wenn ich euch Kinder sehe! Mein Leben lang habe ich Kinder liebgehabt, wäre gerne mit ihnen zusammen gewesen«, seufzte sie.

In meiner kindlichen Naivität fragte ich sie, warum sie nicht im Haus bei den Kindern sei, wenn sie denn diese so gerne habe.

»Ach, weißt du, Manuela, wenn man ins Kloster geht und keine Mitgift mitbringt, bleibt man immer Magd. Ich kam als armes Mädchen hierher. Nur wenn man Geld mitbringt, kann man eine gute Stellung bekommen, sogar Oberin oder Äbtissin werden.«

Das fand ich ungerecht. Uns wurde erzählt, dass die Nonnen alle gleich und mit Jesus vermählt seien. Warum wurden sie dann so unterschiedlich behandelt? Hatte Jesus nicht alle gleich lieb?

Sämtliche Arbeiten im Kloster verrichteten die Nonnen, ich sah dort nie einen Mann, außer den Pfarrer des nahegelegenen Ortes. Wenn der Priester ins Kloster kam, herrschte große Aufregung. Wie aufgescheuchte Hühner gackerten die Schwestern herum, wenn sich »Hochwürden« angekündigt hatte. Wir Kinder mussten strammstehen und knicksen, wenn der Pfarrer unsere Säle inspizierte. Ich konnte ihn nicht leiden. Er tat so herablassend gütig, und es war mir unangenehm, wenn er mir huldvoll über die Haare strich.

Eines Tages hatte ich ein sonderbares, erschreckendes Erlebnis.

Der Orden betrieb eine Missionsstation in Indien, und mehrmals im Jahr gingen Hilfssendungen dorthin. Für diese Pakete durften wir Rosenkränze auffädeln, häkeln, stricken und Bildchen malen. Schwester Regina, eine der jüngeren Schwestern, beaufsichtigte uns bei diesen Bastel- und Handarbeiten. Nun waren uns die bunten Perlen zum Auffädeln der Rosenkränze ausgegangen, doch Schwester Regina war weggegangen und hatte einem der älteren Mädchen die Aufsicht übertragen.

»Manuela, geh zu Schwester Regina und frag sie, wo die Perlen sind!«, befahl sie mir.

»Das darf ich nicht, du weißt, dass wir nicht zu den Zellen der Nonnen gehen dürfen!«, widersprach ich.

»Doch! Wenn es dringend nötig ist, schon! Und es ist nötig, wir können sonst nicht weiterarbeiten, und dann gibt es Ärger. Also los, geh schon!«

Vor der Tür von Schwester Reginas Zelle blieb ich unentschlossen stehen, wagte nicht zu klopfen. Ich presste mein Ohr an die Tür, glaubte klatschende Geräusche und unterdrücktes Stöhnen zu hören. Ich klopfte zaghaft, doch ich vernahm kein »Herein.«

Vorsichtig öffnete ich die Tür einen Spalt, lugte ins Zimmer und erstarrte vor Schreck. Schwester Regina kniete auf dem Boden, schlug mit einer Peitsche über ihren nackten, blutigen Rücken. Ich stieß einen unterdrückten Schrei aus, da erst bemerkte sie mich. Sie richtete sich auf, sah mich mit glühenden Augen an und versuchte hastig, ihre Blöße mit dem Kleid zu bedecken.

»Mach die Tür zu, Manuela!«, zischte sie.

Schnell schloss ich die Tür hinter mir, blieb ängstlich stehen. »Was machen Sie, Schwester Regina?«, fragte ich bestürzt. »Sie bluten!«

»Es ist nichts, Kind.« Sie hatte sich aufgesetzt. »Ich tue es aus Liebe zu Jesus, auch er hat auf dem Weg zum Kreuz auf diese Art leiden müssen. Außerdem …«, sie lächelte mich wehmütig an, »… peitsche ich so meine Sünden und bösen Gedanken aus mir, um rein zu werden.«

Schwester Regina tat mir leid. Ich fing an zu weinen.

»Weine nicht, Kind. Es ist alles gut!«

Sie stand auf und zog sich ihre Nonnentracht über den geschundenen Körper, stöhnte dabei vor Schmerz.

»Hilf mir, sauber zu machen!« Sie reichte mir einen Lappen, und ich begann, ihr Blut vom Boden aufzuwischen. Mir ekelte davor, doch ich wollte ihr helfen. Sie war eine der wenigen Schwestern, die einem gelegentlich über das Haar strichen und nett waren.

»Sprich mit niemandem darüber, Manuela!« Sie nahm meine Hände in ihre und sah mich eindringlich an. »Das ist unser Geheimnis. Versprichst du mir das? Wenn du es erzählst, werden wir beide in Schwierigkeiten kommen, und das willst du doch nicht, oder? Schwöre, dass du es niemandem sagst!« Sie hob ihre Hand zum Schwur. Ich nickte und hob ebenfalls meine Finger wie zum Eid.

Nachts im Bett dachte ich an die arme Schwester. Sie musste schreckliche Schmerzen erleiden, und all das tat sie, damit Jesus sie liebhatte?

Wollte Jesus, dass sich die Nonnen quälen, aus Liebe zu ihm? Uns wurde immer wieder gesagt, es würde uns gut gehen, wenn wir nur ganz fest an Gott, an Jesus und an den Heiligen Geist glaubten. Mir kamen erste Zweifel, ob Jesus uns Menschen wirklich liebte. Nach diesem erschreckenden Erlebnis konnte ich nicht mehr daran glauben, hinterfragte mehr und mehr die Rituale und Gebote der Kirche.

Am nächsten Tag war Schwester Regina wie immer, ließ sich nichts anmerken. Ich habe bis heute nie jemandem davon erzählt. Erst jetzt, nach so vielen Jahren wage ich es, über dieses erschreckende Erlebnis zu sprechen.

Ich mochte etwa zwei Jahre im Kloster gewesen sein, da entdeckte ich in einem abgetrennten Teil des Gartens ein Mädchen. Ich hatte sie vorher nie gesehen, und mir fiel sofort auf, dass sie anders aussah als die Kinder im Heim. Sie war nicht schwarz wie die »armen Negerkindlein in Afrika«, von denen uns die Schwestern manchmal erzählten, doch sie war dunkelhäutig, hatte lange schwarze Haare, die im Rücken zu einem Zopf geflochten waren. Sie spielte mit einem aufblasbaren Ball. Plötzlich rollte dieser, vom Wind getrieben, davon.

Das Mädchen tastete sich vorwärts, suchte mit Händen und Füßen auf dem Boden nach dem verschwundenen Ball. Sie war offensichtlich blind. Ich entdeckte ein Türchen zum Garten, lief hinein und brachte ihr den Ball.

»Da, dein Ball!« Ich hielt ihn ihr hin. Sie sah mich an, und ich erschrak. Sie hatte starre Augen.

Sie nahm den Ball, legte ihn auf den Boden, hielt ihn zwischen den Füßen fest. Sie sprach kein Wort, dann lächelte sie, griff mit einer schnellen Bewegung an ihre Augen, hielt mir ihre geöffneten Hände hin. Zwei Glasaugen lagen darin.

Ich sah sie erschrocken an. Ihre Augenhöhlen waren leer, die Lider hatten sich darüber gesenkt. Ich stieß einen überraschten Schrei aus, schon eilte eine Schwester herbei, die ich bisher nicht kannte.

»Miriam!«, rief sie vorwurfsvoll, dann redete sie in einer fremden Sprache auf das Mädchen ein. Das lächelte wieder und setzte sich mit geübtem Griff die Glasaugen ein. Ich starrte sie entgeistert an.

»Was machst du hier?«, fragte mich die Schwester streng.

»Ich habe gesehen, wie sie ihren Ball verloren hat, und da bin ich in den Garten gelaufen und habe ihn aufgehoben«, verteidigte ich mich.

»Das war lieb von dir«, sagte die Schwester. »Aber Miriam muss lernen, selbstständig zu werden, auch wenn sie blind ist, verstehst du? Sie muss den Ball selbst finden.« Ich nickte.

»Du bist erschrocken, als sie die Glasaugen rausgenommen hat, nicht wahr?« Ich nickte wieder.

Die Schwester seufzte. »Das macht sie immer, wenn sie sich freut oder wenn sie weinen muss.«

Ich konnte die Augen nicht von Miriam wenden. »Geht sie denn nicht in die Schule?«, fragte ich neugierig.

Die Schwester schüttelte den Kopf. »Nein, sie spricht unsere Sprache nicht und braucht sie auch nicht zu lernen. Sie kommt aus Indien und sie wird nach Indien zurückkehren, wenn sie ganz gesund ist. Ich komme von der indischen Missionsstation und gehe mit Miriam dorthin zurück.«

»Aber ist sie immer alleine, ohne andere Kinder?«, fragte ich bestürzt.

Die Schwester nickte und sah mich prüfend an. »Hättest du denn Lust, Miriam manchmal zu besuchen?« Ich nickte heftig.

»Ich werde mit der Schwester Oberin sprechen. Wie heißt du denn?«

»Ich heiße Manuela.«

»Gut, Manuela. Jetzt gehst du zurück. Vielleicht erlaubt die Schwester Oberin, dass du gelegentlich zu uns kommen darfst.«

Ich war aufgewühlt von der Begegnung mit dem Mädchen mit den Glasaugen, sie ging mir nicht mehr aus dem Kopf.

Einige Tage später wurde ich zur Oberin gerufen.

»Manuela, du weißt, dass wir hier ein armes Mädchen aus Indien haben. Ihre Betreuerin, Schwester Ramona, hat gefragt, ob du Miriam gelegentlich besuchen darfst. Möchtest du das?«

Ich nickte heftig mit dem Kopf.

»Gut. Vielleicht wird es Miriam helfen, wenn sie etwas Gesellschaft hat.«

So ging ich regelmäßig in das Haus, in dem Schwester Ramona mit Miriam wohnte. Nach und nach erzählte sie mir von deren schrecklichem Schicksal.

Miriam war von den Schwestern der indischen Mission auf der Straße aufgefunden und in die Station gebracht worden. Sie war hilflos herumgeirrt, verwahrlost, halb verhungert und hatte stark vereiterte, entzündete Augen. Der Arzt der Station stellte fest, dass Miriam die Augen verätzt worden waren.

»Weißt du, das kommt in Indien vor«, erklärte mir Schwester Ramona. »Eltern verstümmeln manchmal ihre Kinder, vornehmlich die Mädchen, damit sie beim Betteln Mitleid erregen und somit mehr Geld bekommen.«

Miriam hatte man die Augen mit Säure verätzt, was eine Entzündung im Kopf verursachte. Sie gehörte der Kaste der Unberührbaren an, keine Klinik in Indien hätte das Kind aufgenommen. Also hatte man das Mädchen nach Deutschland gebracht, wo sie eine Behandlung und die Glasaugen bekam.

Die Stunden, die ich ab jetzt mit Miriam verbrachte, waren eine Freude für mich. Ich bewunderte sie. Miriam konnte, obwohl sie blind war, wunderschön sticken und nähte feinste Hohlsäume. Wir konnten nicht miteinander sprechen, nur einige Worte lernten wir in unserer jeweiligen Sprache voneinander, doch im Laufe der Zeit entwickelten wir eigene Möglichkeiten der Verständigung.

Im Umgang mit Miriam erlebte ich zum ersten Mal so etwas wie Liebe und Zuneigung. Oft saßen wir eng beieinander, hielten uns an den Händen oder umarmten uns. Das war für mich etwas gänzlich Neues, doch selbst die liebe Schwester Ramona sah das nicht gerne und trennte uns energisch.

Noch heute frage ich mich immer wieder, warum in den Heimen Nähe und Freundschaft zwischen den Heimkindern nicht geduldet war. Vielleicht war es – wie schon erwähnt – eine Vorsorgemaßnahme, die Trennungsschmerz beim späteren Verlassen des Heimes verhindern sollte. Oder war der Grund, dass auch den Schwestern keine körperliche Zuwendung untereinander gestattet war und sie diese deshalb auch ihren Zöglingen nicht erlaubten?

Ich weiß es nicht und kann nur hoffen, dass es heutzutage anders ist.

Unter uns Heimkindern herrschte eher Misstrauen und Rivalität. Etwas Lebenswichtiges habe ich seinerzeit gelernt: Man muss sich alles verdienen, muss um alles kämpfen. Im Heim war es die Extraportion beim Essen, der kleine Teller mit Süßigkeiten, jede kleine Bevorzugung. Vor allem lernte ich, dass man sich nicht zu wichtig nehmen darf, sich unterordnen muss. Gerade das fiel mir oft schwer, ich hatte meinen eigenen Kopf.

Miriam war anders als die anderen Kinder. Sie kämpfte nicht, war immer ruhig und lachte viel trotz ihres schweren Schicksals. Dann nahm sie ihre Augen heraus.

Einmal, so erinnere ich mich, fiel ihr eines der Augen aus der Hand und kullerte durch den Raum. Da fing sie schrecklich zu weinen an. Verzweifelt versuchte ich, das Auge zu finden, kroch über den Boden und entdeckte es unter einem Bücherregal. Ich war froh darüber, und Miriam war erleichtert. Die Glasaugen waren ihr ganzer Schatz.

Im Kloster lebten auch Novizinnen, man erkannte sie an der schlichteren Nonnentracht. Eines der herausragenden Ereignisse im Jahr war die Ablegung des »ewigen Gelübdes« der Novizinnen, der »Bräute Jesu«. In einer feierlichen Zeremonie wurden sie in die Nonnentracht eingekleidet, erhielten ihren Ordensnamen und als äußeres Zeichen einen Ring, der sie für immer mit Jesus verband.

Ich sang im Kinderchor oben auf der Empore, dort, wo die Schwester Organistin die Orgel spielte. Neugierig beugte ich mich über die Brüstung, um das Geschehen dort unten mitzubekommen. Ich sah, wie der Pfarrer ein Tablett mit den Ringen für die in den Orden aufzunehmenden Nonnen hereintrug. Feierlich nahm er einen Ring nach dem anderen und steckte ihn den Novizinnen an, sprach dabei etwas und segnete die »Braut Jesu«, die nun mit Jesus vermählt war.

Ich wusste, dass einem Mann nur die Ehe mit einer einzigen Frau erlaubt war, und konnte mir in meiner kindlichen Fantasie nicht vorstellen, dass Jesus so viele Ringe an den Fingern tragen konnte. Da rief ich, vorlaut wie ich war, laut in den Kirchenraum hinunter: »Halt! Das geht nicht! Ein Mann darf nur eine Frau heiraten, und Jesus ist doch ein Mann!«

Schlagartig wurde es still in der Kirche, selbst die Orgel setzte aus. Alle, auch der Pfarrer und die Novizinnen, sahen entsetzt zu mir herauf.

»Manuela!«, schrie unsere Chorleiterin auf. »Verschwinde! Geh in dein Bett, sofort!« Sie packte mich am Arm, schob mich zur Treppe der Empore. Mir wurde klar, dass ich etwas Unerhörtes getan hatte. Schnell rannte ich mit hochrotem Kopf unter dem Getuschel und Geraune der anderen Kinder davon.

Später kam die Gruppenleiterin zu mir und nahm mich mit in ihr Zimmer. Die Strafpredigt, die auf mich herabprasselte, hatte sich gewaschen und die Schläge, die ich bekam, ebenfalls.

Dann wurde ich in einen Schrank gesperrt. Das war eine der härteren Strafen im Heim. Doch ich fand das Eingesperrtsein im Schrank meist nicht so schlimm, dort konnte ich mir in Ruhe fantasievolle Geschichten ausdenken. Dieses Mal jedoch musste ich sehr lange im Schrank ausharren. Meine Beine und mein Rücken schmerzten von der gekrümmten Haltung, als ich nach Stunden endlich befreit wurde.

Doch damit war es nicht getan: Ich wurde zur Schwester Oberin gerufen, einer sehr gestrengen Frau. Mit gesenktem Kopf hörte ich ihre Strafpredigt an. Endlich wurde ich entlassen mit den Worten: »Wir wussten, dass du ein schwieriges Kind bist, Manuela. Doch was du heute getan hast, ist eine der schlimmsten Verfehlungen! Du hast die hohe Feier der Novizinnen entehrt.«

Nach diesem Vorfall wurde ich nie mehr, so wie bisher, gefragt, ob ich einmal Nonne werden wolle. Dessen war ich nicht mehr würdig.

Nach einigen Wochen kam die Gruppenschwester mit einem Kleid aus meinem Koffer zu mir. »Zieh das an, Manuela! Eine Tante holt dich heute zu einem Ausflug ab.« Sie lächelte mich an, doch dieses Lächeln gefiel mir nicht, es verhieß nichts Gutes.

Eine »Tante»? Wer sollte das sein? Ich wusste, dass ich keine Tante hatte. Gehorsam zog ich mich um. Das Kleid war mir während der zwei Jahre im Heim zu eng geworden, doch ich zwängte mich hinein. Die Schwester nahm mich an die Hand und führte mich den langen Gang entlang, dem Ausgang zu. Plötzlich fiel mir meine Puppe ein. Ich riss mich los und rannte zurück, holte meine Puppe aus dem Schrank.

Draußen auf dem Hof stand ein Auto, ein Mann saß am Steuer. Eine Frau kam auf mich zu.

»Hallo, Manuela! Wollen wir einen Ausflug zusammen unternehmen?«, fragte sie zuckersüß und öffnete die hintere Tür des Autos.

»Aber heute gehe ich zu Miriam«, wagte ich einzuwenden.

»Du kannst ein andermal zu Miriam gehen, heute machst du einen Ausflug mit deiner Tante«, meinte die Schwester, die mich hergebracht hatte. Ich stieg ein, meine Puppe im Arm.

Als ich mich umdrehte, sah ich oben am Fenster Kinder stehen, die mir nachwinkten, auch die Schwester winkte mir zu.

Wir fuhren los. Es war ein wunderschöner Sommertag, ich sah aus dem Fenster hinaus in die Landschaft.

»Wo fahren wir hin?«, fragte ich nach einer Weile.

»Du wirst schon sehen, es ist sehr schön dort!«

Es war eine lange Fahrt. Einmal hielten wir an. Die Frau hatte Brote dabei und etwas zu trinken, so wie damals, als ich von Mama und Papa weggeholt worden war.

Mich beschlich eine schreckliche Ahnung, ich bekam Angst und fing an zu weinen.

»Nun wein nicht, Manuela. Da, wo wir dich hinbringen, ist es sehr schön, viel schöner als in dem Kloster, in welchem du warst.« Nun wusste ich, dass dies kein Ausflug war, dass ich in ein anderes Heim gebracht werden würde. Ich fühlte mich elend und verlassen.

»Und Miriam? Kann ich sie nicht mehr sehen?«, schluchzte ich.

Die Frau zuckte mit den Schultern. »Das musst du alles mit der Heimleiterin besprechen.«

Endlich kamen wir an unserem Ziel an. Es war später Nachmittag, als wir in eine Einfahrt bogen. Vor mir lag ein weiß gestrichenes Einfamilienhaus in einem Garten. Sollte das ein Heim sein? Wir stiegen aus, der Mann holte aus dem Kofferraum meinen braunen Koffer.

»Ich will hier nicht bleiben, ich will zurück zu Miriam«, jammerte ich, als die »Tante« die Wagentüre öffnete.

»Du bleibst hier!«, sagte sie streng. Sie nahm mich an die Hand, ich wehrte mich, doch sie zog mich weiter. »Sei nicht so störrisch! Es wird dir hier gefallen! Außerdem bleibt dir ohnehin nichts anderes übrig!«

Nun war ich sicher, dass ich Miriam nie mehr wiedersehen würde.

Im Allgäu

Das Waisenhaus im Allgäu, in das ich gebracht worden war, war eine kleine, fast familiäre Einrichtung. Es lebten nur zwölf Kinder im Haus, Buben und Mädchen, umsorgt von drei Nonnen. Schwester Anna war die Oberin, Schwester Dorothea war für die Gruppen zuständig, und um die Hauswirtschaft kümmerte sich Schwester Irmengard. Es waren Ordensschwestern vom Orden des heiligen Kreuzes.

Ich wurde freundlich aufgenommen, es herrschte eine ganz andere Atmosphäre als in den Heimen, die ich bisher kannte, auch wenn Disziplin und Mithilfe gefordert wurden. Nach der Strenge im Kloster erschien mir das Haus wie ein Paradies.

Nur zwei der zwölf Heimzöglinge waren noch nicht im schulpflichtigen Alter, wir anderen besuchten die dörfliche Volksschule. Unter den Kleinen war ein Bub, der Kinderlähmung hatte und behindert war. Ihn mochte ich von allen Kindern am liebsten. Er war mein Ersatz für Miriam.

Wir durften viel im Freien spielen, draußen im Garten. Dort standen Spielgeräte, und im Sommer stellten die Schwestern, wenn es heiß war, ein kleines Planschbecken auf.

Mein Lieblingsplatz war ein mächtiger, krumm gewachsener Baum, auf den ich kletterte und in dessen Laub ich mich versteckte, vor mich hinträumte.

In der Schule im Ort, die auch wir Heimkinder besuchten, saß neben mir ein Bauernbub, er hieß Quirin. Er schielte so stark, dass man nicht wusste, wen er ansah. Er wurde oft verspottet, doch ich mochte ihn gern. Manchmal kam er mit blauen Flecken in die Schule, dann wusste ich, dass er zu Hause geschlagen worden war.

Das gab mir sehr zu denken. Meinen Eltern wäre so etwas nie in den Sinn gekommen, dessen war ich mir sicher. Sie hatten mich sicher liebgehabt und würden mich eines Tages finden und zu sich holen. So stellte ich es mir in meiner kindlichen Fantasie immer wieder vor.

Wir Kinder genossen viele Freiheiten. Wir durften ins Dorf hinunter, Rad fahren und im Dorfweiher schwimmen. Ich ging oft zu Quirin und dessen älterem Bruder Seppi auf den Bauernhof ihrer Eltern in der Nachbarschaft. Ich half beim Kühehüten und bei der Heuernte, lernte schnell ihren Allgäuer Dialekt. Oft bekamen wir Heimkinder Obst, Milch oder Eier von den Dorfbewohnern geschenkt, was im Heim sehr willkommen war. Hier im Allgäu erlebte ich eine fast normale Kindheit.

Ab der fünften Klasse fuhr ich mit dem Schulbus in die nächste Stadt, nach Lindenberg, denn unsere Dorfschule war nur eine Grundschule für die ersten vier Klassen. Bei diesen Fahrten mit dem Schulbus ergriff ich das erste Zipfelchen von Freiheit. Weit weg von der Aufsicht der Schwestern traf ich auf Mädchen, die alle sehr selbstbewusst waren. Vor allem waren sie anders gekleidet. Sie trugen kurze Röcke und dünne Strumpfhosen! Mich Heimkind erkannte man auf den ersten Blick an meiner biederen, geflickten Kleidung. So wie die anderen wollte ich auch aussehen! Ich rollte meinen Rock in der Taille hoch, damit er kürzer war, und von meinem geringen Schulgeld sparte ich für eine Strumpfhose, die ich ausziehen und verstecken musste, bevor ich ins Heim zurückkehrte.

Dort, in Lindenberg, verführten mich meine Schulkameradinnen zum Rauchen – ein Laster, das mir bis heute geblieben ist. Einen Teil meines kargen Taschengeldes gab ich nun für Mentholbonbons aus, die Schwestern durften keinesfalls merken, dass ich rauchte. Natürlich kamen sie eines Tages dahinter, es war eine Katastrophe, für sie und für mich.

In diese Lindenberger Zeit fiel ein für mich einschneidendes Erlebnis. Eines Nachmittages quälten mich schreckliche Bauchschmerzen, als ich zur Toilette ging, sah ich Blut in meiner Unterhose. Ich erschrak zutiefst, glaubte, ich müsse sterben. Weinend und mit schlechtem Gewissen – ich dachte, ich hätte wie immer etwas falsch gemacht – lief ich in meiner Not zu Schwester Dorothea. Sie sah mich mit einem eigenartigen Blick an und seufzte.

»Davon stirbt man nicht, Manuela! Du wirst eine Frau, und deshalb hast du jetzt jeden Monat diese Blutung.«

»Aber warum? Was ist das?«

»Das ist schlechtes Blut, das muss raus, damit dein Körper wieder rein wird.«

»Was für schlechtes Blut?«

Sie schüttelte ärgerlich den Kopf. »Frag nicht immer so viel! So ist es eben. Das müssen wir Frauen ertragen, zur Sühne, weil Eva gesündigt hat, als sie Adam den verbotenen Apfel gab. Deshalb wurden die Menschen aus dem Paradies vertrieben.«

Zu gerne hätte ich gewusst, ob auch bei ihr schlechtes Blut aus dem Körper käme, doch ich wagte es nicht zu fragen. Sie gab mir eine Monatsbinde und einen Gürtel.

»Den Gürtel bindest du dir um die Taille und machst an den Ösen die Enden der Binde fest. Und noch etwas: Solange du blutest, darfst du nicht baden, nicht schwimmen oder duschen, auch nicht die Haare waschen. Sonst kann es sein, dass du verrückt im Kopf wirst.«

Ich verstand nichts. Warum war in meinem Körper plötzlich schlechtes Blut? Und warum hatte ich diese Bauchschmerzen? Doch weitere Aufklärung fand nicht statt.

Das alles verwirrte mich sehr, und als besonders demütigend empfand ich es, dass man keine Packung mit Monatsbinden bekam, sondern wegen jeder einzelnen Binde zu Schwester Dorothea kommen musste.

Von nun an wurde ich von den Schwestern anders behandelt. Vorbei war es mit den Besuchen bei Quirin, die Jungen aus dem Heim wurden beauftragt, auf mich aufzupassen, und jede noch so geringe Verspätung musste man genau erklären. Meine bislang freizügige Allgäuer Kindheit schwand mehr und mehr dahin.

So stellten sich mit der Zeit Probleme ein: Ich war ein rebellisches, ungebärdiges Mädchen, spielte lieber mit den Buben Fußball als mit Puppen und ärgerte die Schwestern mit meiner vorlauten, aufmüpfigen Art. Ich spürte, dass die Schwestern immer weniger mit mir zurechtkamen. Dabei wollte ich ein braves Kind sein, doch immer wieder verhielt ich mich in ihren Augen falsch.

Mit den anderen Mädchen verstand ich mich meist gut, doch echte Freundschaften entwickelten sich nicht. Es gab viel Wechsel, denn die Kinder durften längstens bis zum Ende der Volksschulzeit im Heim bleiben, dann wurden sie vom Jugendamt in ein anderes Heim verwiesen. Das wussten wir. Auch das Ende meiner Schulzeit nahte. Ich wusste, dass ich damit das Heim verlassen musste. Ich machte mir keine großen Gedanken, was nun aus mir werden würde. Mir war in meinem bisherigen Leben gesagt worden, was ich zu tun und zu lassen hätte, ich war immer bevormundet worden, so würde es weiterhin sein.

Als ich fragte, wohin ich nun käme, meinte Schwester Anna: »Das weiß ich nicht, das bestimmt das Jugendamt. Wir bekommen kurzfristig Bescheid, wenn du abgeholt wirst.«

Als der Tag der endgültigen Trennung kam, packte ich meinen braunen Koffer. Ich legte meine schon ziemlich ramponierte Puppe zu meinen wenigen Kleidern und meiner gelben Zahnbürste, die ich mir zum Geburtstag gewünscht hatte.

Erneut kamen, wie ehedem, eine Frau und ein Chauffeur, die mich abholten.

»Mach es gut, Manuela. Und lerne demütig zu werden, Kind! Halte dein Mundwerk im Zaum! Sei froh und dankbar, dass es Menschen gibt, die für dich elternloses Kind sorgen!« Schwester Anna strich mir über das Haar.

Auch die anderen Schwestern und die Heimkinder standen am Gartentor, als wir losfuhren. Ein letztes Winken, dann waren sie hinter einer Wegbiegung verschwunden.

Noch ein letztes Mal sah ich die wunderschöne Landschaft des Allgäus, die Berge, die grünen Wiesen mit den schwarzbunten Kühen. Ich war traurig, dass ich von hier wegmusste. Vier Jahre meines Lebens hatte ich hier verbracht. Es waren schöne Jahre gewesen, die einzigen schönen Jahre meiner Kindheit.

Wieder war ich unterwegs, wieder musste ich alles zurücklassen.

»Wohin fahren wir?«, fragte ich die Frau auf dem Beifahrersitz.

»Richte dich auf eine lange Fahrt ein. Du wirst sehen, wohin wir dich bringen. Es wird dir gut gehen dort.«

Das alles hatte ich bereits zweimal gehört, ich wusste, es hatte keinen Sinn, weiter nachzufragen. Ich ergab mich in mein Schicksal, wusste, ich würde in einem neuen Heim landen.

Im Erziehungsheim

Die Fahrt zog sich stundenlang hin, endlich kamen wir in eine große Stadt.

»Das ist Düsseldorf«, klärte mich die Frau, die eine Sozialarbeiterin des Jugendamtes war, auf.

Wir parkten vor einer grauen Mauer und stiegen aus. Der Chauffeur holte meinen kleinen braunen Koffer aus dem Kofferraum. »Wir sind da!«

Ich sah mich um, entdeckte eine Pforte, nahm meinen Koffer, ging zu dem Portal und klingelte. Sofort öffnete eine schwarz gekleidete Nonne.

»Ich bin Manuela!«, sagte ich.

Die Nonne sah mich erschrocken an. »Bist du alleine? Wo ist denn deine Aufseherin?«

Aufseherin? Ich deutete nach hinten. Die Schwester sah missbilligend zu der Frau und schüttelte den Kopf. »Komm rein!« Ich hörte, wie sie die Frau, die mich gebracht hatte, tadelte: »Wie können Sie so ein Mädchen auch nur eine Minute aus den Augen lassen?!«

Ich verstand nicht, was sie damit meinte.

Vor mir lag ein Gelände mit mehrstöckigen grau gestrichenen Häusern, umgeben von einer hohen Mauer. Ich blickte mich um. Hier sollte ich bleiben? Es schnürte mir die Kehle zu. Was ich sah, machte mir Angst.

Mein erster beklemmender Eindruck täuschte mich nicht.

Ich war, wie ich bald erfahren sollte, in einem Heim für schwer erziehbare und sozial benachteiligte Mädchen gelandet. Auch dieses Heim wurde von katholischen Nonnen geführt.

Warum ich dorthin gebracht wurde, weiß ich bis heute nicht. Meine Akte konnte so Schlimmes nicht enthalten haben, dass ich es verdiente, hierhergebracht zu werden. Heute weiß ich, dass die Heime nur ausführende Werkzeuge der Jugendämter waren. Dort wurde, zumindest seinerzeit, von einer Beamtin, die das Kind nach Aktenlage beurteilte und nie gesehen hatte, bestimmt, wohin es gebracht werden sollte, wo ein Platz frei war. Mich hatten sie in dieses Erziehungsheim geschickt.

In der »Anstalt« waren an die siebenhundert Mädchen untergebracht, alle über vierzehn Jahre alt, aus der Schulpflicht entlassen. Ich kam in eine Gruppe von zwanzig Mädchen meines Alters. Wir mussten eine Art Anstaltskleidung tragen, graue Kleider mit Schürzen. Das fand ich widerwärtig, wo ich im Allgäu bereits in kurzem Rock und dünnen Strumpfhosen herumgelaufen war. Wir schliefen zusammen in einem Schlafsaal. Das erinnerte mich fatal an das Kloster, in dem ich vor dem Heim im Allgäu gewesen war.

Gleich am ersten Tag wurde ich der Mutter Oberin in Begleitung einer Nonne vorgeführt. Sie musterte mich streng, blätterte in meiner Akte.

»Manuela, du wirst nun die nächsten zwei Jahre hier bei uns bleiben, bis du das sechzehnte Lebensjahr vollendet hast. Ich erwarte von dir, dass du dich einfügst in unsere Gemeinschaft, alle Anordnungen befolgst und die Hausregeln respektierst. Du bist vorerst in Haus C untergebracht, kannst dich in dem Areal, das dazugehört, frei bewegen. Doch es gibt auch andere Häuser hier, es liegt ganz an dir und deinem Benehmen.« Sie sagte das in einem warnenden Ton. Was meinte sie damit? Sie ging mit mir zur Tür, öffnete sie. »Schwester Raimundis wird dich in alle Gepflogenheiten einweisen.« Damit war ich entlassen.

Der Tagesablauf im Heim war streng reglementiert und eingeteilt wie in einer Kaserne. Es herrschte Zucht und Ordnung. Eine der besonderen Vorschriften war, dass wir uns nicht erzählen durften, woher wir kamen und warum wir hier gelandet waren. Natürlich taten wir es doch.

Die anderen Mädchen beäugten mich anfänglich misstrauisch, erst nach Tagen fragte mich meine Bettnachbarin leise, fast verschwörerisch.

»Warum bist du denn hier?«

»Ich weiß nicht«, gab ich achselzuckend zurück.

»Bist du von deinen Eltern misshandelt worden, von deinem Vater? Was hat der denn gemacht mit dir?«

»Ich habe keine Eltern, ich bin ein Findelkind.«

»Oh je, du Arme«, gab sie mitleidig zurück. »Dann hast du ja niemanden, keine Verwandten, oder?«

»Nee, hab ich nicht«, gab ich trotzig zurück.

Wie in allen Heimen wurde darauf geachtet, dass unter den Zöglingen keine engen Bindungen entstanden. Grundsätzlich herrschte Rivalität untereinander, jede achtete darauf, nicht zu kurz zu kommen bei den kleinen Annehmlichkeiten, die für Wohlverhalten gewährt wurden.

So nach und nach erfuhr ich doch von den Schicksalen der anderen Mädchen. Diese Schilderungen wirkten teilweise so verstörend auf mich, dass ich fast froh war, keine Familie zu haben.

Es gab zwei Gruppierungen unter den Mädchen: Da waren jene, die wie ich ihr ganzes Leben im Heim verbracht hatten, die »echten Heimkinder«. Wir dünkten uns als die Besseren, kannten die Gepflogenheiten eines Heimes und den bestmöglichen Umgang mit den Erzieherinnen. Die anderen waren wegen Missbrauchs oder Verwahrlosung aus ihren Familien genommen worden. Sie benahmen sich den Nonnen gegenüber oft demütig und unterwürfig, wollten nicht auffallen. Ich verstand nie, dass fast alle nach Hause zurückwollten, selbst wenn sie geschlagen und missbraucht worden waren.

Wie schon früher eckte ich mit meiner direkten, unverblümten Art und meinem unverbesserlichen Gerechtigkeitssinn an. Damit machte ich manches Mal mir, aber auch den Schwestern das Leben schwer, das sehe ich heute ein. Wir alle waren pubertierende Mädchen, und bald hatten wir herausgefunden, wie wir die Schwestern ärgern und triezen konnten. Das war unsere Rache dafür, wenn sie uns schlecht behandelten.

Machtspielchen standen an der Tagesordnung – sie waren unsere einzige Möglichkeit, uns für erlittenes Ungemach zu rächen.

Alle Mädchen im Heim mussten die Hauswirtschaft erlernen. Sei es in der Wäscherei, der Küche, in der Bügelstube oder im Nähzimmer, dazu putzten wir und verrichteten jede Menge anderer Arbeiten, die oft unnötig waren. Wir mussten beschäftigt werden!

Ich hasste die Arbeiten in der Wäscherei in der heißen dampfenden Waschküche mit Bergen von Wäsche, die gebürstet, gewaschen und ausgewrungen werden musste, aber auch die Küchenarbeit mit Unmengen von Kartoffeln, die geschält werden mussten, gefiel mir nicht.

Als Nächstes wurde ich der Putzkolonne zugeteilt. Eine mühselige, schwere Arbeit war es, auf den Knien die Böden zu schrubben und aufzuwaschen, immer unter strenger Aufsicht.

Schließlich landete ich in der Bügel-und Heißmangelstube und kurz darauf in der Nähstube. Dort, in der Nähstube gefiel es mir von Anfang an. Überwiegend waren die schwarzen Kleider der Nonnen auszubessern, die Säume mit der Hand zu nähen, so fein, dass auf der Vorderseite kein Stich zu sehen war. Doch gelegentlich gab es bunte Stoffe, und ich versuchte, aus Resten Deckchen und Täschchen zu nähen. Dann war ich glücklich und in meinem Element. Ich träumte davon, später einmal schöne bunte Kleider zu entwerfen und zu nähen. Heute, nach vielen Jahren, habe ich mir diesen Traum erfüllt.

Das Heim war strengstens abgeschirmt. Nur ein einziges Mal sah ich die Welt außerhalb der Mauern, als ich wegen eines eitrigen Zahnes zum Zahnarzt gebracht wurde, natürlich von einer Nonne begleitet.

So gut wie nie sah ich in den Jahren dort ein männliches Wesen, allein den alten Pfarrer, der die Messe in der Kapelle hielt und bei dem man regelmäßig beichten musste.

Körperlich wurden wir nicht misshandelt, das hätten die Schwestern bei uns Jugendlichen wohl nicht gewagt. Natürlich gab es gelegentlich einen Schlag mit dem Besen, einem Stock oder einem nassen Handtuch. Das kannten wir Heimkinder seit frühester Kindheit, daran waren wir gewohnt. Doch die strenge Zucht, die viele Arbeit und vor allem das Gefühl des Weggesperrtseins deprimierten mich. Auch wenn wir nicht physisch misshandelt wurden, die psychischen Misshandlungen, die wir ertragen mussten, waren das wirklich Schlimme: Es war die Mischung aus Demütigung und Herabsetzung, dem täglichen Fordern nach Dankbarkeit und Unterwürfigkeit, die meine Seele verletzte und im Laufe der Jahre mein Selbstbewusstsein brach. Das ständige Gefühl des »Schuldigseins« hat mein späteres Leben geprägt.

Endlich hatte ich meinen sechzehnten Geburtstag hinter mir und war mit meinen blauen Augen und dem blonden Haar zu einem vermutlich hübschen Mädchen herangewachsen. Ich selbst fand mich nicht schön.

Bald würde ich die Einrichtung verlassen müssen, das wusste ich. Wenn ich heute gefragt werde, welchen Berufswunsch ich damals hatte, kann ich nur verständnislos den Kopf schütteln. Eigene Wünsche durfte ich nicht haben, zudem hätte ich nicht gewusst, welche Möglichkeiten es gab, kannte ich doch nur die Arbeit im Heim, die mich wenig erfreute.

Vorerst machte ich mir keine Gedanken, was aus mir werden würde. Ich wusste, das Jugendamt und die Heimleitung würden darüber entscheiden, wie mein Leben weitergehen wird. Doch was dann geschah, war so unglaublich, dass ich es bis heute noch nicht fassen kann.

Freiheit in Sicht

Sechs Mädchen meines Alters und ich wurden in einen anderen Trakt der Anlage verlegt, in eine separate Wohnung mit einer Küche und einem Bad. Wir bezogen jeweils zu dritt ein Zimmer, es war wie in einer Wohngemeinschaft, nur mit dem Unterschied, dass wir von zwei Nonnen betreut wurden. Vorbei die Zeit, in der wir in der Großküche arbeiten und im großen Speisesaal essen mussten.

Wir lernten Menüs zu kochen, den Tisch schön zu decken. Auch die Kleidung, die uns von den Schwestern zugeteilt wurde, veränderte sich. Wir durften sogar Hosen tragen, früher wäre das unvorstellbar gewesen! Wir bekamen Benimmunterricht und lernten, nach Musik vom Band, miteinander zu tanzen. Das gefiel mir sehr.

Uns Mädchen verband, dass wir alle »echte« Heimkinder waren. Keine von uns hatte Eltern oder andere Angehörige. Wir waren einzig dem Jugendamt unterstellt. Natürlich fragten wir uns, was es bedeutete, dass wir von den anderen Heimjugendlichen abgesondert worden waren. Was hatte man mit uns vor? Würden wir in ein anderes, ein offeneres Heim wechseln?

»Ich glaube, wir dürfen raus aus dem Heim«, meinte eine von uns.

»Aber wohin? Und wer kümmert sich dann um uns?«

Wir waren gespannt, was geschehen würde, hatten aber auch Angst vor dem, was uns eventuell erwartete.

Immer wieder wurde uns gesagt, dass wir bald erwachsene Frauen wären und heiraten könnten.

»In der Bibel steht, dass der Mann das Haupt des Weibes ist, deshalb ist es eure Pflicht, eurem Ehemann zu gehorchen. Wenn ihr ihm nicht folgt, wird er euch verlassen, und ihr werdet Prostituierte!«

»Prostituierte?« Wir wussten nicht, was das bedeutete, doch die Schwestern sprachen dieses Wort so voller Abscheu und Ekel aus, dass wir ahnten, es müsse etwas sehr, sehr Schlimmes sein. Auf meine vorwitzige Frage, was denn eine Prostituierte sei, wurde uns nur gesagt, es wären verabscheuungswürdige Personen, die dereinst in der Hölle schmoren würden. Mit einem Ehemann würden wir vor diesem Schicksal bewahrt bleiben.

Das ging mir nicht mehr aus dem Sinn, das habe ich sehr verinnerlicht. Ich hatte große Angst davor, dass ich, sollte ich keinen Mann finden, so eine schlechte Frau werden würde. Ich erinnerte mich an Mama und Papa. Eine Frau wie Mama wollte ich sein: Mit einem lieben Mann wie Papa zusammenleben, in einer schönen Wohnung, den Haushalt führen und Kinder bekommen. Dann würde ich auf jeden Fall ein armes Heimkind bei mir aufnehmen!

Einmal besuchte uns eine Ärztin. Sie hatte eine männliche und eine weibliche Holzgliederpuppe dabei und fragte uns, ob wir wüssten, was Mann und Frau miteinander tun würden, um ein Baby zu bekommen. Wir schüttelten ratlos den Kopf, nur ich rief keck: »Die spielen miteinander!« Die Nonne, die bei dem Unterricht dabei war, wurde feuerrot, sah mich entsetzt an.

»Nein«, widersprach die Ärztin. »Sie spielen nicht miteinander, sie haben sich lieb. So!« Dabei legte sie die weibliche Puppe auf den Tisch, die männliche darüber. »Und wenn sie sich liebgehabt haben, bekommen sie ein Kind.«

Das war unsere sexuelle Aufklärung. Lediglich vor der Verwendung von Tampons wurden wir noch gewarnt. Sie würden verhindern, dass das schlechte Blut abfließen könne, und so unseren Körper vergiften.

Eines Morgens wurden wir zur Schwester Oberin gerufen. Sie fragte uns, ob wir denn gerne einmal nach draußen wollten, spazieren gehen oder in den Zoo. Natürlich wollten wir das, waren wir doch bisher wie Gefangene gehalten worden.

An einem der nächsten Tage fuhren wir in einem kleinen Bus von zwei Schwestern begleitet in den Zoo. Seit zwei Jahren war es das erste Mal, dass ich nach draußen kam, außer dem einen Mal, wo ich in einem Taxi, von einer Schwester begleitet, zum Zahnarzt gebracht worden war. Die große Stadt, die vielen Häuser und Menschen erschreckten mich, machten mich aber auch neugierig. Bisher kannte ich »in Freiheit« nur das kleine Dorf im Allgäu und die kurze behütete Zeit bei Mama und Papa. Ansonsten war ich immer in Heimen untergebracht gewesen, abgeschottet von der Welt.

Im Zoo waren wir mehr an den vielen anderen Besuchern interessiert als an den Tieren. Wenn uns eine Gruppe von Jungs entgegenkam, die feixten und uns angrinsten, wurden wir angehalten, den Kopf abzuwenden. Wir schauten trotzdem den Jungs nach und kicherten.

Zwei Tage später wurden wir in die Aula des Heimes geführt, an deren Wand ein riesiges Kreuz hing. Diese überragende Präsenz von Jesus beeindruckte mich immer sehr.

Neben dem alten Pfarrer, der Schwester Oberin und anderen Nonnen standen einige Personen, die uns fremd waren. Sie waren weltlich gekleidet, nicht in Ordenstracht und sahen sehr ernst drein.

Die Schwester Oberin hielt eine Ansprache, erklärte uns, dass wir nun erwachsen wären und bald das Heim verlassen würden.

»Zu eurem Schutz möchten wir euch jemanden zur Seite stellen, damit ihr nicht alleine seid. Ihr könnt heiraten und eine Familie gründen.«

Wir verstanden nicht, was sie uns sagen wollte, waren aufgeregt und irritiert. Eine von uns nässte vor Aufregung sogar ein.

Die Erwachsenen in der Aula redeten schwammig und unverständlich zu uns. Ich empfand die Situation als bedrohlich, sah hilfesuchend den alten Pfarrer an, bei dem ich regelmäßig beichten musste und den ich bisher freundlich und gütig erlebt hatte. Er senkte den Blick.

Zum Abschluss der Rede forderte uns die Schwester Oberin auf, uns die Hände zu reichen zum Zeichen der Gemeinschaft. »Alles wird gut, bald werdet ihr in die Freiheit entlassen!«

Ich vernahm das Wort »Freiheit« wie eine süße Verheißung, doch ich fragte mich, wie diese Freiheit aussehen würde. Wie könnte ich in der mir fremden Welt zurechtkommen? Tausend Fragen wirbelten durch meinen Kopf.

Ahmed

Es kam der Tag, der mein Leben von Grund auf mit weitreichenden Folgen verändern sollte.

Gäste waren angesagt. Unter Anleitung der »Küchenschwester« bereiteten wir eine Kaffeetafel vor, backten Kuchen und deckten im Esszimmer den großen Tisch. Wer kommen würde, daraus wurde ein großes Geheimnis gemacht. Wir vermuteten, es kämen irgendwelche hohen Leute aus Düsseldorf ins Heim und wir wären die Vorzeigeobjekte, um einen guten Eindruck zu vermitteln. Das Heim war auf karitative Spenden angewiesen, und immer wieder kamen Sponsoren, die das Heim besichtigten. Doch es sollte anders kommen.

Als wir, hübsch angezogen und frisiert, in das Esszimmer geführt wurden, warteten dort fremde Erwachsene und einige junge Männer. Sie sahen anders aus als wir, hatten dunklen Teint, schwarze, meist lockige Haare und dunkle Augen.

Wir wurden an den Tisch gesetzt, abwechselnd ein Junge und ein Mädchen. Ich wusste nicht, wie ich mich verhalten sollte, schwieg, lächelte nur schüchtern. Auch die Jungs machten einen verlegenen Eindruck. Als Kaffee und Kuchen aufgetragen wurden, wagte kaum einer, etwas zu nehmen.

Rechts von mir saß ein Junge mit einem Wust krauser Haare. »Afrolook« nannte man das, doch das erfuhr ich erst später. Wir lächelten uns verkrampft an. Als ich ihn ansprach, bemerkte ich, dass er kaum Deutsch konnte. Die Situation war angespannt, und wir waren froh, als nach einer Stunde alles vorüber war.

Beim Verabschieden sah ich, dass der Junge Plateauschuhe trug, er war demnach kleiner als ich und von eher schmächtiger Statur. Das weckte sogleich meinen Beschützerinstinkt. Ich fand ihn nett, irgendwie tat er mir leid. Er wirkte so hilflos.

Als sie hinausgingen, beobachtete ich, wie die Männer, die die Jungen gebracht hatten, mit ihnen sprachen und dass »meiner« heftig nickte, lächelte und in meine Richtung sah. Ein anderer hingegen schüttelte den Kopf, und am Abend war eines der Mädchen aus unserer Gemeinschaft, Sylvia, nicht mehr bei uns.

Am nächsten Tag wurden wir über den Besuch aufgeklärt. Man erzählte uns, dass es außer unserer katholischen Religion noch andere Religionen gäbe. Diese Gläubigen würden an einen Gott glauben, den sie »Allah« nannten, aber es wäre nur ein anderer Name für denselben Gott. Das war verwirrend. Ich hatte bisher nur in katholischen Heimen gelebt und nur von Gott, Jesus Christus, dem Heiligen Geist und der Gottesmutter Maria gehört. Sollte es tatsächlich einen anderen Gott geben?

Wieder wurde über die Ehe gesprochen und dass unser künftiger Ehemann für uns sorgen würde, so wie es bisher die Schwestern für uns getan hatten.

»Möchtest du denn heiraten?«, fragte mich eines der Mädchen am Abend im Bett.

Ich zuckte mit den Schultern. »Ich weiß nicht, aber wenn ich damit aus dem Heim komme, dann schon. Irgendwo müssen wir ja hin!«

Zwei Wochen vergingen, wieder wurden wir zur Oberin gerufen. Dieses Mal fragte sie uns, wie uns die jungen Männer gefallen hätten. Sie erklärte uns, sie seien aus einem fremden Land, aus Palästina, zu uns nach Deutschland gekommen, da dort

Krieg sei. Sie wollten hier in Frieden leben und heiraten, eine Familie gründen.

»Ihr seid ausgesucht worden, ihre Frauen zu werden, ihnen dabei zu helfen. Das ist eine Ehre!«

Dann wurde uns ein Papier vorgelegt, das wir unterschreiben und damit unser Einverständnis zur Heirat erklären sollten. Nur eine von uns, Ingrid, fing an zu heulen und weigerte sich, ihre Unterschrift auf das Papier zu setzen. Am gleichen Tag zog Ingrid aus unserer Wohngemeinschaft aus. Da waren wir nur noch vier.

Für mich war nur wichtig, in Freiheit zu gelangen. Das mit dem Mann und der Heirat hielt ich nicht für so wesentlich und unterschrieb das Dokument unbesehen.

Im Anschluss wurden wir in die Aula geführt. Dort standen wieder die Dolmetscher vom letzten Mal und die jungen Männer. Da sah ich Ahmed, mit diesem Namen stellte er sich mir vor, zum zweiten Mal.

Paar um Paar wurden wir nach vorne zum Pfarrer geführt, vor dem auf einem Tablett Eheringe lagen. Plötzlich bekam ich doch Bedenken, wollte nicht mehr mitmachen. Das Ganze erinnerte mich fatal an die Profess der Novizinnen im Kloster, in dem ich einige Zeit verbracht hatte.

Ich drehte mich zu einer der Schwestern um, die uns begleiteten. »Ich will weg«, flüsterte ich.

»Darüber denken wir jetzt nicht nach, Manuela. Gott hat für dich diesen Mann auserwählt.«

Der junge Mann im Afrolook und ich wechselten die Ringe, der Pfarrer gab uns den Segen. Nach der Trauzeremonie wurden wir nach draußen geführt. Auf dem Gang stand Gepäck, darunter mein brauner Koffer.

Wir verstanden nicht, was geschehen war. Verwirrt und unschlüssig standen wir herum.

»Ihr seid jetzt verheiratete Frauen, ihr könnt gehen. Ich wünsche euch alles Gute!« Mit diesen kargen Worten verabschiedete uns die Schwester Oberin, drückte jeder von uns ein Dokument in die Hand. Es war unsere Heiratsurkunde. Wir waren entlassen.

Draußen auf der Straße standen Taxen. Ich stieg mit meinem Ehemann ein, ohne Abschied von den anderen oder den Schwestern nehmen zu können, so schnell ging alles. Das Taxi hielt am Bahnhof. Ahmed ging voraus in die Bahnhofshalle, ich trippelte mit meinem braunen Koffer hinterher. An einem Kiosk kaufte er zwei Flaschen eines dunklen Getränkes. Es war Cola, das ich bisher noch nie getrunken hatte. Es schmeckte scheußlich.

Dann saßen wir einander im Zug gegenüber, die Fahrt begann. Ahmed schlief alsbald ein. Gelegentlich wachte er auf, bedachte mich mit einem schläfrigen Blick. Es kam mir vor, als kontrollierte er kurz, ob ich noch da war.

Es war verrückt! Ich saß mit einem Mann, meinem Mann, in einem Zug, wusste nicht, wohin es ging, und hatte Hunger.

Die Fahrt dauerte lange. Zuvor war ich noch nie in einem Zug gefahren, schaute interessiert aus dem Fenster: Landschaften, Dörfer und Städte flogen an mir vorüber, an den Bahnhöfen, an denen wir hielten, stiegen Leute ein und aus. Wann und wo würden auch wir aussteigen? Und was dann?

Endlich streckte sich Ahmed, gähnte, sah aus dem Fenster und stand auf. Er nickte mir zu, sprach kein Wort. Ich holte den Koffer aus der Gepäckablage über mir, und wir stiegen aus. Wie ich am Bahnsteig lesen konnte, waren wir in Berlin angekommen. In Berlin, wo ich vor sechzehn Jahren als Findelkind aufgefunden worden war!

Eine Gruppe junger Leute erwartete uns am Bahnsteig. Es waren Freunde von Ahmed mit ihren Frauen. Einige waren Araberinnen, die ein Kopftuch trugen, andere Deutsche. Sie musterten mich neugierig. Zwei der jungen Frauen hatten Blümchen für mich mitgebracht, sprachen deutsch und fragten nach meinem Namen.

»Manuela hat sicher Hunger«, meinte eine.

»Okay, gehen wir zu Hertie!«

Wir gingen in ein riesiges Kaufhaus, wie ich es noch nie gesehen hatte, und fuhren mit dem Aufzug in ein Restaurant. Im Lokal setzten wir uns an zwei Tische, Frauen und Männer getrennt. Nun begannen die Frauen, mich auszufragen: Woher ich käme, wie es im Heim gewesen sei und so weiter und so fort. Ich fühlte mich bedrängt, mir wurde alles zu viel, und ich begann zu weinen.

»Ich will zurück ins Heim!«, jammerte ich.

Ahmed sah zu mir, fragte etwas auf Arabisch. Als man ihm übersetzt hatte, wurde er zornig und herrschte mich an. Ich verstand kein Wort, doch ich wusste, ich hatte etwas falsch gemacht, fühlte mich sofort schuldig.

Als die Bedienung im Restaurant die Blümchen sah, brachte sie eine Vase und fragte nach dem Anlass.

»Die beiden haben heute geheiratet«, antwortete eine der Frauen. Da brachte die Bedienung eine kleine Torte als Geschenk, das fand ich sehr nett. Alle haben gegessen und getrunken, doch ich brachte, obwohl ich hungrig war, kaum etwas hinunter. Meine Kehle war wie zugeschnürt. Ich wollte nur noch weg.

Schließlich standen die Männer auf, und wir Frauen folgten ihnen.

Wir fuhren mit der Rolltreppe hinunter. Als ich sah, dass Frauen von den Warentischen Sachen nahmen und weggingen, nahm ich auch etwas an mich. Sofort riss es mir eines der Mädchen aus der Hand: »Lass das liegen! Sonst wird Ahmed böse! Er würde dir das nie kaufen, ohne dass du darum gebeten hast.« Erschrocken legte ich das Teil zurück. Ich hatte nicht gewusst, dass man das bezahlen muss, ich war völlig unvorbereitet auf das Leben draußen.

»Wir begleiten euch in eure Wohnung«, erklärte mir eine der Frauen, ein junges Mädchen wie ich. Sie nahm mir meinen Koffer ab, das fand ich nett, denn ich war müde und erschöpft. Endlich kamen wir an einem großen Mietshaus an, in Neukölln, wie ich später erfuhr.

Wir gingen in den ersten Stock zur Wohnung. Ahmeds Freunde kamen mit hinauf. Ich dachte, sie würden bei uns wohnen, doch sie verabschiedeten sich bald. Die Frauen umarmten mich zum Schluss, lächelten mir verschwörerisch zu, einige eher mitleidig, wie mir schien.

Dann waren Ahmed und ich allein. Ich ging durch die Wohnung: ein Wohnzimmer, ein Schlafzimmer, eine kleine Küche. Die Toilette befand sich draußen auf dem Flur und wurde auch von den anderen Mietparteien genutzt. Die Wohnung gefiel mir, auch wenn sie schlicht eingerichtet und schmutzig war.

Ahmed holte eine Flasche Bier aus dem Kühlschrank, warf sich auf die Couch und stellte den Fernseher an. Ich wagte kaum hinzusehen, bei dem, was ich da zu sehen bekam. Im Heim waren die Filme für uns ausgesucht worden, und es waren weiß Gott keine Krimis und Actionfilme gewesen, wie das, was hier ablief.

Inzwischen war es dunkel geworden. Ahmed stand auf, öffnete die Schlafzimmertür, zeigte auf das Bett. Ich verstand, dass ich zu Bett gehen sollte.

In der Küche putzte ich mir am Spülbecken die Zähne mit meiner gelben Zahnbürste, wusch mir das Gesicht, dann ging ich ins Schlafzimmer und zog mein schlichtes weißes Nachthemd an.

Das Bett war schmal, und ich fragte mich, wo Ahmed schlafen würde. Vielleicht im Wohnzimmer auf der Couch? Ich legte mich ins Bett, deckte mich zu und löschte das Licht. Aus dem Wohnzimmer hörte ich die Geräusche des Fernsehers, Geknalle, Geschrei, laute Musik. Es war dunkel, ich war allein, zitterte. Was würde morgen geschehen?

Plötzlich war es still, der Fernseher war ausgeschaltet worden. Die Tür ging auf, Ahmed kam herein, ohne das Licht anzumachen. Er legte sich zu mir ins Bett, er war nackt. Ich erschrak, drückte mich an die Wand. Er griff nach mir, schob mein Nachthemd hoch, ich wehrte mich, versuchte krampfhaft es festzuhalten. Da packte er grob meine Brüste, legte sich auf mich, drückte gewaltsam meine Beine auseinander.

Was dann geschah, war die Hölle. Anfangs versuchte ich, mich zu wehren, doch es war zwecklos. Da ließ ich es stöhnend über mich ergehen. Die Schwestern im Heim hatten gesagt, ich müsse alles tun, was der Mann von mir verlangt.

Endlich ließ er grunzend von mir ab, rollte sich auf die Seite und schlief ein. Ich wartete, steif vor Angst, bis er zu schnarchen begann. Dann kroch ich aus dem Bett, schlich in die Küche, sah an mir hinunter. Mich schauderte es.

Ich wusch das Blut und den Schleim zwischen meinen Beinen ab, dann legte ich mich zurück ins Bett. Leise, um den Mann nicht zu wecken, schluchzte ich vor mich hin.

Ich musste ein schlechtes Mädchen sein, ein Kind des Teufels. Deshalb hatten mich die Schwestern zur Strafe in die Hölle geschickt.

Mit Zuckerbrot und Peitsche

Die Ehe mit Ahmed geriet zur Katastrophe. Wie hätte es auch anders sein können? Ich war ein sechzehnjähriges Mädchen, unaufgeklärt und nicht fähig, mich im Alltagsleben allein zurechtzufinden. Ich kannte nur das Heimleben, das wie ein Gefängnis gewesen war und mich zur Unselbstständigkeit erzogen hatte.

Mein Ehemann, drei Jahre älter als ich, war ebenso unfähig, sein Leben zu gestalten. Er war ein palästinensischer Flüchtling aus dem Libanon, der in Deutschland um Asyl nachgesucht hatte. Viele junge Palästinenser flüchteten damals vor dem Krieg in Nahost bevorzugt in die DDR und nach Westdeutschland, wo sie sich ein besseres Leben versprachen. So auch Ahmed und seine Freunde, die alle Asylbewerber waren. Da sie auch im Libanon Flüchtlinge gewesen waren, konnten sie gemäß der Genfer Flüchtlingskonvention nicht ausgewiesen werden, denn einen Staat Palästina gab und gibt es bis heute nicht.

Ahmed und seine Freunde wussten dies nur zu gut, und entsprechend benahmen sie sich. Sie kannten sehr schnell ihre »Rechte«, wurden vom Staat unterstützt, arbeiteten kaum, selbst wenn sie sich kriminell verhielten, wurden sie nicht bestraft. Sie amüsierten sich sehr über die »dummen Deutschen«. Nun war Ahmed noch dazu mit einer Deutschen verheiratet, das sicherte seinen Aufenthaltsstatus. All das erfuhr ich erst später, nach und nach. Vorerst war ich ahnungslos, vollauf damit beschäftigt, mit meinem neuen Leben und dessen Problemen klarzukommen. Wovon wir lebten, wusste ich nicht, machte mir darüber keine Gedanken. Wir hatten eine Wohnung, und Ahmed bekam Geld vom Staat, das er überwiegend für sich ausgab.

Am Morgen nach der Vergewaltigung in unserer »Hochzeitsnacht« stand ich auf, zog mich an und wartete im Wohnzimmer zitternd darauf, was geschehen würde. Schließlich hörte ich Ahmed. Er kam herein, herrschte mich auf Arabisch an, ich verstand kein Wort. Dann verschwand er, verschloss die Tür und ließ mich zurück, eingesperrt.

Fast eine Woche blieb er verschwunden, ich wusste nicht, ob und wann er wiederkommen würde. Ich vertrieb mir die Zeit mit Fernsehen, schaltete durch die Programme. Gelegentlich aß ich etwas, es waren nicht viele Lebensmittel im Schrank und im Kühlschrank, doch es reichte.

Oft stand ich am vorderen Fenster, sah hinaus auf die Straße, auf der der Verkehr brauste, Menschen hin- und hereilten. Was sollte ich tun? Ich wagte nicht, um Hilfe zu rufen, hatte immer noch die Rede der Schwestern im Ohr, meinem Mann in allem zu gehorchen.

Als Ahmed wiederkam, begann mein Ehemartyrium. Wir konnten uns kaum verständigen, erst nach und nach lernte ich einige Worte Arabisch und er Deutsch. Immer wieder verschwand er für Stunden oder Tage, sperrte mich ein. Anfangs durfte ich nicht alleine auf die Straße, Ahmed begleitete mich, wenn wir zum Einkaufen gingen. Ich musste ein Kopftuch tragen, wurde wie eine Sklavin gehalten.

Manchmal war er nett und freundlich, lachte, legte den Arm um mich. Dann wieder schlug seine Stimmung unversehens um, er wurde aggressiv und cholerisch. Es kam wie aus heiterem Himmel. Brutal schlug er mir mit der Faust mitten ins Gesicht, auf das Auge. Fast täglich bekam ich Schläge, unvermittelt schlug er zu, ich wusste nie, weshalb. Es hatte etwas zutiefst Demütigendes, und doch dachte ich, es verdient zu haben, sonst würde er mich nicht so behandeln.

Eines Tages, ich war auf der Toilette am Flur, sprach mich die Frau an, die in der Wohnung über uns wohnte. Sie fragte, wie es mir gehe, sah mich mitleidig an. Ich hatte wieder einmal ein geschwollenes blutunterlaufenes Auge. Ich erwiderte, mir ginge es gut.

»Ach komm, Mädchen, hör auf! Ich seh doch, wie du aussiehst! Er schlägt dich, nicht wahr? Und wie dünn du bist!« Sie musterte mich kritisch.

Ich schüttelte heftig den Kopf und schlüpfte in unsere Wohnung zurück. Ich wusste, Ahmed duldete nicht, dass ich mit jemandem sprach.

Als Ahmed wieder einmal weg war, öffnete ich das Fenster, beugte mich hinaus. Die Frau im Stockwerk über mir sah ebenfalls aus dem Fenster, rief mir etwas zu, dann ließ sie einen Korb mit Obst und etwas Schokolade zu mir hinab. Ich versteckte die Sachen unter dem Bett und aß sie heimlich, wenn Ahmed weg war.

Johanna, so hieß die Frau, war mit einem Türken verheiratet und hatte sechs Kinder. Im Laufe der Zeit freundete ich mich heimlich mit ihr an. Sie erkannte, in welch schlimmer Lage ich mich befand, versuchte, mir zu helfen, so gut sie konnte. Sie war die einzige Person, zu der ich Zutrauen fasste.

Gelegentlich ging Ahmed mit mir aus. Wir trafen uns in arabischen Kneipen und Bars mit seinen Freunden. Wir Frauen tanzten zu orientalischer Musik, und die Männer sahen uns zu. Beim Tanzen war ich glücklich, konnte alles um mich herum vergessen, war wie in Trance. Ich wusste, dass es Ahmed gefiel, wie ich tanzte, er klatschte begeistert und lobte mich. Sogleich begann ich, auf Besserung unserer Beziehung zu hoffen. An solchen Abenden war ich immer wieder erstaunt, wie nett und lustig Ahmed sein konnte. Ich folgerte daraus, dass es an mir liegen musste, wenn er oft so rabiat und böse war. Ich hatte Schuld, es geschah mir recht.

Einmal fragte mich eine der Deutschen, die mit einem von Ahmeds Freunden verheiratet war, wie es mir gehe, und ich wagte zu gestehen, wie Ahmed mich behandelte. Sie sagte es ihrem Mann und der wiederum Ahmed. An dem Tag schlug er mich so heftig, dass ich mit einer Gehirnerschütterung und einem Nasenbeinbruch ins Krankenhaus eingeliefert wurde. Von da an beklagte ich mich bei niemandem mehr.

Nach ungefähr sechs Wochen in Berlin gab mir Ahmed zu verstehen, dass ich arbeiten gehen müsse. Früh am Morgen brachte er mich zu Siemens, er hatte dort eine Arbeitsstelle für mich gefunden. Ich arbeitete in einer Halle mit vielen anderen Frauen, wir wickelten Kupferspulen im Akkord. Morgens brachte mich Ahmed zur Arbeit und holte mich am Abend am Fabriktor wieder ab.

Als ich meine erste Lohntüte bekam, mein erstes selbst verdientes Geld, kaufte er sich davon einen Mantel. Ich durfte keinen Pfennig meines Lohnes behalten. Da wurde ich zum ersten Mal wütend, wagte aber nicht, etwas zu sagen.

So vergingen Wochen und Monate. Ich magerte durch die schlechte Behandlung und Ernährung mehr und mehr ab, war blass, hatte stumpfe, strähnige Haare. Meine monatliche Blutung blieb aus, und ich war froh darüber, dachte, ich hätte endlich kein schlechtes Blut mehr in mir, hätte für alle meine »Sünden« gebüßt. Ein kleiner Bauch wölbte sich in den nächsten Monaten, in dem es rumorte, und ich dachte, es wären Blähungen oder Verdauungsstörungen.

Eines Tages verlor ich Wasser, konnte es nicht zurückhalten.

Ich bekam schreckliche Angst, dachte, ich müsse sterben, wenn alle Flüssigkeit aus meinem Körper laufen würde. In meiner Panik lief ich zu Johanna nach oben, hämmerte an ihre Tür. Als sie mich sah, meinte sie: »Weißt du denn nicht, dass du ein Baby bekommst, Manuela? Du musst sofort ins Krankenhaus!« Sie lief mit mir nach unten, trommelte an unsere Tür. Ahmed kam verschlafen aus der Wohnung, er sah Johanna mürrisch an. »Schnell, hol Sachen für deine Frau, einen Koffer!« Sie ging mit ihm in die Wohnung, sammelte einige Dinge zusammen.

Ahmed rief kein Taxi, das wäre zu teuer gewesen. Doch die nächste Klinik war nicht weit entfernt, und so gingen wir zu Fuß dorthin, ich mit der Tasche in der Hand. Ich schlotterte vor Aufregung und Kälte, durchnässt wie ich war.

In der Klinik wurde ich von einem Arzt untersucht. Er erklärte uns, dass das Kind bald kommen würde.

»Kein Mädchen«, warnte mich Ahmed, »wenn es ein Mädchen ist, brauchst du nicht mehr nach Hause zu kommen!« Da warf ihn der Arzt aus dem Zimmer.

Ich lag mit vier anderen Frauen in einem Kreißsaal, eine Hebamme betreute uns. Ich war völlig unerfahren und hilflos, wusste nicht, was passieren würde.

»Wie kommt das Kind aus meinem Bauch?«, wagte ich die Hebamme zu fragen.

»So wie es reingekommen ist«, gab sie barsch zurück. Sie war kein bisschen mitfühlend. Ich wusste nicht, wie das Kind in meinen Bauch gekommen war, vermutete, es würde aus dem Nabel kommen.

Ich lag sechsundzwanzig Stunden in den Wehen, dann holte die Hebamme einen Arzt. Er legte sich auf meinen Bauch und drückte. Da fragte ich ihn, wie das Kind denn herauskommen solle, wenn er sich auf den Nabel legt. Er sah mich erstaunt an, dann lachte er und schüttelte den Kopf.

Endlich war das Kind da. »Es ist ein Junge!«

Es war mir egal, ich war zu erschöpft von der langen Entbindung. Man legte das Kind neben mich, ich sah es an, doch es war wie etwas Fremdes, ich wusste nicht, was ich damit anfangen sollte. Es war das erste Baby, das ich in meinem Leben sah.

Ich begann zu weinen, da schimpfte die Hebamme: »Da huren die Mädels mit solchen Kanaken rum, lassen sich ein Kind machen, und dann heulen sie! Warte du nur, wenn es ans Stillen geht. Da stechen wir dir eine Nadel in die Brust, dass die Milch fürs Kind rauskommt.« Ich zitterte vor Angst.

Die Babys waren damals in einem Säuglingszimmer untergebracht. »Rooming-in« wie heute gab es nicht. Nur zum Stillen wurden sie den Müttern gebracht. Ich hatte schreckliche Angst, als man mir das Kind erstmals an die Brust legte.

Nach einer Woche wurde ich entlassen. Ich lernte nichts über Kinderpflege, nur einmal wurde mir gezeigt, wie man das Baby wickelt. Ahmed holte mich nicht ab, so ging ich, mit dem Kind auf dem Arm, meine Tasche schleppend, alleine nach Hause.

Wir nannten das Kind Nabil nach Ahmeds bestem Freund, mit dem er aufgewachsen und aus dem Libanon geflohen war. Nabil war der einzige von Ahmeds Freunden, der jemals freundlich und höflich zu mir war.

Kurz nach der Geburt begann Ahmed, sich mit anderen Frauen zu vergnügen, auch in unserer Wohnung. Ich blieb derweilen mit Nabil im Schlafzimmer. Mir war es egal, ich war eher froh darüber, da er mich dann meist in Ruhe ließ und besser gelaunt war, mir gelegentlich sogar Schokolade mitbrachte. Es war die beste Zeit meiner Ehe.

Nabil war ein zartes, kränkliches Kind. Selbst zum Trinken an der Brust war er zu schwach, schlief immer wieder ein. Später, als ich Brei zufütterte, wie mir Johanna geraten hatte, bekam er oft Durchfall. Ich musste dafür sorgen, dass er nicht schrie, wenn Ahmed zu Hause war. Kindergeschrei brachte ihn schnell in Rage.

Als Nabil sechs Monate alt war, wurde ich wieder schwanger. Diesmal war es unverkennbar. Obwohl ich sehr abgemagert war, hatte ich zum Ende hin einen riesigen Bauch.

Ahmed ging mit mir zu einem arabischen Arzt im Viertel, er duldete nicht, dass mich ein deutscher Arzt untersuchte und mich dabei ansah. Der arabische Arzt befühlte mich unter einer Decke. Ahmed war dabei.

Dieser Arzt machte Ahmed Vorwürfe, weil ich so dünn war, er sah die blauen Flecke und die Striemen von den Schlägen. Er schärfte ihm ein, mich nicht in den Bauch zu schlagen. Von da ab erhielt ich nur noch Ohrfeigen oder Schläge gegen den Oberkörper.

Als ich zum Ende der Schwangerschaft Blutungen bekam, wurde ich ins gleiche Krankenhaus eingeliefert wie zu Nabils Entbindung. Nabil wurde mit aufgenommen.

Als das Kind, ein Junge, endlich entbunden war, meinte der Arzt, es komme noch ein zweites. Ich erschrak. In der Wohnung war es doch mit Nabil schon schwierig gewesen, wie sollte es mit drei kleinen Kindern gehen? Das zweite Kind, das nach einer halben Stunde geboren wurde, war ebenfalls ein Junge.

Da ich Kindbettfieber bekam, blieb ich drei Wochen in der Klinik, mit allen drei Kindern, den Zwillingen, die wir Ahmed nach seinem Vater und Samir nannten, und dem kleinen Nabil.

In der kleinen Wohnung mit nun fünf Personen herrschte das reinste Chaos, Wäsche hing und lag überall herum, die Kinder brüllten. Streit und Schläge waren an der Tagesordnung, Geld war knapp. Gelegentlich gab mir der türkische Obsthändler an der Straße, dem ich leidtat, Gemüse und Obst, das er nicht mehr verkaufen konnte.

Als Nabil zwei Jahre alt war, eskalierte die Situation. Ich war in der Küche, als ich meinen Sohn im Wohnzimmer weinen hörte. Ich lief hin, sah, dass er aus einer Verletzung am Kopf blutete. Sein Vater hatte ihm den kantigen Ring, den er am Finger trug, über das Köpfchen gezogen. Ich hob das schreiende Kind hoch.

»Wenn er nicht aufhört zu schreien, sorge ich dafür, dass er für immer ruhig ist«, schrie Ahmed mich an. Ich wusste, er akzeptierte Nabil, der krank und schwach war, nicht als vollwertigen Sohn.

In meiner Wut rannte ich in die Küche, holte den Topf mit den heißen Spaghetti und schüttete ihn über Ahmed, der sich auf das Sofa gelegt hatte. Es war das erste Mal, dass ich mich wehrte.

Ahmed brüllte, dass das halbe Haus zusammenlief. Alle Nachbarn warteten schon seit Langem, dass einmal etwas Schlimmes passieren würde bei den Zuständen, die bei uns herrschten. Doch niemand kümmerte sich. Alle hatten selbst mit Problemen zu kämpfen.

Ahmed wurde wegen der Verbrühungen ins Krankenhaus gebracht, den kleinen Nabil nahm man mit, da die Wunde am Kopf genäht werden musste. Im Krankenhaus wurde das Kind untersucht, und man stellte die Diagnose Leukämie. Man sagte mir, Nabil müsse dringend behandelt werden, ansonsten würde er nicht lange leben. Es war ein Schock für mich, ich war verzweifelt.

Der Arzt im Krankenhaus, der mich schon von diversen Blessuren kannte, riet mir eindringlich, mich von Ahmed zu trennen, die Scheidung einzureichen. Doch ich wagte es nicht. Ich hatte drei kleine Kinder, wohin sollte ich gehen?

Trotzdem sagte ich am Abend zu Ahmed, ich würde mich scheiden lassen, ich sei bei einem Rechtsanwalt gewesen. Er starrte mich erst ungläubig an, erwiderte dann kalt: »Dann wirst du die Kinder nie wiedersehen! Ich werde dich töten!«

Da wusste ich, dass es unmöglich sein würde, mich von ihm zu trennen, dass ich das Martyrium weiter würde ertragen müssen. Ich musste eine andere Möglichkeit finden, unsere Situation zu verbessern.

Ich hatte erfahren, dass es bei Siemens eine Kinderkrippe gab, und so beschloss ich, wieder arbeiten zu gehen. Sollte es doch noch zur Scheidung kommen, hätte ich zumindest eine wirtschaftliche Grundlage. Die Arbeit dort war Erholung für mich, ich hatte Kontakt mit anderen Frauen, und die Kinder waren in der Krippe gut untergebracht. Ahmed ging seiner Wege, ließ mich und die Kinder weitgehend in Ruhe. Ich schöpfte Hoffnung.

Nach kurzer Zeit sagte man Ahmed, der mich täglich abholte, ich könne Nachtschicht arbeiten und würde so mehr verdienen. Das gefiel ihm. So arbeitete ich nachts, Ahmed sollte auf die Kinder aufpassen.

Das ging zwei, drei Monate gut, mehr schlecht als recht, oft ließ er die Kinder alleine. Ich wurde von der Doppelbelastung, dem wenigen Schlaf und der Sorge um meine Söhne immer weniger, wog zum Schluss nur noch achtunddreißig Kilogramm bei einer Größe von 1,75 Metern. Ich wusste, so konnte es nicht weitergehen, ich war am Ende meiner Kräfte. Wieder wagte ich, Ahmed mit Scheidung zu drohen.

Kurz darauf, als ich morgens von der Nachtschicht nach Hause kam, fand ich die Wohnung leer vor. Mir schwante Schreckliches. Verzweifelt rannte ich zu Sharif und Nabil, Ahmeds Freunden.

Sharif schaute betreten drein. »Scheiße! Hätte ich das nur nicht gesagt.«

»Was denn? Was hast du gesagt?«, schrie ich ihn an.

»Dass seine Kinder auch im Libanon groß werden können, wenn du dich scheiden lassen willst.« Er sah mich böse an. »Eine Frau verlässt ihren Mann nicht! Eine Frau hat ihrem Mann zu gehorchen! Es geschieht dir recht!«

Mir wurde eiskalt. Hatte Ahmed die Kinder entführt, in den Libanon? Nabil! Er brauchte dringend Behandlung und Medikamente, ohne diese hätte er keinerlei Chancen zu überleben!

Ich war verzweifelt. Wie sollte ich die Kinder jemals zurückbekommen? Ich wusste, wie schwierig es war, denn ich hatte einmal zufällig Susanne getroffen, eines der Mädchen, die damals im Heim mit mir zwangsverheiratet worden waren. Fast hätte ich das einst lebhafte, lustige Mädchen nicht mehr erkannt, so vergrämt und niedergeschlagen sah sie aus. Sie hatte ein ähnliches Martyrium erlitten wie ich, war ebenfalls mit einem Araber verheiratet worden. Ihre kleine Tochter war von ihm entführt worden, und Susanne hatte mir weinend erklärt, dass es keine Möglichkeit gäbe, das Kind zurückzuholen. Sie hätte alles versucht.

Auch ich unternahm alles, was mir möglich war, um die Kinder nach Deutschland zurückzuholen. Ich ging zur Polizei, erzählte, dass mein Mann die Kinder entführt habe, doch ich erntete nur Kopfschütteln. Es käme des Öfteren vor, dass Araber ihre Kinder über die DDR ins Ausland brächten. Da könnten sie nichts machen. Man riet mir, zur deutschen oder libanesischen Botschaft zu gehen. Dort nahm man den Fall auf, machte mir jedoch keinerlei Hoffnung.

Ich wusste, ich hatte keine Möglichkeit, meine Kinder auf legalem Weg zurückzubekommen. Mir wurde klar, dass ich in den Libanon fliegen musste, um sie wiederzusehen und nach Deutschland zurückzubringen.

Ahmeds Freund Nabil half mir bei der Planung. Er hatte in Erfahrung gebracht, dass Ahmed bei seinen Eltern in seinem Heimatort Saida, nahe der Grenze zu Israel, lebte. Er warnte mich, dass dort Krieg sei, die Israelis würden immer wieder das Gebiet bombardieren. Doch ich schob alle Bedenken und Einwände beiseite. Ich wollte nur eines: Meine Kinder nach Deutschland zurückbringen.

Einen Pass hatte ich gottlob, da Ahmed einmal mit mir in den Libanon zu seinen Eltern fliegen wollte, und als ich Geld zusammengespart und das Visum erhalten hatte, packte ich meinen braunen Koffer und einen Rucksack und machte mich auf den Weg. Die Wohnung ließ ich einfach zurück.

Nabil brachte mich zum Flughafen. Er hatte mir die Adresse von Ahmeds Eltern auf Deutsch und Arabisch aufgeschrieben. Ich war noch nie geflogen, noch nie im Ausland gewesen, doch ich war entschlossen, alle Widrigkeiten zu überwinden, um meine Kinder nach Hause zu holen.

Im Libanon

Endlich kam ich in Beirut an – in einer anderen Welt! Ich stand am Flughafen mit meinem Gepäck, wusste nicht, wohin, konnte nur wenig Arabisch, das Nötigste, um mich zu verständigen.

Der Beamte am Einreiseschalter gaffte mich an: Ich war jung, blond, alleine, kam aus Europa, hatte einen arabischen Namen und war spindeldürr. Unvorstellbar! Mein Mann musste nicht gut für mich gesorgt haben.

Am Flughafen von Beirut wuselte es von Menschen aller Nationen und Hautfarben, ein buntes Gemisch. Damals, vor dem Bürgerkrieg im Libanon, war Beirut eine schöne Stadt, wurde »das Paris des Ostens« genannt. Davon bekam ich allerdings nichts mit, ich wollte so schnell wie möglich nach Saida, um meine Kinder zu sehen.

Nabil hatte gesagt, der Ort wäre ungefähr fünfzig Kilometer von Beirut entfernt, in Richtung der israelischen Grenze. Ich ging nach draußen zum Taxistand, doch als ich die abschätzigen Blicke der Männer sah, ihr anzügliches Grinsen, mochte ich mich keinem von ihnen anvertrauen.

Ich ging am Flughafengebäude entlang und entdeckte einen kleinen Laden mit Souvenirs. Drinnen stand ein älterer Mann, der mir freundlich zunickte. Ich zeigte ihm meinen Zettel mit der Adresse von Ahmeds Eltern. Er nickte eifrig und rief nach hinten zu seiner Frau. Sie kam, nickte ebenfalls eifrig, sagte etwas auf Arabisch zu mir. Jetzt rächte sich, dass ich mich in

Berlin geweigert hatte, Arabisch zu lernen, nur die nötigsten Worte kannte.

Der Mann zeichnete einen Bus auf ein Stück Papier und zeigte auf seine Uhr, auf die Acht. Es war später Nachmittag. Unschlüssig sah ich um mich. Da gab mir die Frau zu verstehen, dass ich ihr folgen solle. Sie führte mich nach hinten in einen Raum, der mit Teppichen ausgelegt war, auch an den Wänden hingen Teppiche. Sie zeigte auf eines der Sitzpolster, und ich ließ mich erschöpft nieder. Kurz darauf brachte sie erfrischenden Minzetee und eine Platte mit verschiedenem Gemüse und Fleisch. Sie strich über ihre füllige Figur und deutete auf meinen dünnen Körper, schüttelte den Kopf und führte eine imaginäre Gabel zum Mund. Ich solle essen, um zuzunehmen. Ich wusste, dünne Frauen waren hier nicht angesehen. Im Libanon lernte ich, dass man sich mit gutem Willen auch ohne Sprachkenntnisse verständigen kann.

Gegen neunzehn Uhr kam ihr Mann zu uns, nahm meinen Koffer und die Reisetasche und sperrte seinen Laden zu. Das Paar ging mit mir zur Bushaltestelle auf dem Flughafengelände.

»Saida«, sagte der Mann und zeigte auf einen bereitstehenden Bus. Dann verhandelte er mit dem Busfahrer. Ich stieg ein und setzte mich auf einen der vorderen Plätze. Ein Paar im Bus sprach meine Gastgeber an, ich verstand, dass sie aus Saida kamen, und anboten, auf mich aufzupassen. Sie fragten nach meinem Namen, und als ich ihn nannte, strahlten sie und nickten. Offensichtlich kannten sie Ahmeds Familie.

Schnell war der Bus überfüllt, und wir fuhren los. An jedem kleinen Kaff hielt er an. Die kurvigen Straßen waren eine einzige Schotterpiste voller Staub, der Busfahrer fuhr dennoch in einem höllischen Tempo. Endlich, so gegen elf Uhr nachts, kamen wir in Saida an. Das Paar führte mich zum Haus von Ahmeds Eltern, einem ebenerdigen, weiß gestrichenen Gebäude.

Ich klatschte in die Hände, wie es in arabischen Ländern üblich ist, um sich anzumelden, und wie es Ahmeds Freunde bei uns gemacht hatten. Eine Frau mit einem Kopftuch öffnete die Tür, dem Alter nach konnte sie Ahmeds Mutter sein. Misstrauisch musterte sie mich, diese fremde blonde Frau, die nachts vor ihrem Haus stand, dann rief sie etwas nach hinten. Darauf kam ein Mann in einem Kaftan, dem traditionellen Gewand arabischer Männer. Er musterte mich argwöhnisch, doch er bat mich ins Haus und führte mich in einen großen Raum, der ähnlich dem des Paares in Beirut eingerichtet war. Er deutete auf ein Polster, ich setzte mich, und er nahm mir gegenüber Platz, musterte mich, sagte nichts, wartete.

Aus meiner Tasche kramte ich ein Foto aus Berlin, das mich mit Ahmed und den drei Kindern zeigte. Er sah es sich an und nickte bedächtig. Inzwischen war seine Frau wieder ins Zimmer gekommen und brachte Tee und Essen für mich, doch ich war zu aufgeregt, um etwas hinunterzubekommen.

Der Mann zeigte das Foto seiner Frau, und sie sah mich verächtlich an. Ich fragte nach Ahmed, er schüttelte den Kopf. Was sollte das bedeuten? Wo waren Ahmed und die Kinder?

Später führte mich die Frau auf den Hof hinter dem Haus zu einem Plumpsklo, daneben stand ein Eimer mit Wasser. Nach geraumer Zeit kam sie wieder, führte mich eine steile Treppe zur Dachterrasse des Hauses hinauf, die mit Polstern, Teppichen und kleinen Tischchen möbliert war. Sie hatte eine Decke dabei, zeigte auf eine der Liegen. Hier sollte ich offensichtlich schlafen.

Ich legte mich hin, angezogen wie ich war, und starrte in den sternenübersäten Nachthimmel. Ich war todmüde und erschöpft, fragte mich beunruhigt, wo Ahmed und die Kinder seien. Hier im Haus waren sie offensichtlich nicht. Immerhin war ich in Saida, im Haus seiner Eltern. Alles andere würde sich klären.

Am nächsten Morgen stieg ich die Treppe hinunter. Ahmeds Mutter hantierte in der Küche, stellte mir mürrisch ein Schüsselchen mit einer Art Getreidebrei hin. Sie zeigte mir deutlich, dass ich hier unerwünscht war.

Ich ging nach draußen, um mir den Ort anzusehen. Es war eine ärmliche Gegend mit teils schäbigen Unterkünften. Gelegentlich rumpelte ein Eselskarren an mir vorbei, nur wenige, klapprige Autos fuhren herum.

Von Nabil wusste ich, dass dieser Ort eine palästinensische Ansiedlung am Rande der großen Stadt Sidon war. Dorthin waren viele aus ihrer Heimat vertriebene Palästinenser geflohen. Sie lebten hier bereits in zweiter Generation in der trügerischen Hoffnung, irgendwann in ihre angestammte Heimat zurückkehren zu können.

Das Haus von Ahmeds Eltern war eines der besseren, mit einem kleinen Garten, in dem jedoch wegen der Trockenheit kaum etwas wuchs. Daneben war eine Art Schuppen, davor in Holzkisten Gemüse, Obst und andere Lebensmittel. Hier traf ich Ahmeds Vater, der diesen kleinen Laden betrieb. Er begrüßte mich höflich. »Salam aleikum!« Ich lächelte zurück und erwiderte seinen Gruß. »Ahmed?«, fragte ich.

Er zuckte mit den Schultern und deutete auf das Haus. Ich ging hinein, da stand Ahmed. Ich war wie vom Donner gerührt, als ich ihn so plötzlich vor mir sah. Der Blick, mit dem er mich bedachte, verhieß nichts Gutes, eine Mischung aus Erstaunen und Wut.

Ich stürzte auf ihn zu. »Wo sind die Kinder?«

Er sah mich verächtlich an. »Sie sind in Sicherheit.«

»In Sicherheit!? Wo?«

»Du wirst es erfahren, wenn ich es für richtig halte!«

»Wenn du es für richtig hältst?«, gab ich empört zurück. »Ich will sofort zu meinen Kindern!«

»Wir sind hier nicht in Deutschland, du hast hier nichts zu sagen«, entgegnete er kalt, drehte sich um und ging aus dem Haus. Aus den Augenwinkeln sah ich seine Mutter hämisch grinsen.

Ahmed sah ich bis zum nächsten Tag nicht mehr und ab da auch nur sporadisch. Was er machte, wusste ich nicht, er kam und ging, wann und wohin er wollte. Wenn er da war, beachtete er mich so wenig, wie es nur ging. Ich musste mich gedulden, wusste, hier im Libanon war ich völlig rechtlos, auf Ahmeds Gnade angewiesen.

Ich begann, mich auf ein Leben im Libanon einzurichten. Ich konnte mich zwar frei im Dorf bewegen, war aber immer unter Beobachtung. Die »Umm Ahmed«, wie der Ehrentitel von Ahmeds Mutter lautete, mochte mich nicht, keifte mich an und pufffte mich, sobald ich ihr nahe kam. Nur wenn »Baba«, Ahmeds Vater, in der Nähe war, benahm sie sich etwas freundlicher.

Fast jeden Abend kamen Gäste. Die Männer saßen diskutierend im Wohnzimmer, die Frauen kochten in der winzigen Küche, die Kinder spielten draußen. Es gab Unmengen von verschiedenen Speisen, die auf Platten aufgetragen wurden. Man tunkte mit der rechten, der »reinen« Hand, Brot ein und schaufelte damit das Essen in den Mund. Teller und Besteck gab es nicht.

Waren die Männer satt, wurden die Platten abgetragen und die Kinder abgefertigt; erst dann aßen die Frauen, oft droben auf der Terrasse.

Es gab kein Wasser im Dorf. Einmal pro Woche kam ein Tanklastwagen, wo man Wasser in Kanistern und Eimern kaufen konnte, so viel man sich leisten konnte. Mit dem Wasser musste sparsam umgegangen werden, und es wurde mehrmals verwendet: zum Kochen, zum Waschen, zum Abspülen und zum Schluss zum Putzen. Oft war das Wasser wegen der Hitze und Bakterien nach einigen Tagen gekippt, das war vor allem für mich problematisch. Deshalb musste ich das Wasser immer abkochen, was mir verächtliche Blicke von Ahmeds Mutter eintrug. Jedes Mal, wenn ich Ahmed sah, fragte ich ihn nach den Kindern, immer bekam ich die gleiche Antwort: »Wenn du gelernt hast, wie eine arabische Frau zu sein, wirst du die Kinder sehen. Wir werden künftig hier im Libanon leben. Nur ich fahre nach Deutschland in den Urlaub, du bleibst für immer hier.«

Hier im Libanon lernte ich Ahmed wiederum von einer anderen Seite kennen: Auch wenn er sich mir gegenüber überheblich und anmaßend verhielt, so war er seinem Vater und den Onkeln gegenüber demütig und unterwürfig wie ein Hund. Das machte mich wütend. Warum nur hatte ich mich ihm so ergeben, mir alles gefallen lassen? Wäre es anders gekommen, wenn ich früh genug aufbegehrt hätte? Hatte ich Schuld?

Vier Wochen vergingen, ich hatte mir eine Taktik zugelegt: Ich bemühte mich, mich unterzuordnen. Doch den Gedanken an Flucht gab ich nicht auf. Noch wusste ich nicht, wie ich es bewerkstelligen konnte, musste auf die Zeit vertrauen. Am meisten Sorgen machte ich mir um meinen kranken Nabil.

Einmal, ich hatte mit Ahmed Streit wegen der Kinder, schlug er auf mich ein. Als sein Vater dies mitbekam, nahm er Ahmed zur Seite. »Im Koran steht, dass du deine Frau nicht schlagen darfst. Du darfst sie erziehen, doch ohne Schläge! Ich habe meine Frau, deine Mutter, nie geschlagen!«, herrschte er ihn an.

Baba war gut zu mir, wenn auch streng. Er war das Oberhaupt der Familie, ihm hatte man zu gehorchen. Ich wusste nicht, was er über mich und Ahmed dachte, man mischte sich in die Angelegenheiten anderer nicht ein.

Als mich Ahmed eines Tages wieder geschlagen hatte, ging ich zu Baba, zeigte ihm das Foto mit den Kindern, weinte und legte die Hand auf mein Herz. Tags darauf kam Ahmed zu mir auf die Terrasse: »Baba und ich werden die Kinder holen, es wird drei Tage dauern.«

»Drei Tage? Wo sind sie?«

»Sie sind in Damaskus, in Syrien!«

»In Damaskus? Warum in Damaskus?«

»Sie sind bei einer Tante, es geht ihnen gut.«

»Und Nabil? Wie geht es ihm?«, fragte ich besorgt nach meinem kranken Kind.

Ahmed stockte, dann: »Nabil geht es gut!«

Drei Tage später kamen die Kinder. Der kleine Nabil erkannte mich sofort, lief auf mich zu, rief »Mama, Mama!« Ich schluchzte, als ich ihn umarmte und küsste, ich hatte ihn mehr als ein halbes Jahr nicht gesehen. Die Zwillinge starrten mich ängstlich und scheu an, sie hatten keine Erinnerung mehr an mich, sie waren zu klein gewesen, als Ahmed sie entführt hatte. Die beiden machten einen guten Eindruck, waren lebhaft und gut genährt, nur Nabil war schwach und blass, hatte dunkle Augenringe. Ich wusste, dass er dringend ärztlicher Behandlung bedurfte. Müde und tief aufseufzend kuschelte er sich an mich, wich mir nicht von der Seite.

Was auch immer Ahmed seinen Eltern vorgelogen hatte, jetzt war allen klar, dass ich die Mutter dieser Kinder war und Ahmed sie mir genommen hatte.

Wenn ich mich bisher frei in Saida hatte bewegen können, wurde ich ab jetzt kritisch beäugt, geradezu bewacht. Offensichtlich fürchtete man, dass ich mit den Kindern nach Deutschland fliehen könnte. Das war auch weiterhin mein Plan, doch die Zeit war noch nicht reif.

Ich wollte auf keinen Fall, dass meine Kinder in diesem kriegs- und krisengeschüttelten Land, in dieser archaisch anmutenden Umgebung aufwachsen mussten, ohne Bildung, ohne medizinische Versorgung. Noch dazu, das wusste ich, haben arabische Mütter ab einem bestimmten Alter ihrer Söhne kein Mitspracherecht bei deren Erziehung. Diese liegt in der Hand der Väter, die ihre Söhne zu »Männern« heranziehen wollen.

Einmal versuchte ich in meinem noch holprigen Arabisch, Baba zu überreden, mit seiner Frau mit uns nach Deutschland zu kommen. Doch er sah mich nur milde lächelnd an, schüttelte den Kopf. »Wir haben schon einmal alles zurückgelassen. Nun leben wir seit über dreißig Jahren hier in Saida, haben unser Auskommen. Sag mir, warum sollte ich in meinem Alter nochmals in einem fremden Land neu beginnen?«, versuchte er mir zu erklären.

Auch wenn meine Schwiegermutter mich hasste, sie liebte ihre Enkelkinder abgöttisch, vor allem die Zwillinge Ahmed und Samir, die ihr auf Schritt und Tritt folgten. Nabil dagegen hing an mir, schlief nachts in meinem Bett.

Ich spürte, wie er immer schwächer wurde, versuchte Ahmed zu überreden, das Kind in ein Krankenhaus zu bringen. Es war zwecklos.

Eines Abends, nicht lange, nachdem die Kinder hier waren, kuschelte er sich im Bett an mich, seufzte tief. Ich strich ihm übers Haar, küsste sein Köpfchen. »Es wird alles gut, habibi, kleiner Liebling.«

Am Morgen, als ich aufwachte, spürte ich, dass sich Nabil trotz der Decken und der warmen Nacht kalt anfühlte. Erschrocken schüttelte ich ihn, rief seinen Namen. Ich hob ihn hoch, schlaff hing er in meinen Armen. Er war tot.

Ich wiegte ihn an meiner Brust, nahm still vor mich hin weinend Abschied von meinem Erstgeborenen. Dann stieg ich die Treppe hinunter ins Haus, rief nach Baba. Er kam mit mir nach oben, hinter ihm seine Frau. Sie fing an zu schreien und zu kreischen, als sie das leblose Kind sah. Baba legte tröstend den Arm um mich, er hatte Tränen in den Augen.

Die Bestattung wurde nach arabischem Ritus vollzogen. Außerhalb des Ortes, auf dem arabischen Friedhof, war eine Grube ausgehoben worden. Die Familie, ich und wenige Nachbarn gingen dorthin, ich trug Nabil, der in ein Tuch gewickelt war, auf meinen Armen, stumm, die anderen Frauen kreischten und heulten, wie es hier Sitte war. Nabil wurde mir abgenommen und in die Grube gelegt. Der Imam sprach Gebete, dann mussten wir den Friedhof verlassen. Ich sah nicht, wie die staubige Erde den kleinen Körper meines Sohnes bedeckte.

Wieder plagten mich Schuldgefühle. Hatte ich alles falsch gemacht? Hatte ich Schuld an diesem miesen Leben, das mein Kind gehabt hatte? Ahmed bestärkte meine Schuldgefühle, beschimpfte mich als schlechte Mutter.

Ich versank in Depressionen. Nur die quirligen Zwillinge heiterten mich manchmal auf, doch meine Schwiegermutter wachte eifersüchtig darüber, dass sie mir nicht zu nahe kamen, umsorgte sie auf ihre Art wie eine Glucke.

Es war kurz nach Nabils Tod, als mir auf dem Markt ein hochgewachsener schlanker blonder Mann auffiel, den ich bis dahin nie gesehen hatte.

Ich starrte ihn an, auch er hatte mich bemerkt. Er kam auf mich zu, sprach mich auf Englisch an. Ich schüttelte den Kopf: »Ich bin Deutsche.«

»Ah, Sie sind Deutsche?«, rief er erfreut. »Ich komme auch aus Deutschland, ich heiße Peter!« Er schüttelte mir die Hand. Die Umstehenden starrten uns an. Es war etwas völlig Ungewöhnliches, dass ein Mann eine Frau ansprach und ihr die Hand gab, doch es kümmerte mich nicht, auch wenn es Baba sicherlich zugetragen wurde. Ich hatte mir inzwischen eine gewisse Freizügigkeit erkämpft.

»Was hat Sie denn hierher verschlagen?«, fragte er mich interessiert.

»Ich bin hier verheiratet, mit einem Palästinenser.«

Er sah mich ungläubig an. »Hier, in diesem Nest? Und was machen Sie da?«

Wir hatten uns am Rande des Marktes vor ein Café gesetzt. Auf seine Frage zuckte ich mit den Schultern. »Was eine arabische Frau so macht. Nichts!«

»Tja, wo einen die Liebe hinführt«, entgegnete er und schüttelte den Kopf. Ich brachte ein schiefes Lächeln zustande.

Er erzählte, dass er in einem Lazarett des Roten Kreuzes, eine Wegstunde vom Dorf, nahe der israelischen Grenze als Arzt arbeite. Ich hatte noch nie von diesem Lazarett gehört, dachte jetzt schmerzlich, dass Nabil vielleicht dort Hilfe hätte finden können.

Hier im Grenzgebiet zu Israel herrschte Kriegszustand wie im ganzen Libanon. Auch unser Viertel wurde immer wieder beschossen, fast jedes Gebäude zeigte Löcher von Einschüssen. Täglich donnerten israelische Jagdbomber mit ohrenbetäubendem Lärm über unsere Köpfe hinweg, und wir hörten Detonationen. Unsere Siedlung war bisher von größeren Katastrophen verschont geblieben, vielleicht wegen des nahegelegenen Lazaretts, über dem weithin sichtbar die Fahne des Roten Kreuzes wehte.

»Wir könnten dringend Hilfe gebrauchen im Lazarett, sehr dringend sogar. Wäre das nichts für Sie?«

Ich schüttelte den Kopf. »Ich bin keine Krankenschwester, genau genommen habe ich nichts gelernt.«

»Pah!« Er machte eine wegwerfende Handbewegung. »Wir können jede Hilfe gebrauchen, und außerdem – man kann alles lernen! Stellen Sie sich das Lazarett bitte nicht wie ein deutsches Krankenhaus vor«, er lachte bitter. »Wir arbeiten unter fast unmöglichen Bedingungen.« Er sah mich offen an. »Ich würde mich freuen, wenn Sie helfen könnten. Wir sind Ärzte und Helfer aus verschiedenen Ländern: Engländer, Franzosen, Deutsche, nur keine Amerikaner, die unterstützen die Israelis.« Er verzog verächtlich den Mund. »Wir bleiben alle nur eine gewisse Zeit, ein humanitärer, ehrenamtlicher Einsatz. Dann werden wir ausgewechselt, und Neue kommen an.« Er seufzte. »Die sind anfangs genauso blauäugig, wie wir es waren«.

»Und was für Patienten versorgen Sie dort?«, fragte ich interessiert.

»Alle, die es nötig haben! Viele Verletzte aus dem Grenzgebiet werden zu uns gebracht, aber auch einheimische Patienten. Frauen, Männer und Kinder, sogar Entbindungen führen wir durch, wenn sie schwierig sind. Es gibt hier ja so gut wie keine ärztliche Versorgung.«

Ich nickte und dachte wieder voll Wehmut an meinen kleinen Nabil.

»Also, was ist? Ich muss los! Kommen Sie?« Er war aufgestanden.

»Ich würde gerne, aber ich weiß nicht, ob es mein Schwiegervater erlaubt.«

»Und Ihr Mann?«

Ich schnaubte verächtlich. »Der hat nichts zu sagen!«

»Kommen Sie! Führen Sie mich zu Ihrem Haus, ich werde Ihren alten Herrn gleich fragen! Eine deutsche Hilfe lasse ich mir nicht entgehen.«

Baba staunte, als ich mit einem Europäer daherkam. Peter sprach ungefähr so gut oder schlecht arabisch wie ich, aber mein Schwiegervater verstand. Er sah mich nachdenklich an, er wusste, wie ich unter den Zuständen im Haus litt.

»Willst du das tun, Manuela?«, fragte er mich.

Ich nickte. »Ja, Baba, ich würde gerne helfen.«

Er seufzte. »Ich werde morgen in das Lazarett kommen und es mir ansehen. Dann werde ich meine Entscheidung treffen«, meinte er würdevoll.

In dieser Nacht fand ich keinen Schlaf droben auf meiner Terrasse. Ich sah in den Nachthimmel hinauf, und mir schien es, als hätte sich ein winziger Silberstreif an meinem Horizont der Hoffnung aufgetan.

Am nächsten Tag ging ich mit Baba eine Stunde lang über staubige Straßen zum Lazarett. Es bestand aus einer Ansammlung von Schuppen, Gebäuden und Zelten, über allem waren Transparente mit dem Zeichen des Roten Kreuzes gespannt. Nach Peter mussten wir nicht lange suchen, seine dröhnende Stimme war schon von Weitem zu hören.

Peter führte uns durch das Lazarett, in dem in einigen Zelten verwundete Soldaten lagen, in anderen Frauen und Kinder. Endlich, nach langem Palaver mit einem arabischen Dolmetscher, stimmte Baba zu, dass ich im Lazarett arbeiten durfte, jedoch nur in der Abteilung für Frauen, keinesfalls in der Männerabteilung. Peter erklärte sich damit einverstanden, zwinkerte mir zu.

Ich war glücklich und aufgeregt. Konnte ich Peter von Nutzen sein? Von Krankenpflege verstand ich nichts, doch putzen konnte ich. Das hatte ich im Heim zur Genüge gelernt. Der einzige Gedanke, der mir an der neuen Situation missfiel, war, dass ich die Zwillinge nun ganz der Obhut der Großmutter überlassen musste.

Ich wusste, dass in einiger Entfernung von der Siedlung eine Art Kindergarten eingerichtet worden war, zu dem viele arabische Frauen, die in der nahen Stadt arbeiteten, ihre Kinder brachten. Dem kleinen Ahmed und seinem Bruder Samir würde es guttun, unter anderen Kindern zu sein. Ich setzte durch, dass die Zwillinge täglich von Ahmed oder Baba dorthin gebracht wurden. Der jeweils andere brachte mich zum Lazarett und holte mich wieder ab, man traute mir nicht, wollte mich nicht unbeaufsichtigt gehen lassen.

Die Arbeit im Lazarett gefiel mir von Anfang an, sie brachte mir Trost und Ablenkung vom Tod meines kleinen Nabil. Mit Peter freundete ich mich schnell an, doch als ich putzen wollte, lachte er: »Nee, du, zum Putzen haben wir genügend arabische Frauen. Ich brauche jemanden, der mir bei der medizinischen Arbeit hilft.«

So wurde ich Peters »Assistentin«, und ich lernte, Wunden zu säubern, Verbände zu wechseln, sogar Peter bei Operationen zu assistieren.

Peter war ein wunderbarer Mensch. Bald erzählte ich ihm, weshalb ich in den Libanon gekommen war, berichtete ihm von der Entführung der Kinder, von Nabils Tod und dass ich unbedingt mit den Zwillingen nach Deutschland wolle. Er wiegte nachdenklich den Kopf. »Das wird schwierig werden und wenn, geht es nur über Israel.«

Peter fuhr des Öfteren mit einem Lastwagen des Roten Kreuzes über die Grenze nach Israel, um dort Medikamente und dringend benötigte Verbandmittel zu besorgen. Es herrschte permanenter Mangel an Verbandstoffen und Medikamenten, und die Materialien, die er beim Roten Kreuz orderte, versickerten oft genug in irgendwelchen dubiosen Kanälen.

»Warte, Manuela, hab Geduld. Ich werde versuchen, dir zu helfen, aber es braucht Zeit. Mit der Flucht aus dem Libanon ist es nicht getan, du musst nach Deutschland kommen. Mach weiter wie bisher, sprich mit niemandem darüber, das könnte auch für mich gefährlich sein!«

Nach und nach lockerte sich meine Bewachung. Irgendwann setzte Peter bei Baba sogar durch, dass ich im Lazarett übernachten durfte, wenn nach einem Bombenangriff Verwundete eingeliefert wurden und die Nacht hindurch operiert werden musste. Das gab mir eine gewisse Freiheit. Zudem hatte ich mir angewöhnt, tiefverschleiert, wie die Araberinnen, herumzulaufen, um mit meinen blonden Haaren kein Aufsehen zu erregen und nicht erkannt zu werden.

Morgens ging ich mit anderen jungen Frauen, die in der nahegelegenen Stadt arbeiteten, ein Stück in Richtung Lazarett. Zwei der Frauen halfen im Kindergarten, ihren Kontakt suchte ich besonders. Wer weiß, ob und wann ich ihre Hilfe benötigen würde?

Die Bombenangriffe auf den Libanon verstärkten sich, meist überflogen die Kampfjets der Israelis auf dem Weg nach Beirut unser Gebiet. Es war beängstigend, wenn die Maschinen mit ihrer tödlichen Fracht über uns hinwegdonnerten. Oft hörten wir Einschläge in der Entfernung, sahen Staubwolken aufsteigen. Ein Grund mehr, dieses Land so bald wie möglich zu verlassen. Auch Peter sorgte sich mehr und mehr um unsere Sicherheit.

Eines Tages kam er zu mir. »Manuela, ich habe in die Wege geleitet, dass du von Israel aus nach Deutschland ausgeflogen wirst. Jetzt muss ich nur noch dich und die Kinder unbemerkt über die Grenze bringen, versteckt in einem Wagen. Glaubst du, du kannst die beiden vom Kindergarten hierherbringen, ohne dass es deiner Familie gemeldet wird?«

Ich nickte.

»Es muss schnell gehen. Ich werde die Kinder ruhigstellen und euch in Kisten verstecken. Meist werde ich nicht sehr gründlich kontrolliert, die Israelis kennen mich. Gelegentlich bringe ich einen ihrer Soldaten zurück, den ich zusammengeflickt habe, dafür müssten sie mir dankbar sein.« Er sah mich besorgt an. »Hoffen wir, dass alles gut geht!«

Ich nickte. Mein Herz klopfte vor Aufregung, ich war dem Ziel nahe. Wie es in Deutschland weitergehen würde, darüber machte ich mir vorerst keine Gedanken. Wenn wir erst einmal dort wären, würde alles gut werden.

Tage später nahm mich Peter zur Seite. »Übermorgen ist es so weit, ich habe einen Transport nach drüben. Ich fahre gegen dreizehn Uhr los. Kannst du die Kinder bis dahin aus dem Kindergarten holen?«

Ich nickte. Es war eine gute Zeit, da bekamen die Kinder zu essen. Ich würde sie vorher abholen und erzählen, wir hätten überraschend Besuch von Verwandten bekommen, die die Kinder sehen wollten.

Am nächsten Tag, gegen Nachmittag, tauchten israelische Kampfjets auf, sie flogen mit ohrenbetäubendem Lärm über das Lazarett, Tiefflieger in einer Anzahl, wie wir sie noch nie gesehen hatten. Wir hörten Einschläge krachen, sahen Staubwolken aufsteigen. Um uns herum donnerte und knallte es, wir flüchteten in die Zelte.

»Verdammt! Sind die verrückt geworden? Was wollen die hier?«, schrie Peter. Dann hörten wir einen ohrenbetäubenden Knall, rannten hinaus und sahen, wie eines der Flugzeuge in geringer Entfernung seine tödliche Fracht abwarf.

»Die bombardieren das Dorf!«, schrie ich außer mir vor Angst. »Peter, der Kindergarten!«

Peter versuchte, mich zu beruhigen. »Nein, nein! Auf dem Dach ist das Zeichen des Roten Kreuzes, das ist ein sicherer Schutz.« Doch ich sah an seinen Augen, dass auch er in Sorge war.

»Komm«, er sprang in einen Wagen, »wir werden gebraucht.« In rasender Fahrt ging es in Richtung der Abwurfstellen, die israelischen Flugzeuge hatten abgedreht. Von Weitem schon sahen wir Menschen rennen. Je näher wir kamen, umso mehr ahnte ich, dass der Kindergarten getroffen war. Ich geriet in Panik.

Wir hielten an, sprangen aus dem Wagen und kämpften uns durch Schutt und Sand. Es herrschte unbeschreibliches Chaos, Männer und Frauen rannten umher und schrien. Dann sah ich Ahmed schemenhaft durch Qualm und Staub. Er trug ein Bündel auf dem Arm, und als ich nahe genug war, sah ich, dass es der kleine Ahmed war. Sein Kopf und ein Arm baumelten leblos herab, Ahmeds Hose war voller Blut. Er starrte mich an, die Augen voll blanken Entsetzens. Ich streckte die Arme aus, wollte Ahmed das Kind abnehmen, doch die Beine versagten mir den Dienst. Ich hörte Peter wie aus weiter Entfernung nach mir rufen, dann wurde es schwarz um mich.

Als ich wieder zu mir kam, lag ich auf einem Feldbett im Lazarett, durch einen Vorhang abgeteilt von den anderen Patienten. Ich hörte Geschrei und Getrappel, doch alles drang nur wie durch einen dichten Schleier zu mir.

Einmal kam Peter an mein Bett. Er sah schrecklich aus, verdreckt und erschöpft, sein Kittel voller Blut. Ich spürte, wie er mir eine Injektion gab, dann war er wieder weg, und ich versank in Schlaf.

Wie lange ich schlief, weiß ich nicht. Irgendwann stand Peter an meiner Liege, strich mir übers Haar. »Ich hätte dir das gerne erspart, Manuela.« Er schluckte.

»Ist Ahmed tot?« Langsam kam die Erinnerung an das grausige Bild zurück, Ahmed mit seinem kleinen Sohn auf dem Arm, das viele Blut, Ahmeds verzerrtes Gesicht.

Peter nickte.

»Und Samir?«

Peter räusperte sich, sagte nichts.

»Was ist mit Samir?« Ich versuchte, mich aufzurichten.

»Soviel ich weiß, haben nur drei Kinder überlebt, schwer verletzt, sie sind hier. Samir war nicht dabei.« Er sah zu Boden. »Diese Schweine haben ganze Arbeit geleistet. Einen Kindergarten mit dem Roten Kreuz darauf zu bombardieren, das wird ein internationales Nachspiel haben«, presste er hervor.

Ich verstand nichts, fiel auf das Bett zurück, war wie betäubt. Peter drückte meine Hand. »Du bleibst vorerst im Lazarett, wir sorgen hier für dich.«

Ich lag ganz still, konnte das Unbegreifliche nicht fassen. Alle drei Kinder tot! Dieses verfluchte Land, dieser gottverdammte Ahmed, der sie hierhergebracht hatte!

An die Zeit danach kann ich mich heute kaum noch erinnern, ich war in einem Schockzustand.

Irgendwann kamen Baba und Ahmed. Ahmed stand stumm an meinem Lager, sah an mir vorbei. Trotz allem tat er mir leid, auch er hatte seine Söhne verloren.

Baba liefen die Tränen über die Wangen in den Bart, er strich mir unbeholfen über den Arm.

»Wo sind sie?«, fragte ich nur.

Sie sahen vor sich hin, sagten nichts. »Wo sind sie?«, wimmerte ich.

Peter war dazugekommen. »Es wurde ein Massengrab ausgehoben, für alle Kinder und die Erwachsenen, die ebenfalls getötet wurden, Manuela.« Ahmed schwieg. Dass die Körper zum Teil so zerfetzt waren, dass sie nicht mehr identifiziert werden konnten, sagte mir niemand. Das erfuhr ich erst später.

Peter bestand darauf, dass ich im Lazarett blieb, und ich war froh darüber. Ich hätte es nicht ertragen, bei der Familie, bei meiner Schwiegermutter zu leben, ohne meine Kinder, die ich nicht hatte beschützen können.

Langsam versuchte ich, wieder im Lazarett zu helfen, doch ich war sehr schwach, ich konnte nichts essen. War ich vorher schlank gewesen, so war ich jetzt wieder so spindeldürr, wie ich im Libanon angekommen war.

Einmal kam Ahmed, um mich abzuholen, nach Hause. Ich hörte, wie Peter energisch widersprach: »Das geht nicht, Ahmed. Manuela muss nach Deutschland, in ein Krankenhaus, hier kann ich nicht für sie garantieren. Sie wird sterben«, redete er eindringlich auf Ahmed ein.

»Dann wird sie hier bei ihren Söhnen sein«, hörte ich Ahmed sagen.

Mir war zu diesem Zeitpunkt alles egal, ich hatte nach dieser Katastrophe keinen winzigen Funken Lebenswillen mehr.

Eines Tages, kurz nach der Katastrophe, kam Peter zu mir. »Ich habe mit deinem Mann gesprochen, um dich legal ausreisen zu lassen.« Er schüttelte den Kopf, zuckte hilflos mit den Schultern. »Dann muss es eben anders gehen. Bist du noch bereit zur Flucht?«, fragte er mich eindringlich.

Ich nickte. Nichts in diesem Land konnte mich mehr halten.

»Gut! Es kann schnell gehen, von einem Tag auf den anderen.«

Wenige Tage später war es so weit. Peter gab mir eine Spritze zur Beruhigung, dann packte er mich in einen Krankenwagen, legte Decken und Kartons auf mich und daneben einen toten israelischen Soldaten. Einen toten Soldaten würden die Kontrolleure nicht anfassen, das wusste er.

Peter saß am Steuer, ein Helfer daneben. Ich spürte nur das Gerumpel des Wagens auf den schlechten Straßen, hörte gedämpft Stimmen. Nach Stunden hielt der Wagen an, die Ladeklappe wurde geöffnet und der Wagen entladen.

»Wir sind da, Manuela.« Peter half mir beim Aussteigen, ich

taumelte, war wie benommen. Neben ihm stand ein Paar in Zivil, dahinter ein weißes Haus. Ich wusste nicht, wo ich war.

»Wir haben es geschafft, wir sind in Israel, Manuela. Das sind die Kontaktpersonen, die dich morgen zum Flughafen bringen. Bei ihnen bleibst du heute Nacht, du kannst ihnen vertrauen.«

Peter umarmte mich. »Mach's gut, Manuela, bleib tapfer!« Er drückte mir einen Kuss auf die Wange. Es ging alles so schnell, ich konnte mich kaum verabschieden, da sprang er schon in den Wagen und fuhr los.

Das Paar führte mich ins Haus, sie gaben mir zu essen und zu trinken. Sie waren sehr freundlich, doch ich war voller Misstrauen. Sie waren Israelis, und Israelis hasste ich. Sie bombardierten den Libanon und sie hatten mir meine Kinder genommen.

In der Nacht tat ich trotz meiner Erschöpfung kaum ein Auge zu, zitterte vor Angst. Würde morgen alles gut gehen, konnte ich den Leuten vertrauen?

Am nächsten Morgen fuhren wir los, das Paar vorne, ich auf dem Rücksitz. Was für Leute es waren, weiß ich bis heute nicht. Wir wurden nie kontrolliert so wie andere Fahrzeuge, nur kurz sah jemand ins Auto, der Fahrer zeigte irgendwelche Papiere, ein kurzer Wortwechsel, dann wurden wir durchgewunken.

Am Flughafen in Tel Aviv schleuste man mich an den Schaltern und den wartenden Passagieren vorbei zur Maschine. Die Stewardess war sehr nett zu mir, kümmerte sich um mich, als wäre ich ein besonderer Gast.

»Wohin fliegen wir?«, fragte ich sie.

Sie sah mich erstaunt an. »Nach Deutschland, nach Berlin!«

Nach Deutschland, nach Berlin. Es klang für mich wie das gelobte Land.

Nach etwa vier Stunden Flugzeit landeten wir. Ich wurde noch an der Maschine von Polizeibeamten in Empfang genommen und zu einer Polizeistation gebracht. Dort wurde ich eingehend befragt, fotografiert, meine Fingerabdrücke wurden abgenommen. Nach sechs Stunden waren alle Formalitäten erledigt, ich bekam einen provisorischen Pass, denn meinen Pass, mit dem ich in den Libanon gereist war, hatte mir Ahmed abgenommen.

»Sie müssen innerhalb von sechs Wochen einen regulären Pass bei der zuständigen Behörde beantragen. Das hier ist nur ein vorläufiges Einreisedokument«, sagte der Beamte, als er mir das Papier überreichte. »Jetzt können Sie gehen!«

Ich sah ihn erschrocken an. »Wohin soll ich gehen? Ich weiß nicht, wohin, ich habe hier niemanden.«

Er zuckte mit den Schultern. »Wir sind keine Sozialstation, tut mir leid!« Er öffnete die Tür und schob mich hinaus.

Langsam ging ich durch die Flughalle, Menschen liefen eilig durch das Terminal, zogen Koffer hinter sich her, jeder schien ein Ziel zu haben. Ich wusste nicht, wohin. Ich hatte nichts, nur das Kleid, das ich trug, und die Jacke, die mir Peter fürsorglich umgehängt hatte. Nicht einmal meinen alten braunen Koffer von Mama und Papa, der mich fast mein ganzes bisheriges Leben begleitet hatte, besaß ich mehr.

Ich ging nach draußen. Es war Frühling, die Sonne schien, doch mir war kalt.

Ich war wieder in Berlin.

Auf Platte

Unschlüssig stand ich vor dem Flughafengebäude, wusste nicht, wohin. Nach Neukölln zu Ahmeds arabischen Freunden wollte ich auf keinen Fall. Sie durften, im Gegenteil, nicht wissen, dass ich in Deutschland war.

Ich sah zwei Männer, die Abfalltonnen durchwühlten, offensichtlich Obdachlose auf der Suche nach Essbarem. Einer der beiden beobachtete mich aus den Augenwinkeln, dann kam er auf mich zu. »Haste'n Problem, Mädel?«

Ich nickte nur, brachte keinen Ton heraus.

»Weeste nich, wohin, wa? Hat er dich nich abjeholt?« Er grinste mitleidig.

Ich nickte wieder. Er ging zu seinem Freund, der abwartend dastand, redete auf ihn ein, dann kamen beide zurück.

»Wenn's de willst, kannste heute bei uns schlafen, in unserer Unterkunft. Da is ooch ne Frau, brauchste keene Angst zu haben«, fügte er beruhigend hinzu.

»Morgen sieht allet wieder anners aus«, meinte der andere tröstend.

Wir gingen zusammen zu einem Bus, der ins Zentrum fuhr, und stiegen hinten ein. Auf meine Frage nach einem Ticket entgegnete der Mann: »Brauchste nich, bei Kontrolle haun wir einfach ab.«

Irgendwo in der City stiegen wir aus und gingen etwa eine halbe Stunde zu einem Haus. Es machte einen abbruchreifen Eindruck.

»Hier!« Der Mann deutete auf das Gebäude. »Det is unser Palast. Den ham' wer erst mal besetzt.«

Das Haus musste einmal sehr schön gewesen sein, jetzt war es heruntergekommen. Drinnen waren genügend bewohnbare Zimmer, sogar Toiletten und Waschbecken, die noch funktionierten, wenn auch nur mit kaltem Wasser. In zweien der Zimmer lagen Matratzen mit Decken auf dem Boden, überall standen Flaschen herum. Es war eine schäbige, schmutzige Obdachlosenunterkunft, doch für den Moment war mir alles egal, ich wollte nur schlafen.

Eine Frau schlurfte auf mich zu, sie hatte strähniges graues Haar, eine Zigarette im Mund. »Kannst bei mir schlafen heut Nacht.«

Wir gingen in ihr Zimmer, sie zeigte auf ihre Matratze. »Da kannst du dich hinlegen.«

»Und du?«, fragte ich.

»Hier, geht schon!« Sie zeigte auf Kartons in der Ecke. Als ich protestieren wollte, schnitt sie mir das Wort ab. »Willst du nun oder willst du nicht?«

Später saßen wir im Zimmer der Männer beisammen, die Bierflaschen kreisten, auch mir wurde Bier angeboten, doch ich lehnte ab.

»Keen Bier? Willste nen Schnaps?«

Ich schüttelte heftig den Kopf. »Ich trinke keinen Alkohol.«

Sie lachten. »Det kommt noch!«, meinte einer, den sie »Dreher« nannten. »Irjendwann is alles so 'ne Scheiße, dass de nich mehr anners kannst.«

Am nächsten Morgen, ich hatte tief geschlafen, fand ich vor meiner Matratze eine Flasche mit Milch und zwei Brötchen. Ich war gerührt.

Den ganzen Tag blieb ich im Haus, wagte mich nicht nach draußen. Die anderen waren weg, trieben sich vermutlich herum, bettelten. Abends kamen sie wieder. Einer hatte eine uralte Gitarre und spielte, da fing ich leise an zu singen. Damals hatte ich noch eine gute Stimme, nicht so rau wie heute, von der vielen Raucherei.

»Hey, singen kannste! Da kannste Geld mit verdienen«, meinte einer der Männer, die mich hergebracht hatten, anerkennend. Sie nannten ihn »Hubschrauber«, warum erfuhr ich nicht. Alle hatten Spitznamen, keiner wurde bei seinem richtigen Namen genannt. Jeder hatte sein ganz besonderes Schicksal, aber keiner sprach darüber. Mich nannten sie »Blondie«.

Von da an ging ich jeden Tag mit nach draußen. »Rabe«, der wohl so hieß, weil er immer schwarz angezogen war, spielte auf der Gitarre, und ich sang. Wir verdienten nicht schlecht, es kam vor allem auf das Wetter, aber auch auf den Standort an. Nur nach Neukölln wollte ich nicht, das stellte ich gleich klar.

»Neukölln? Nee, da kriegste eh nix, die haben selber nix!«, meinte Rabe.

Mit dem Geld, das von Passanten in den Hut geworfen und mit den anderen geteilt wurde, konnte ich mir endlich etwas kaufen und auch zum Unterhalt der Gruppe beitragen.

Irgendwann sagte die »Professorin«, die Frau, in deren Zimmer ich schlief: »Dieses Leben ist nichts für dich auf Dauer, Blondie. Morgen besorgst du dir richtige Papiere, dann gehen wir zum Sozialamt, da meldest du dich an. Du bist noch jung, musst wieder in geordnete Bahnen kommen!«

Ich schüttelte den Kopf. Ich wollte nicht »auf Stütze« sein, wollte für mich selbst sorgen. Zudem hatte ich Angst, dass ich registriert werden und Ahmed mich finden könnte. Ich war noch immer auf der Flucht.

Nach einigen Wochen traf ich in einer der Kneipen, die wir gelegentlich aufsuchten, einen Mann in etwa meinem Alter. Er hatte lange dunkelblonde Haare, Tattoos auf den Armen und am Hals, trug eine verwaschene Jeans und T-Shirt. Er war kein Obdachloser, das sah ich sofort. Wir kamen ins Gespräch, und er erzählte mir, dass er »auf Tour« sei und plane, nach Indien zu fahren. Ich war sofort fasziniert. Die »Professorin« hatte mir von ihrem Indientrip vor einigen Jahren vorgeschwärmt. Indien war seither das Land meiner Träume.

»Komm mit, Blondie! Ich hab 'nen alten, umgebauten VW-Bus. Erst will ich durch Deutschland und Europa fahren, überallhin, wo es mir gefällt. Dann geht's ab nach Indien.«

Das Angebot war verlockend, doch ich zögerte, mit einem wildfremden Mann herumzuziehen.

Er lachte. »Brauchst keine Angst zu haben, ich mag Frauen, aber nicht so, wie du denkst! Und wenn es dir nicht gefällt, kannst du jederzeit aussteigen und zurück nach Berlin.«

»Und wovon leben wir?«

»Vom Arbeiten, vom Singen, mach dir keene Sorgen, das geht!«

So kam es, dass ich mit Lutz, so hieß der Typ, auf »Tour« ging.

Auf Tour

Bevor wir Berlin verließen, fuhr Lutz mit mir in den Grunewald, einem Villenviertel von Berlin. An einer Ecke hielten wir an, und er deutete auf eine prächtige Villa in einem gepflegten Garten. »Da wohnen meine Alten, da komm ich her.«

Ich riss die Augen auf, konnte mir nicht vorstellen, dass man so ein schönes Zuhause aufgab und mit einem VW-Bus durch die Lande tingelte.

»Ich bin halt nicht so, wie sich meine Alten das vorstellen. Vielleicht komm' ich irgendwann zurück, mach mein abgebrochenes Studium fertig. Dann führ ich auch so ein Spießerleben wie sie«, meinte er etwas verächtlich. »Sollen wir sie erschrecken? Wenn ich ihnen dich als meine Freundin vorstelle, das wäre der Hammer!« Er grinste und sah an mir herab.

Ich war inzwischen ein Hippiemädchen geworden: Meine blonden Haare hingen mir wirr bis zur Taille, ich trug ein langes buntes Kleid, war mit billigen Ketten behangen und barfuß. Wie damals üblich, war ich stark geschminkt, die Augen mit dunklem Kajal eingerahmt. Ich sah völlig anders aus als noch vor einem halben Jahr.

Ich sah zu dem Haus. »Äh, du! Wohl eher nicht!«

Lutz warf noch einen abfälligen Blick auf das Haus, dann gingen wir zum Bus zurück.

Nun war ich mit Lutz auf Tour, und wir fuhren kreuz und quer durch Deutschland. Wenn wir in einer größeren Stadt ankamen, stellten wir uns frühmorgens, noch vor vier Uhr, vor dem jeweiligen Arbeitsamt um einen Tagesjob an. Wir waren nicht die Einzigen, doch meist hatten wir Glück. Männer bekamen leichter Arbeit als ich, denn die Arbeiten, die vergeben wurden, waren meist zu schwer für Frauen. Manchmal ging ich in die Fußgängerzonen und sang. So kamen wir gut über die Runden.

Lutz war kein einfacher Typ. Er konnte sehr nett sein, dann wieder total cholerisch. Doch nie hätte er mich geschlagen. Manchmal verschwand er für eine Nacht, ich wusste nicht, wohin, und fragte nicht nach. Wir hatten eine rein platonische Beziehung, an Sex mit Frauen war Lutz nicht interessiert.

Einmal kam ich auf die Idee, den verblichen-blauen Bus bunt anzumalen. Ich kaufte Lack, und als Lutz abends von der Arbeit kam, strahlte der Bus in den grellsten Neonfarben. Lutz flippte aus, aber ich fand es toll. Ein andermal bohrte ich Löcher in die Decke des Busses und befestigte daran Haken, an denen ich eine Hängematte aufhängte. So konnte ich darin schaukelnd schlafen, wenn Lutz fuhr. Ich hatte schon damals kreative Ideen, von denen Lutz nicht immer begeistert war.

Irgendwann kamen wir nach Dortmund. Ich hatte Lutz von meiner Vergangenheit erzählt, auch von Mama und Papa.

»Hey, ruf sie doch an! Vielleicht freuen sie sich, von dir zu hören.«

Ich war skeptisch, bezweifelte es eher, war aber auch interessiert, was damals wirklich geschehen war, warum sie mich weggegeben hatten. Ich kannte Namen und Adresse, und es war ein Leichtes, ihre Telefonnummer herauszufinden. Mein Herz klopfte, als ich in einer Telefonzelle ihre Nummer wählte.

Mama meldete sich. Ich erkannte ihre leicht schleppende Stimme sofort.

»Hallo, ich bin Manuela! Erinnerst du dich an mich?«

Es war eine idiotische Frage, doch ich wusste nichts anderes zu sagen.

Nach einer kurzen Weile hörte ich ihre ungläubige Stimme. »Manuela? Du? Wo bist du?«

»Ich bin hier in Dortmund.« Meine Stimme versagte fast vor Aufregung. »Ich wollte hören, wie es euch geht, dir und Papa!«

Am anderen Ende Schluchzen, dann: »Papa ist tot, er ist vor drei Jahren gestorben. Ich lebe alleine hier in der Wohnung.«

»Oh, das tut mir leid!« Es tat mir weh zu hören, dass Papa tot war. Ich wusste, dass er mich gemocht hatte, vielleicht mehr als Mama. »Kann ich dich besuchen?«

Schweigen, dann: »Nein! Lieber nicht! Ich möchte nicht mehr an die Zeit damals erinnert werden, es ist zu schmerzlich. Weißt du, Papa hat nie verwunden, dass wir dich damals weggeben mussten. Wir wollten es nicht, aber das Jugendamt hat es so verfügt. Papa hat sich für den Rest seines Lebens Vorwürfe gemacht.« Wieder hörte ich leises Schluchzen. »Er hat jahrelang verfolgt, wie es dir ging, zuletzt, als du in einem Heim in Düsseldorf warst. Aber dann hat sich deine Spur verloren.«

Ich nickte vor mich hin. Klar, dass das Jugendamt nicht berichtete, dass ich an einen Palästinenser verheiratet wurde!

»Ich wünsche dir alles Gute, Manuela!«

Ich starrte verblüfft auf den Hörer, sie hatte aufgelegt. Doch was hatte ich erwartet?

Ich fuhr weiter mit Lutz durch Deutschland, und dabei erzählte ich ihm noch mehr von meiner Jugend im Heim.

»Hey, Blondie, du musst dich mit deiner Vergangenheit auseinandersetzen«, meinte Lutz, der einige Semester Psychologie studiert hatte. »Das ist wichtig für dich.«

Als er verlangte, dass ich in Düsseldorf das Erziehungsheim besuchen sollte, weigerte ich mich jedoch vehement. Keine zehn

Pferde hätten mich dorthin gebracht! Doch als wir auf unserer Tour in den Schwarzwald kamen, bestand er darauf, zu dem Heim zu fahren, in dem ich einige Jahre gelebt und Miriam kennengelernt hatte.

Beklommen stand ich vor der Pforte des Klosters. Eine junge Schwester öffnete auf mein Klingeln und sah mich erstaunt an. Ein Hippiemädchen wie mich hatte sie wohl in dieser Abgeschiedenheit noch nie gesehen.

»Ich war vor Jahren hier«, erklärte ich. »Ich möchte gerne Miriam wiedersehen, wissen, wie es ihr geht! Sie ist aus Indien, kam von der indischen Mission.«

Sie schüttelte den Kopf. »Ich kenne keine Miriam. Am besten, ich führe Sie zur Oberin.«

Sie ging vor mir durch die altbekannten Gänge des Klosters, klopfte an eine Tür.

»Herein!«, erklang eine Stimme von drinnen.

Ich betrat hinter der jungen Schwester den Raum. Vor mir saß hinter dem Schreibtisch der Oberin Schwester Regina, die Schwester, die sich damals ausgepeitscht, die ich unfreiwillig dabei entdeckt hatte. Nun war sie die Oberin des Klosters.

Sie musterte mich nachdenklich. Ich wusste nicht, ob sie mich erkannte, jedenfalls ließ sie es sich nicht anmerken.

»Womit kann ich helfen?«, fragte sie kurz.

»Ich war vor Jahren hier im Heim und kannte ein indisches Mädchen, sie hieß Miriam. Ich wollte wissen, wie es ihr geht, was aus ihr geworden ist.«

Sie sah mich mit einem sonderbaren Blick an, seufzte dann: »Ich weiß! Miriam ist kurz nach deinem Ausscheiden gestorben. Sie ist nie mehr nach Indien zurückgekehrt.«

Sie sah mir meine Betroffenheit an, fügte hinzu: »Du kannst ihr Grab auf dem Friedhof des Klosters besuchen, wenn du möchtest. Du kennst den Weg?«

Ich nickte. Ich wusste, dass im Areal des Klosters ein eigener Friedhof für die Nonnen existierte, ging dorthin.

In einer Ecke, abseits von den anderen Gräbern fand ich Miriams Grab. Ein paar Blümchen, Vergissmeinnicht, blühten dort, und ein schlichtes Holzkreuz mit ihrem Namen stand darauf.

Das war alles, was von Miriam geblieben war.

Nun, da wir im Westen Deutschlands waren, wollte ich in das Allgäu, wo ich die wenigen schönen Jahre meiner Kindheit verbracht hatte.

Das Haus gab es nicht mehr. An seiner Stelle stand ein großes Wohnhaus, in dem offensichtlich zwei Familien lebten, wie ich an der Klingel erkennen konnte.

Wir fuhren hinunter ins Dorf, zum Bauernhof von Seppis und Quirins Eltern.

Seppi kam gerade auf einem Traktor vom Feld. »Wer bist jetzt du?«, fragte er und musterte mich dabei neugierig.

»Kennst mich nicht mehr, Seppi? Ich bin die Manuela, ich war früher im Heim droben.«

»Ach ja, die Manuela! Wie schaust denn du aus? Na ja, ein bisserl anders warst ja schon immer!«

Ich grinste. »Gibt es das Heim droben nicht mehr?«, fragte ich.

»Nein, des ist aufgelöst worden. Die Schwestern sind weg, ins Mutterhaus. Da droben wohnen jetzt andere Leut.«

Ich nickte. »Und wie geht's dir und dem Quirin?«

»Ich hab inzwischen den Hof übernommen, der Vater ist g'storben vor drei Jahren. Der Quirin, der wohnt noch da am Hof, er ist Sanitäter, fährt mit dem Notarztwagen umeinander. Der tät sich freuen, wenn er dich sieht. Komm rein und wart auf ihn!«

Ich setzte mich mit Lutz auf die Bank vor dem Haus, musste nicht lange warten, bis Quirin kam. Er erkannte mich sofort.

»Manuela!« Er kam strahlend auf mich zu, schielte noch genauso stark wie früher und war so nett, wie ich ihn in Erinnerung hatte.

Das Treffen im Allgäu mit »Sepp«, wie er nun hieß, mit Quirin und ihrer Mutter, der alten Bäuerin, war so schön, wie damals mein Aufenthalt im Heim gewesen war.

Lutz hatte recht damit gehabt, sie zu besuchen, meine wenigen schönen Erinnerungen an meine Kindheit aufzufrischen.

Der Sommer ging zu Ende, es wurde Herbst und Winter. Unsere Einkünfte waren nicht so gut wie im Sommer, das Singen im Freien war fast nicht mehr möglich. Wir kamen zwar durch die kalte Jahreszeit, doch die Stimmung zwischen uns war gereizt, immer öfter gab es Streit. »Elfriede«, wie wir den Bus nannten, bekam Macken.

»Bis München wird sie wohl noch durchstehen«, hoffte Lutz. Die bayerische Hauptstadt war unser nächstes Ziel. Elfriede hielt durch.

Im nächsten Sommer parkten wir an der Isar, drunten in Thalkirchen, am Flaucher. Es war eine irre Zeit! Das Wetter war schön, und am Fluss war immer etwas los. Es wimmelte von jungen Leuten, Musikern und Flower-Power, Partys gab es jede Nacht. Auch Lutz fand den für ihn passenden Anschluss.

Als ein neuer Herbst nahte, graute es mir vor dem kalten Winter. Wo sollten wir hin? Hier an der Isar wäre es zu frostig, zu neblig und feucht, doch eine lange Fahrt nach Italien oder Spanien würde »Elfriede« nicht mehr schaffen. Indien war ein weit entferntes Ziel geworden.

Da überraschte mich Lutz mit der Mitteilung, er hätte einen Partner gefunden. Mit ihm wolle er heim nach Berlin, zurück in ein normales Leben. Großzügig schlug er mir vor, den defekten Bus auf einen Parkplatz neben dem Thalkirchener Friedhof zu bringen. Er würde ihn mir überlassen, so hätte ich wenigstens ein Dach über dem Kopf.

Nun hauste ich im Bus. In der Kneipe nebenan verkehrten Obdachlose, die mich an »Hubschrauber«, »Rabe«, »Dreher« und die anderen in Berlin erinnerten. Mit ihnen freundete ich mich an. Zum Waschen und Duschen ging ich zur Sozialstation im Münchner Hauptbahnhof. Dort kannte man mich bald und mochte mich, da ich immer alles sauber hinterließ und sogar, wenn ich es mir erlauben konnte, ein paar Münzen gab.

Es war ein langer, kalter, trister Winter. Zwei der Freunde erfroren auf einer Parkbank, andere versuchten, ihr Elend im Alkohol zu ersäufen. Der Bus verrottete, es war feucht und nass drinnen, oft war ich erkältet, hustete. Der einzige Luxus, den ich mir gönnte, waren Zigaretten.

Nach vielen schlaflosen Nächten wurde mir klar, dass mein Leben so nicht weitergehen konnte. Ich wusste, dass ich meine vermeintliche »Freiheit« aufgeben musste, und beschloss, endlich zum Sozialamt zu gehen. »Stütze« wollte ich nur so lange beanspruchen, bis ich wieder auf eigenen Füßen stehen konnte! Ich hatte nichts gelernt, doch ich konnte und wollte arbeiten. Irgendetwas würde sich finden.

Ich hatte Glück! Als Obdachloser wurde mir ein kleines »Apartment« im Souterrain eines Hauses am Rotkreuzplatz zugewiesen: Ein muffiges Zimmer mit Kochnische und einem winzigen Bad, doch für mich war es wie ein Palast – mein erstes eigenes Zuhause. Ich richtete es mit Möbeln vom Sperrmüll und Flohmarkt ein, viel brauchte ich nicht. Ich hatte es warm und trocken und fließend kaltes und warmes Wasser. Was für ein Luxus! Fast fand ich mich spießig, zumindest hätte Lutz es so genannt.

Ich bekam Sozialhilfe, ging putzen und hatte immer noch Zeit, um mir mit Singen etwas dazuzuverdienen. Ich war, zumindest vorerst, zufrieden, wenn auch alleine.

Die Gesichter meiner toten Kinder erschienen mir manchmal schmerzlich im Traum, den Gedanken an Ahmed versuchte ich zu verdrängen. Ich war bereit, mein früheres Leben abzuschütteln, neu zu beginnen, und ahnte nicht, wie schnell mich die Vergangenheit einholen würde.

Unverhofftes Wiedersehen

Abends ging ich gelegentlich aus, in Kneipen oder Discos, oft auch in Schwulenkneipen, denn dort waren die Männer nett, und ich ersparte mir plumpe Anmache wie bei anderen Männern. Wenn ich in ein Tanzlokal ging, tanzte ich meist für mich alleine, selbstvergessen, wie in Trance. Beim Tanzen war meine Seele frei.

Eines Abends tippte mir jemand auf die Schulter. Ich hielt inne, drehte mich um und erschrak. Vor mir stand ein großer, gutaussehender Araber: Es war Ismail, einer von Ahmeds Freunden aus Berlin.

»Manuela! Du hier? Wohnst du in München?« Er musterte mich neugierig. »Weißt du, dass Ahmed wieder in Berlin ist? Er sucht dich!«

Mir stockte fast das Blut in den Adern.

»Er sagt, du seist aus dem Libanon abgehauen.« Missbilligend sah er mich an.

Ich schluckte, antwortete nicht.

»Also ist es wahr! Wo wohnst du?«, fragte er mich streng.

Schnell entgegnete ich: »Ich wohne nicht hier, bin nur zufällig da.«

Sein hämisches Grinsen sagte mir alles, natürlich glaubte er mir nicht.

»Ismail! Bitte sag Ahmed nicht, dass du mich gesehen hast«, flehte ich, wohl wissend, dass diese Bitte vergebens war. In solchen Dingen halten arabische Männer zusammen. Schnell verabschiedete ich mich, verließ das Lokal durch einen Hinterausgang und ging einen anderen Weg als üblich nach Hause, hoffend, dass Ismail mir nicht folgte.

Zwei Wochen später stand Ahmed vor meiner Tür. Ich bat ihn nicht herein, ließ ihn vor der Tür stehen.

»Wie hast du mich gefunden?«, war meine erste Frage.

Er grinste. »Das war nicht schwer, nachdem ich erfahren hatte, dass du in München bist.«

»Was willst du?«, fragte ich barsch, doch mein Herz klopfte vor Angst.

»Ich möchte bei dir einziehen. Du bist meine Frau!«

»Pah, deine Frau«, gab ich verächtlich zurück. Ich erinnerte mich daran, dass er mir einmal im Libanon gesagt hatte, er hätte jetzt eine zweite Frau, aus Marokko, da ich nicht mit ihm schlafen würde. Ich war damals mehr erleichtert als schockiert darüber gewesen.

»Und? Deine Zweitfrau, die Marokkanerin?«

Er grunzte unwillig. »Sie ist weg!«, er machte eine abfällige Handbewegung. »Lass mich rein, Manuela!«, begann er zu betteln. »Ich möchte mit dir reden, über alles, was passiert ist.«

Ich schüttelte den Kopf. »Das ist vorbei, Ahmed!«

»Manuela, du bist immer noch meine Frau, auch wenn du mich verlassen hast«, versuchte er, mir zu drohen. Als ich mich davon nicht beeindrucken ließ, versuchte er es auf andere Art. Er senkte demütig den Blick.

»Ich weiß, ich habe vieles falsch gemacht, Manuela. Gib mir noch eine Chance! Ich verspreche dir, es wird alles gut werden.«

Ich blieb fest. »Geh, wohin du willst, sicher hast du Freunde in München, du hast doch überall Freunde, nicht wahr?«

Er trat von einem Fuß auf den anderen. »Okay, ich gehe, für

heute, aber ich komme wieder. So lange, bis du es dir anders überlegst und wir wieder zusammen sind!«

Von da an kam er fast jeden Tag. Er brachte mal Blumen, mal Süßigkeiten oder Zigaretten mit. Irgendwann gingen wir zusammen aus, und Ahmed zeigte sich von einer neuen Seite, anders als bisher: Ahmed, der aufmerksame Verehrer.

Wir sprachen viel über die Zeit im Libanon, auch er hatte, so sagte er, sehr unter den Umständen dort gelitten und vor allem unter dem Verlust der Kinder. Nie mehr würde er in den Libanon zurückkehren, versicherte er mir.

War es seine stete Bemühung um mich, oder war ich des Alleinseins überdrüssig? Ich weiß es nicht. Nach einiger Zeit gab ich nach und ließ Ahmed bei mir einziehen. Er hatte nur einen Koffer und einen Kassettenrekorder dabei.

Bald war es wie damals in Berlin. Er ging mit seinen Freunden aus, jobbte gelegentlich hier und dort. Ich ging putzen, war abends meist alleine, doch das machte mir nichts aus. Ich war inzwischen selbstständig geworden, und dass die meisten arabischen Männer so waren, hatte ich gewusst, als ich ihn aufgenommen hatte.

Nach kurzer Zeit bemerkte ich, dass ich schwanger war. Ich war hin- und hergerissen zwischen Freude und Panik, denn ich hatte bereits drei Kinder verloren.

Würde ich es diesmal besser machen? Wie immer plagten mich Schuldgefühle.

Ahmed freute sich auf das Kind, erwartete natürlich einen Sohn, und er sollte recht behalten. Mit fünfundzwanzig Jahren schenkte ich meinem vierten Sohn das Leben. Diesmal wollte ich nicht, dass er einen arabischen Namen bekam. Ich nannte ihn Sascha. Er sah nicht arabisch aus, hatte dunkelblondes Haar und helle Haut. Ich war glücklich.

In unserer Behausung wurde es eng mit einem kleinen Kind. Wie in Berlin blieb Ahmed immer öfter weg, er konnte das Schreien des Babys nicht ertragen. Ich bemühte mich beim Sozialamt um eine größere Wohnung, doch man machte mir keine Hoffnung auf eine neue Bleibe in nächster Zeit. Der Bedarf an billigen Sozialwohnungen war auch zu jener Zeit groß und dementsprechend knapp das Angebot.

Nun wollte und konnte ich nicht mehr arbeiten, ich wollte bei meinem Kind bleiben. Geld war immer knapp, oft stritt ich mit Ahmed, weil er nicht regelmäßig arbeitete. Doch ich war eine andere geworden, ließ mir nichts mehr gefallen, und Ahmed wusste, dass ich ihn sofort aus der Wohnung werfen würde, sollte er mich oder das Kind jemals schlagen. Ich hatte keinen Respekt und keine Angst mehr vor ihm, nachdem ich ihn bei seinem Vater schwach und unterwürfig erlebt hatte. Jetzt war ich die Starke in unserer Beziehung.

Der kleine Sascha war ein süßes Baby, und er gedieh anfangs gut. Doch mit einundeinhalb Jahren wurde er schwer krank, bekam eine Hirnhautentzündung und musste ins Krankenhaus. Wieder zitterte ich um das Leben meines Kindes. Noch heute glaube ich, dass die Krankheit durch die schlechte Luft und den Schimmel in unserer Behausung verursacht wurde. Ahmed war wütend, weil das Kind krank war, gab mir wie immer die Schuld, warf mir vor, ich hätte das Kind nicht gut versorgt.

Zu der Zeit wusste ich, dass ich wieder schwanger war, und hoffte, dass wir mit zwei Kindern endlich eine größere Wohnung bekommen würden.

Diese Schwangerschaft verlief anders als alle vorherigen. Ich war zum Ende hin sehr dick, hatte Wasser in den Beinen, befürchtete, dass es wieder Zwillinge werden könnten. Ich führte das ständige Unwohlsein auf die Belastungen durch Saschas Krankheit zurück.

Beim Arzt war ich unter steter Kontrolle. Damals gab es bereits Ultraschalluntersuchungen, und eines Tages hörte ich, wie der Arzt zu einem Kollegen etwas von Schwierigkeiten und Behinderungen sagte. Ich wagte nicht nachzufragen, erzählte auch Ahmed nichts.

Drei Wochen vor dem errechneten Geburtstermin erklärte mir der Arzt, man müsse einen Kaiserschnitt machen, mit dem Kind sei etwas nicht in Ordnung. Ich stimmte zu. Dann fragte er mich, wie er sich verhalten solle, wenn das Kind schwerstbehindert sei. Ich verstand nicht, was er meinte. Er klärte mich auf, dass man das Kind eine halbe Stunde lang nicht notversorgen müsse. Erst wenn es diese Zeit überstanden hätte, müsste man alles für es tun.

»Sterben lassen?«, fragte ich ungläubig. Er nickte.

»Nein! Wenn es lebt und sich bis jetzt durchgekämpft hat, dann soll es leben. Tun Sie alles, damit das Kind überlebt«, forderte ich rigoros. Er nickte wieder.

Als ich nach dem Kaiserschnitt aus der Narkose erwachte, hörte ich den Arzt mit der Hebamme und der Krankenschwester reden, ein anderer Arzt war mit dabei. Schreckliche Worte drangen an mein Ohr, die ich zum Teil nicht verstand: »Hydrocephalus, Missgeburt, besser wäre eine Abtreibung gewesen, Spina bifida, arme Kreatur.«

»Wo ist mein Kind?«, fragte ich ängstlich.

Der Arzt holte sich einen Hocker, setzte sich zu mir und nahm meine Hand. Ich ahnte, dass das kein gutes Zeichen war.

»Es ist ein Sohn«, begann er, »doch«, er stockte, »leider ist er schwerstbehindert, vermutlich nicht lebensfähig.«

Ich war wie erstarrt. »Wo ist er? Ich will ihn sehen!«

Er schüttelte den Kopf. »Er ist nicht hier, wir haben ihn gleich ins Haunersche Kinderspital bringen lassen, zu einer Notoperation. Sie wollten doch, dass wir alles tun«, fügte er hinzu. »Erholen Sie sich erst von dem Kaiserschnitt, dann werden wir Sie zu ihm bringen lassen.«

Vier Tage später wurde ich mit einem Taxi zur Haunerschen Kinderklinik, einem renommierten Kinderkrankenhaus in München, gebracht. Ich folgte einer Schwester in einen Raum, in dem vier Kinderbettchen standen. Inzwischen war der Kinderarzt dazugekommen und führte mich an eines der Bettchen.

Mein Sohn, feine schwarze Härchen auf dem Kopf, lag auf dem Bauch. Beide Beinchen in Gips, am Rücken ein grüner, dachförmiger Verband, aus dem übergroßen Kopf ragten verschiedene Kanülen. Er war an Schläuche angeschlossen, die zu blinkenden und piepsenden Apparaten führten. Ungläubig schaute ich auf das jämmerliche Wesen hinab, spürte, wie mich der Arzt beobachtete und auf meine Reaktion wartete.

In diesem Moment geschah das Unglaubliche: Das winzige Wesen in dem Bettchen vor mir drehte das Köpfchen in meine Richtung, öffnete ein Auge, sah mich an und – ich kann es nicht anders beschreiben – grinste, als ob es mich erkennen würde, als ob es mir sagen wollte: »Hey, du, ich bin da!«

Damit war es um mich geschehen. Das hier war mein Sohn, ein Kämpfer, der sich trotz all seiner Behinderungen auf diese Welt durchgeboxt hatte. Das war mein Sohn, der all meiner Hilfe bedurfte und den ich von diesem Moment an liebte.

Später erklärten mir die Ärzte behutsam, welch schwere Behinderungen mein Kind hatte. Selten hätten sie so viele Missbildungen auf einmal bei einem Kind gesehen. Er hatte einen Wasserkopf, einen offenen Rücken, durch den man bis auf die Wirbelsäule schauen konnte. Dazu kamen eine starke Verkrümmung der Wirbelsäule, ein Spitzfuß und ein Klumpfuß. Mir schwirrte der Kopf von all diesen Ausdrücken und Erklärungen.

Man erklärte mir, dass das Kind ab der Brustwirbelsäule

querschnittsgelähmt sei, dass es nie würde laufen können. Ob er je sprechen oder hören würde, könne man erst später feststellen, auch wie weit er geistig behindert sei, würde sich erst mit der Zeit herausstellen.

Erst einmal verstand ich das alles nicht, noch konnte ich es fassen. Zum Schluss sagte mir der Arzt, das Kind würde wohl kein Jahr alt werden und es wäre das Beste, ich würde es in ein Behindertenheim geben, dort wäre es gut versorgt. Ich alleine könne die nötige, komplizierte Pflege nie bewältigen. Zudem müsse das Kind noch mehrmals operiert werden.

Hatte ich bis dahin ruhig zugehört, regte sich jetzt mein Widerstandsgeist. »Nein! Das Kind kommt nicht in ein Heim, ich werde es zu mir nach Hause holen, sobald es möglich ist! Wenn ich mit meiner Liebe es nicht schaffe, ihm zu helfen, wer dann?«

An einem der nächsten Tage kam Ahmed, der das Kind noch nicht besucht hatte, in die Klinik. Als er es sah, wich er entsetzt zurück.

»Das ist nicht mein Kind! Das muss weg! Ich will das nicht haben!«, fauchte er mich an. »Du bist an allem schuld, Allah hat dich gestraft. Bring dieses Kind nicht nach Hause!«

Ich sah ihn an, völlig ruhig, und sagte fest: »Welches Zuhause meinst du? Das Zimmer, das ich dir biete? Ich sage dir eines: Pack deinen Koffer und deinen Kassettenrecorder und verschwinde aus meinem Leben! Solltest du noch da sein, wenn ich nach Hause komme, werde ich dafür sorgen, dass du ausgewiesen wirst! Ich weiß genug von dir! Das hier ist mein Sohn, und er bleibt bei mir. Lass mich mit meinen Kindern in Frieden leben!«

So verschwand Ahmed endgültig aus meinem Leben. Kurze Zeit darauf wurden wir geschieden.

Jeden Tag besuchte ich den kleinen Patrick, wie ich ihn genannt hatte. Immer wieder wurden neue Eingriffe vorgenommen.

Eines Tages sprach mich der Professor, der sich rührend um Patrick und mich kümmerte, auf dem Gang an. Eine Frau stand neben ihm, hörte zu. »Sind Sie katholisch, Manuela?«

Ich nickte.

»Dann sollten wir Patrick nottaufen lassen. Morgen steht eine neue Operation an, der Shunt vom Kopf zum Herzen muss in die Blase verlegt werden. Wir wissen nicht, ob er es überleben wird, doch es ist seine einzige Chance.«

Ich zuckte mit den Schultern. »Wenn es nötig ist, aber ich habe keine Verwandten, keinen Paten«, entgegnete ich hilflos.

»Das ist kein Problem«, schaltete sich die Frau ein. »Ich werde die Patenschaft übernehmen.«

Die Dame war Marianne Strauß, die Frau des damaligen bayrischen Ministerpräsidenten Franz Josef Strauß. Sie engagierte sich sozial und sollte für mich und meine Kinder in den nächsten drei Jahren, bis zu ihrem schrecklichen Verkehrstod 1984, ein Schutzengel sein.

Patrick, der kleine Kämpfer, überlebte auch diese Operation.

Monate später wurde er entlassen. Nun lebte ich mit den beiden Kindern in der winzigen, verschimmelten Wohnung. Patrick musste rund um die Uhr versorgt werden, wenn er nicht, wie so oft, im Krankenhaus war. Die Ärzte und Schwestern hatten mir gezeigt, was ich für die Pflege des schwerstbehinderten Kindes wissen musste, und meine pflegerischen Erfahrungen, die ich im Lazarett im Libanon gemacht hatte, waren mir nun eine Hilfe.

Kurze Zeit nach Patricks Entlassung aus der Klinik läutete es an der Tür. Marianne Strauß stand vor mir.

»Ich will sehen, wie es dir und den Kindern geht, Manuela.«

Sie kam herein, sah sich um. Gerade huschte eine Kakerlake in ein Loch in der Ecke, die Tapete hing wegen der Feuchtigkeit von der Wand.

»So geht das nicht!«, bestimmte sie resolut. »In diesem Loch kannst du nicht mit zwei Kindern hausen und schon gar nicht mit dem kranken Buben.«

»Ich war beim Wohnungsamt, aber ich stehe weit hinten auf der Warteliste.«

»Pah! Ich weiß, dass in Neuaubing eine Sozialsiedlung gebaut wird. Eines der Häuser wird behindertengerecht ausgestattet. Ich werde dafür sorgen, dass du dort einziehen kannst. Allerdings musst du noch drei bis vier Monate hier ausharren. Schaffst du das?«

Ich nickte nur, konnte es kaum fassen, dass sich jemand darum kümmerte, uns aus diesem Loch herauszuholen.

Drei Monate später zog ich mit den Kindern nach Neuaubing. Wir waren die Ersten, die anfangs dort wohnten. Rings um uns Baustellen, Kräne, Bagger, Baulärm. Der kleine Sascha fand das toll, die Bauarbeiter waren immer sehr nett und hilfsbereit, wenn ich mir mit dem Kinderwagen, den kleinen Sascha an der Hand, mühsam einen Weg über die unbefestigten Straßen zu unserem Haus bahnte.

Unsere Wohnung lag im ersten Stock, es gab einen Aufzug und Rampen, alles, was man für Behinderte braucht. Jetzt hatte ich ein großes, helles Wohnzimmer, eine Küche, ein Kinder- und ein Schlafzimmer, alles möbliert, und dazu ein Bad, fast so groß, dass man darin tanzen konnte. Ich konnte es nicht fassen. Noch nie in meinem Leben hatte ich so komfortabel gewohnt.

Leben im sozialen Brennpunkt

In den nächsten Monaten wurde die Siedlung fertig gebaut. Neben dem alten Ort Aubing, einst ein ländliches Dorf, das sich die Großstadt einverleibt hatte, entstand Wohnsilo um Wohnsilo. Mit dem Zuzug vieler sozial schwacher Familien und Ausländern verschiedenster Nationen in den nächsten Monaten und Jahren entstand ein sozialer Brennpunkt. Oft tauchte die Polizei wegen irgendwelcher Vergehen auf. Immer wieder gab es Zoff und Streitereien unter den Anwohnern. Ich hatte insoweit Glück, als in unserem Haus Behinderte lebten und wir uns gegenseitig halfen und unterstützten. Ich erledigte für sie Besorgungen, half ihnen beim Putzen. So besserte ich unsere Sozialhilfe und später, ab Patricks zweitem Lebensjahr, das Pflegegeld für ihn auf. Wir konnten uns keine großen Sprünge leisten, doch wir kamen durch.

Für den kleinen Sascha war die Situation nicht einfach, denn Patrick beanspruchte mich rund um die Uhr. Zudem war ich oft mit ihm in der Klinik, und Sascha musste dann im Kindergarten und bei Freunden untergebracht werden.

Patrick lernte nie laufen, konnte nur robben, hatte eine Darm- und Blasenlähmung, bemerkte nicht, wenn Stuhl oder Urin abgingen, musste zeitlebens gewickelt werden. Er schielte sehr stark und sollte, nach Aussage des Augenarztes, operiert werden. Doch da er schon so viele lebensnotwendige Operationen über sich hatte ergehen lassen müssen, verzichtete ich darauf. Er bekam ein Augenpflaster, das half.

Sascha war ein lebhaftes Kind, ein kleiner Draufgänger, ein Wirbelwind, und Patrick schaute ihm oft sehnsüchtig zu, wenn er mit seinem Rad tollkühn im Hof herumfuhr.

Als Sascha in die Schule kam, begannen die nächsten Probleme. Es wurde eine Legasthenie festgestellt, und er kam auf eine Förderschule in Pasing. Er musste, so klein er war, jeden Tag mit dem Bus dorthin fahren.

Jungs wie Sascha in Neuaubing großzuziehen war weder einfach noch ungefährlich. Es gab mehrere Jugendgangs, die sich gegenseitig bekriegten. Polizeieinsätze wegen krimineller Handlungen oder Drogenkonsum waren an der Tagesordnung. Ich war oft in Sorge, dass er in schlechte Gesellschaft geraten könne.

Zu unserem Glück hatte er sich über einen Freund aus Aubing einer katholischen Kindergruppe angeschlossen. Diese wurde von einem Diakon geleitet, Uli, der für Sascha eine Vertrauensperson wurde. Er war uns eine große Hilfe und Stütze, er wusste um unsere schwierige Situation.

Als Patrick größer wurde, beantragte ich einen Rollstuhl, somit waren wir beweglicher. Der Rollstuhl war die Attraktion im Hof. Wenn ich Patrick bei den Kindern abgestellt hatte, konnte es vorkommen, dass sie ihn aus dem Rollstuhl hoben, ins Gras legten und mit dem Gefährt Rennen veranstalteten.

Zu Hause wickelte ich mir Klettbänder um die Schuhe, steckte seine kleinen Füßchen hinein und hielt ihn unter den Armen – so liefen wir dann durch die Wohnung. Das machte ihm großen Spaß.

Es gab bestimmte Anzeichen, bei denen er umgehend ins Krankenhaus gebracht werden musste. Wenn er mit dem Kopf wackelte, die Augen verdrehte, wusste ich, dass der Shunt vom Kopf zur Blase verstopft war und sofort entfernt werden musste. Es waren schreckliche Prozeduren, die er über sich ergehen lassen musste, doch er war ein tapferes Kind. Ich weiß nicht, ob ich so geduldig ertragen hätte, was er erdulden musste.

Die vielen Zwischenfälle und Operationen zerrten an meinen Nerven. Meine ständige Angst war, dass Patrick sterben könnte und ich nicht bei ihm wäre.

Als er älter war, besprach ich jede Behandlung oder Operation mit Patrick. Er war ein kluges Kind, man konnte über alles mit ihm reden. Als wieder einmal eine Operation anstand, bei der die Verkrümmung der Wirbelsäule mit Metall stabilisiert werden sollte, lehnte Patrick ab.

»Nein, Mama, das will ich nicht mehr. Ich bin so, wie ich bin. Ich weiß, dass ich nicht lange leben werde, da muss man mich nicht immer aufs Neue plagen.«

Wenn wir unterwegs waren, gab es immer wieder unschöne Erlebnisse, etwas, das viele Behinderte in unserer Gesellschaft tagtäglich ertragen müssen.

Einmal meinte ein älterer Mann im Bus zu Patrick: »So was wie dich hätte man beim Hitler vergast!« Die Leute im Bus waren empört, doch Patrick, der damals zwölf war, entgegnete gelassen: »Dann hat man Sie anscheinend vergessen!« Da haben die Leute applaudiert, und der Busfahrer hat den Mann wütend des Busses verwiesen.

Ein anderes Mal beschimpfte eine Frau Patrick, er solle nicht so faul sein und sich von seiner Mutter herumfahren lassen. Zu Hause versuchte Patrick dann, sich aus dem Rollstuhl hochzuhieven. Dabei stürzte er und brach sich den Arm. Das war eine Katastrophe für ihn, denn seine Arme waren enorm wichtig für ihn zum Robben, Schreiben und Malen.

Erlebnisse dieser Art hatten wir immer wieder, das tat weh. Doch wir haben uns unsere Ausflüge nicht vergällen lassen. – Draußen zu sein, die Welt zu sehen, war wichtig für Patrick.

Zu all diesen Schwierigkeiten stellte meine Frauenärztin bei einer Untersuchung einen beginnenden Krebs fest.

»Sie wollen doch sicher keine Kinder mehr?«, fragte sie mich. Ich verneinte heftig. Das hätte mir gerade noch gefehlt!

»Dann ist es am besten, wir machen gleich eine Totaloperation.«

Nach der Operation besuchten mich meine Kinder. Eine Freundin hatte Patrick im Rollstuhl mitgebracht. Ich sehe noch heute Saschas erschrockenes, bleiches Gesicht vor mir, als er mich so blass im Bett liegen sah. Der Gedanke, womöglich mit seinem schwerstbehinderten Bruder alleine zurückbleiben zu müssen, war zu schrecklich für ihn.

Ich hatte vor der Operation weniger Angst um mich als um meine Kinder gehabt. Gottlob wurde ich wieder gesund.

All die Jahre in Neuaubing stand ich unter Beobachtung des Jugendamtes. Alles stand in meiner Akte: Ich war in Heimen aufgewachsen, alleinerziehende Mutter, geschieden, eines der Kinder war schwerstbehindert, drei Kinder hatte ich bereits verloren, weshalb, das interessierte nicht. Mein arabischer Nachname tat sein Übriges. Ich hasste die ständigen Kontrollbesuche und war oft wütend und unfreundlich, wenn die Fürsorgerin des Jugendamtes kam, öffnete gelegentlich nicht die Tür, wenn die Sozialarbeiterin kam.

Natürlich gab es Probleme. Sascha, den ich wegen der Sorge um Patrick oft vernachlässigen musste, begann, als er älter wurde, die Schule zu schwänzen und trieb sich herum.

Patrick verbrühte sich einmal das Füßchen, er hatte durch seine Lähmung kein Gefühl ab der Brustwirbelsäule. Ich wurde wegen Kindesmisshandlung angezeigt, doch selbst als sich der Vorwurf als Unfall erwies, blieb das Misstrauen. Drohungen, mir die Kinder wegzunehmen und sie in ein Heim einzuweisen, verursachten Panik in mir. Ich wusste, wie es in Heimen ablief, das wollte ich meinen Kindern ersparen. »Jugendamt« war für mich ein Reizwort.

All diese Probleme mit den Behörden, dem Jugendamt, dem Sozialamt, dem Wohnungsamt, der Krankenkasse, die sich oft weigerte, notwendige Maßnahmen für Patrick zu bezahlen, machten das ohnehin schon schwere Leben nicht leichter. Oft fühlte ich mich wie Don Quijote im Kampf gegen die Windmühlen.

Sascha schaffte trotz Fehlzeiten im Unterricht seinen Schulabschluss. Er hatte über Uli, den Leiter der katholischen Jugendgruppe, den Besitzer eines Sportartikel- und Fahrradladens kennengelernt und dort in den Schulferien gejobbt. Nach dem Schulabschluss bot dieser Sascha eine Lehrstelle als Einzelhandelskaufmann an. Trotz seines Handicaps durch die Legasthenie absolvierte Sascha seine Lehrzeit und bestand die Abschlussprüfung. Bald darauf zog er mit Freunden in eine Wohngemeinschaft. Er hat trotz aller Schwierigkeiten seinen Weg gefunden, und ich bin stolz auf ihn.

Patrick ging in die Behindertenschule. Er war ein guter Schüler und beliebt bei Lehrern und Klassenkameraden. Doch je älter er wurde, umso schwieriger wurde seine Pflege für mich. Auch wenn er kleinwüchsig war, welcher Fünfzehnjährige lässt sich schon gerne täglich von seiner Mutter waschen, wickeln und anziehen?

Das Jugendamt schlug vor, Patrick in ein Behindertenheim zu geben. Ich war strikt dagegen.

»Patrick ist fünfzehn«, erklärte mir die Sozialarbeiterin, die uns betreute. »Sie müssen endlich loslassen, ihm die Chance geben, sich von Ihnen abzunabeln. Dort, im ›Haus Sonnenschein‹, ist er mit anderen Jugendlichen zusammen, er wird gut versorgt. Das sind Fachleute, viele junge Pfleger. Ich kenne das Haus, es ist sehr schön dort! Patrick wird sich wohlfühlen, glauben Sie mir!«

Als ich mit Patrick darüber sprach, meinte er: »Ja, Mama! Es ist besser, ich gehe dorthin. Ich werde zu groß für dich, und immer hier alleine mit dir, jetzt wo Sascha fort ist? Ich glaube, es wäre gut, unter jungen Leuten zu sein. Du kannst mich jederzeit besuchen, ich bin nicht aus der Welt!«

Ich fuhr mit der Sozialarbeiterin und Patrick zum »Haus Sonnenschein«, besichtigte das Heim. Es war schön, hell und gepflegt, eine angenehme, heitere Atmosphäre. Als ich Patrick eine Woche später hinbrachte, zerriss es mir fast das Herz. Doch ich wollte mir nichts anmerken lassen, wollte tapfer sein, ihm den Abschied nicht schwermachen. Als ich mich im Heim von ihm verabschiedete, griff er nach meiner Hand, zog mich zu sich herab und gab mir einen Kuss.

»Sei nicht traurig, Mama! Es wird mir gut gehen hier!«

Erst draußen auf der Straße erlaubte ich mir zu weinen.

»Fremd sein in der Fremde ist hart,
fremd sein in der Heimat ist grausam«

Rupert Schützbach

Eine neue Begegnung

Allein in der Wohnung zu leben war schrecklich für mich. Ich litt unter dem »Leere-Nest-Syndrom«, das viele Eltern kennen, deren Kinder flügge werden. Doch für mich, als alleinerziehende Mutter mit unserer speziellen Problematik, meiner engen Beziehung vor allem zu Patrick, war es besonders deprimierend. Zudem wusste ich, dass ich bald aus der Wohnung ausziehen, mir eine andere Bleibe suchen müsste. Es gab Familien, die ein behindertengerechtes Zuhause dringend benötigten und schon lange auf der Warteliste standen.

Eine langjährige Freundin, Christine, besuchte mich regelmäßig. Mit ihr war ich immer wieder einmal ausgegangen. Gelegentlich hatte ich in all den Jahren Männer kennengelernt, doch die zogen schnell Leine, wenn sie den Rollstuhl sahen und bemerkten, wie eingespannt ich mit Patrick war. Auf so einen Mann konnte ich verzichten, da war das Leben mit den Buben alleine besser.

Diesmal wollte Christine mich überreden, zu ihrem neuen Freund mitzukommen, der in einer Asylantenunterkunft im Münchner Stadtteil Haidhausen wohnte. Ich hatte nach meinen Erfahrungen mit Ausländern oder besser gesagt Arabern keinerlei Lust. Doch sie ließ nicht locker.

»Manuela, du musst mal raus, Trübsal blasen macht keinen Sinn. Du bist keine alte Frau mit deinen vierzig Jahren, das ganze Leben liegt noch vor dir!«

Ich lachte bitter, denn was ich bisher erlebt und durchgemacht hatte, reichte für zwei Leben!

»Komm mit! Du tust ein gutes Werk. Denen geht es echt nicht gut! Sie haben ihre Heimat verloren oder verlassen müssen und wissen nicht, wie es hier weitergehen wird. Die freuen sich über Besuche und Kontakte!«

Christine wusste, wie sie mich packen musste. Hilfsbereit war ich immer gewesen, wenn Not am Mann war. Meine Tür in Neuaubing war für jedermann offen gewesen, der Hilfe brauchte. Letztendlich überredete mich Christine mitzukommen. Ich ahnte nicht, welch entscheidende Wendung mein Leben mit diesem Tag nehmen sollte.

Die besagte Unterkunft in Haidhausen entpuppte sich als ein großes Mietshaus in der Preysingstraße. Der Besitzer hatte es an Asylanten, aber auch an illegale Einwanderer vermietet, wie ich später erfuhr. Es waren überwiegend Männer, die dort hausten, oft drei oder vier in einem Zimmer. Von jedem Einzelnen kassierte er Miete, machte einen guten Reibach mit der Not dieser Menschen.

Aus allen Räumen drang laute Musik, auf dem Flur des alten ungepflegten Hauses roch es nach Essen, Schuhe und Müll lagen herum. Christine führte mich hinauf in den zweiten Stock, wo ihr Freund Arsène wohnte. Sie hatte mir erzählt, dass Arsène aus Togo geflüchtet sei und auf seine Anerkennung als Asylant wartete.

»Togo? Wo ist das denn?«, wollte ich wissen.

»Keine Ahnung, irgendwo in Afrika. Jedenfalls hat er eine dunkle Hautfarbe, aber er ist nett!«

Ich verzog das Gesicht. »Pass da lieber mal auf, Christine! Diese Leute kommen aus einer ganz anderen Kultur, so was geht meist nicht gut, davon kann ich ein Lied singen.«

»Ach was«, tat Christine meine Einwände ab. »Wer denkt denn gleich ans Heiraten«, meinte sie locker.

Arsène wohnte in einem großen Zimmer mit Kochnische und begrüßte uns überschwänglich. Mir gefiel er nicht, ich empfand ihn als zu aufdringlich.

Im Hintergrund entdeckte ich einen anderen Mann, ebenfalls ein Schwarzer. Er trug eine Jeans und ein weißes T-Shirt, in seinem kurzen krausen Haar hatte er schmale Lederbändchen mit Perlen und kleinen Muscheln befestigt. Das fand ich interessant, aber auch lustig. Er stand vor einer Kochplatte, rührte in einem Topf und nickte mir schüchtern zu.

»Das ist Jueles Samlan, einer meiner Freunde«, stellte ihn Arsène vor. »Er wohnt auf der anderen Seite des Flurs. Er kocht für uns ein afrikanisches Gericht – Foufou. Er kann gut kochen.«

Jueles lachte verlegen, seine weißen Zähne blitzten aus dem dunklen Gesicht.

Wir setzten uns an den kleinen Tisch, und Jueles tischte auf. Foufou entpuppte sich als ein Brei aus Maniok und Kochbananen, dazu gab es Fleisch, stark mit exotischen Gewürzen abgeschmeckt.

Arsène und Jueles sprachen Deutsch, Jueles eingeschränkt. Beider Muttersprache war eine Eingeborenensprache, doch sie sprachen auch Französisch. Sie hatten es in Togo auf der Schule gelernt, erzählten sie.

»Jueles ist Maler, er hat Kunst studiert in Lomé.«

Ich sah Jueles interessiert an, er kicherte verlegen und lachte. »Ja, ja, ich bin Künstler, aber es ist schwer, hier zu malen, kein Platz!«

»Hast du schon deine Aufenthaltserlaubnis?«, fragte ich ihn.

Er schüttelte den Kopf. »Nein, nein, noch nicht. Das ist alles sehr, sehr schwierig, dauert lange. Weiß nicht, ob ich bleiben kann.«

»Und wenn du nicht bleiben darfst? Wenn sie dich zurückschicken?«, erkundigte ich mich neugierig.

Er riss erschrocken Mund und Augen auf, als hätte ich etwas Verbotenes gefragt, und machte eine Handbewegung zur Kehle, als ob er sie durchschneiden wollte. »Dann ich werde tot sein!«

»Aber, hör mal«, widersprach ich ungläubig, doch er sah mich ernst an: »Dann ich werde tot sein!«, wiederholte er.

Ich sagte nichts mehr, auch die anderen schwiegen betreten.

Jueles stand auf, räumte den Tisch ab und begann, in der Kochnische abzuspülen. Ich ging zu ihm, um ihm zu helfen. Jueles wehrte ab, doch ich ließ mich nicht abwimmeln, es wäre mir unangenehm gewesen, ihn für uns arbeiten zu lassen. Wieder lächelte er mir schüchtern zu.

Als wir mit dem Abwasch fertig waren, verabschiedete er sich: »Ich gehe in mein Zimmer, gute Nacht!«

»Halt!«, rief ich, denn ich hatte keine Lust, bei Christine und Arsène, die verliebt am Tisch turtelten, zu bleiben. »Kannst du mir welche von deinen Bildern zeigen?

»Ja, kann ich dir welche zeigen, komm mit!«

Wir gingen über den Flur in Jueles' Zimmer. Aus allen Türen drang Lärm, Männer, meist dunkelhäutig, lümmelten auf dem Flur, begrüßten Jueles und beäugten mich neugierig.

Jueles' Zimmer war kleiner als das von Arsène, sparsam möbliert und sehr aufgeräumt. In der Mitte stand eine Staffelei, der Geruch von Ölfarben und Terpentin hing in der Luft. An die Wand waren Bilder gelehnt. Jueles nahm eines zur Hand und drehte es um. In sehr bunten Farben war eine afrikanische Landschaft zu sehen, viel Rot, viel Gelb und Schwarz. So ein Bild hatte ich noch nie gesehen.

Er zeigte mir noch weitere Bilder, alle waren sehr bunt. Eines, mit einer großen Kaurimuschel, gefiel mir ganz besonders. Jueles setzte wieder sein bescheidenes Lächeln auf. »Das ist auch mein Lieblingsbild, Kaurimuscheln sind in meiner Heimat etwas Besonderes.«

»Wo hast du malen gelernt?«

»Ich war in Lomé auf der Kunstakademie ›Art et Lux‹ von Professor DaBla. Er ist ein sehr bekannter Künstler in Afrika, und ich bin stolz, sein Schüler gewesen zu sein.«

Dann nahm Jueles ein weiteres Bild von der Wand. Es war eine Collage, die sich völlig von den anderen Bildern unterschied: Große, rote Flecken wie Blut auf schwarzem Grund. Stoff, Mull war darauf geklebt, schwarze Gliedmaßen konnte ich erkennen und Gewehre. Ich erschrak, die Collage wirkte so düster und unheimlich.

»Was hast du da gemalt?«

Er seufzte. »So ein Bild habe ich in eine Ausstellung in Lomé geschmuggelt, die einer internationalen Delegation gezeigt wurde. Das war ein Skandal! Ich wollte zeigen, was in meinem Land passiert, dass die Soldaten des Präsidenten die Menschen ermorden. Weil ich das Bild gezeigt habe, wurde ich verfolgt. Ich konnte es bei meiner Flucht nicht mitnehmen, da habe ich es nochmals nachgemalt. Es ist nur für mich!«

Er lehnte das Bild zurück, drehte mir dabei den Rücken zu, ließ Kopf und Schultern hängen. Er vermittelte einen so niedergeschlagenen Eindruck, dass ich ihn am liebsten tröstend umarmt hätte, doch ich ließ es bleiben, womöglich hätte er es missverstanden.

»Musstest du deshalb fliehen?«, fragte ich.

Er schüttelte den Kopf. »Nein, das war erst der Anfang! Ich habe später bei einer Demonstration gegen Präsident Gnassingbé-Eyadéma mitgemacht. Sie haben mich gefangen und ins Gefängnis gesteckt, gefoltert. Wie durch ein Wunder bin ich freigekommen, aber ich stehe auf der schwarzen Liste. Ich bin in Togo vogelfrei, jeder kann mich töten, ohne angeklagt zu werden. Deshalb musste ich weg.«

»Und wie bist du nach Deutschland gekommen?«

Er seufzte. »Ich bin erst nach Benin geflohen, in unser Nachbarland, zu Freunden. Aber auch dort wurde ich verfolgt. Freunde haben mir einen französischen Pass besorgt und ein Visum für Deutschland. Ich wusste nicht genau, wo Deutschland ist, aber es war egal. Hauptsache in ein Land, in dem ich sicher bin. Ich bin jetzt seit einem Jahr hier, aber es ist sehr schwer, eine Aufenthaltserlaubnis zu bekommen. Viel Bürokratie! Ich habe jetzt die Duldung, aber ich muss damit rechnen, zurückgeschickt zu werden. Das kann ganz plötzlich passieren. Mitten in der Nacht wird man abgeholt.« Er sah mich mit ernster Miene an. »Es ist sehr schlimm, wenn man nicht weiß, wie es weitergehen wird. Wenn ich nach Togo zurückgeschickt werde, ist das mein Tod.« Jueles setzte sich auf die Couch neben mich. »Immerhin habe ich eine Arbeitserlaubnis bekommen, das ist gut. Keine Arbeit zu haben, den ganzen Tag nur herumzusitzen, ist schrecklich. Das meiste von meinem Lohn gebe ich für Telefonieren aus, nach Hause. Papa muss wissen, wo ich bin und wie es mir geht. Er macht sich Sorgen um mich!«, erklärte er mir. »Papa und meine Heimat sind sehr wichtig für mich. Ich muss viel an ihn denken.«

»Hast du Heimweh?«

»Ja, ich habe viel Heimweh. Hier ist alles anders. Das Wetter, die Menschen, die Sprache, wie man sich benimmt, die Pünktlichkeit und so. Ich muss viel lernen«, seufzte er.

»Na klar, das ist so! Ich war auch einmal in einem fremden Land, alleine. Ich weiß, wie das ist, wenn man fremd ist und die Sprache nicht kann.«

Er sah mich fragend an. »Und wo warst du?«

»Im Libanon.«

»Ah, im Libanon!« Er sah mich unsicher an. »Ich weiß nicht genau, wo Libanon ist«, bekannte er.

»Der Libanon ist in Arabien, zwischen Syrien und Israel«, erklärte ich.

»Was hast du dort gemacht?«, fragte er interessiert.

»Das ist eine lange Geschichte«, wich ich aus. »Und es ist lange her! Vielleicht erzähle ich es dir ein anderes Mal.«

»Ein anderes Mal?«, fragte er.

»Ja, ein anderes Mal!«

Ich sah den Hoffnungsschimmer in seinen Augen. »Ich freue mich, wenn wir uns wiedersehen!« meinte er und lächelte schüchtern.

Ich fand Jueles nett, er war anders als all die Männer, die ich bisher gekannt hatte. Seine bescheidene, freundliche und höfliche Art gefiel mir, und er tat mir leid. Ich wusste aus schmerzlicher Erfahrung, wie einsam man sich in einem fremden Land fühlen konnte.

Von diesem Abend an trafen wir uns öfter, lernten uns kennen, freundeten uns an. Doch dass wir einmal Mann und Frau sein würden, hätte ich mir damals, bei unserem ersten Gespräch in dem kleinen Zimmer in der Preysingstraße, nie träumen lassen.

Ein schwerer Abschied

Als ich Jueles kennenlernte, wohnte ich noch in Neuaubing. Sascha lebte mit Freunden in einer WG, besuchte mich nur selten, hatte begonnen, sein eigenes Leben zu führen.

Patrick schien sich im »Haus Sonnenschein« wohlzufühlen, würde nicht mehr, wie ich anfangs gehofft hatte, zu mir zurückkommen. Ich besuchte ihn fast täglich, auch wenn ich wusste, dass die Heimleitung das nicht gerne sah.

Vor einiger Zeit hatte ich Jueles in das Heim mitgenommen und ihn Patrick vorgestellt. Mir war es egal, wenn ich gelegentlich verächtlich angeschaut wurde, weil ich mit einem Schwarzen unterwegs war. Ich hatte längst gelernt, mich über scheele Blicke oder dumme Bemerkungen meiner Mitmenschen hinwegzusetzen. Mir tat eher Jueles leid, wenn er aufgrund seiner Hautfarbe angestarrt oder beleidigt wurde.

Patrick hatte sich mit Jueles auf Anhieb gut verstanden, auch er mochte, wie ich, seine ruhige, freundliche Art.

»Ich freu mich, Mama, dass du nicht mehr alleine bist. Jueles ist ein guter Mensch, das spüre ich«, hatte er zum Abschied gesagt.

Ich war mit Jueles vom Einkaufen in die Preysingstraße zurückgekommen, als das Telefon klingelte. Es war Sascha. Ich hörte seine aufgeregte Stimme, spürte sofort, dass etwas Schlimmes geschehen sein musste.

»Mama! Ich habe einen Anruf vom Heim gekriegt, Patrick

wurde ins Krankenhaus gebracht. Wir sollen sofort kommen! Wir treffen uns dort, Mama!« Noch bevor ich etwas fragen konnte, hatte er aufgelegt.

»Was ist los?«, fragte Jueles, der mein erschrockenes Gesicht sah.

»Patrick! Er ist im Krankenhaus, ganz plötzlich!« Ich begann zu zittern.

Jueles nahm meine Hand. »Komm! Wir nehmen ein Taxi!«

Sascha stand im Flur, als wir im Krankenhaus ankamen. Es war eines der Häuser, in denen Patrick oft stationär aufgenommen worden war, wo man ihn gut kannte.

Er lag in einem Zimmer der Intensivstation, war nicht mehr ansprechbar. Mittels Kabeln und Schläuchen war er mit Apparaturen verbunden. Doch dieser Anblick schreckte mich nicht, das hatte ich schon oft nach seinen vielen Operationen gesehen.

Der Professor, der Patrick seit seiner Geburt kannte, kam ins Zimmer, nahm meine Hand.

»Es ist besser, wenn wir draußen miteinander sprechen«, meinte er leise. Sascha und ich folgten ihm auf den Flur, Jueles blieb bei Patrick im Zimmer.

»Es sieht hoffnungslos aus, Manuela. Er liegt im Koma, wird nur noch von den Apparaten am Leben erhalten.«

»Aber wenn er doch wieder aufwacht?«, fragte ich in verzweifelter Hoffnung.

Er schüttelte den Kopf. »Es ist eher unwahrscheinlich. Es gibt gelegentlich solche Fälle, das stimmt. Doch Patrick mit seiner Schwerstbehinderung«, er zuckte mit den Schultern. »Es ist ein Wunder, dass er so lange leben durfte.«

Ich konnte nichts erwidern, war geschockt. Sascha fragte den Arzt: »Was denken Sie, was sollen wir tun?«

Der Professor sah mich an, ich fühlte, es fiel ihm schwer, eine Antwort zu geben.

»Selbst wenn Patrick wieder zu Bewusstsein käme, sein Gehirn ist irreparabel geschädigt durch die schwere Gehirnblutung, die er erlitten hat.« Er legte tröstend seine Hand auf meinen Arm. »Es war ohnehin nur eine Frage der Zeit, das wissen Sie, Manuela.«

»Heißt das, man sollte die Apparate abstellen?«, fragte Sascha sachlich.

»Es wäre das Beste, für euch und für Patrick.«

»Nein!«, rief ich. Ich musste daran denken, wie ich ihn zum ersten Mal gesehen hatte, dieses kleine erbarmungswürdige Häuflein Mensch. Wie er ein Auge geöffnet und mich angeblinzelt hatte. Nein, ich konnte es nicht!

»Überlegen Sie es in Ruhe, besprechen Sie es miteinander.«

Sascha und ich gingen zurück in das Zimmer. Jueles saß an Patricks Bett, der unbeweglich dalag. Jueles hielt den Kopf gesenkt, wiegte den Oberkörper vor und zurück und bewegte den Mund, als ob er beten würde. Er schien uns nicht zu bemerken. Es war eine friedliche Stimmung im Raum, trotz des Fauchens und Pfeifens der Apparate.

Sascha legte den Arm um mich. »Mama, ich denke, wir müssen es tun, wir sollten Patrick erlösen. Es wäre auch für dich eine Qual, ihn weiter leiden zu sehen.«

Ich fing an, heftig zu atmen, diese Entscheidung war zu viel für mich. Jueles sah mich an, ganz ruhig, sagte nichts, wandte den Blick nicht von mir. Ich spürte förmlich, wie seine Ruhe und Kraft auf mich übergingen.

»Morgen! Gebt mir noch etwas Zeit!«, bat ich.

Wir blieben die Nacht über bei Patrick, wechselten uns ab. Jueles blieb die meiste Zeit bei Patrick, wich nicht von seiner Seite, mir schien, seine Anwesenheit täte Patrick gut.

Am nächsten Tag gab ich meine Einwilligung zur Abschaltung der Maschinen. Ich wusste, Patrick hätte es so gewollt, wir hatten oft über diesen Ernstfall gesprochen. Ich hielt ihn in den Armen, Sascha und Jueles neben mir, als er friedlich hinüberglitt in die andere Welt.

Meine jahrelangen Ängste, er könnte sterben, ohne dass ich bei ihm wäre, waren vorüber. Ich brauchte keine Angst und keine Schuldgefühle mehr zu haben.

Patrick wurde auf dem Ostfriedhof beerdigt, wie er es sich gewünscht hatte. Es kamen viele Menschen, um ihn auf seinem letzten Weg zu begleiten: Schulkameraden, Pfleger und Zivis aus dem »Haus Sonnenschein«, Ärzte, Schwestern und Pfleger aus dem Krankenhaus, Freunde und Nachbarn aus Neuaubing. Nach der Beerdigung nahm mich die Leiterin des »Haus Sonnenschein« zur Seite.

»Patrick wollte sterben, Manuela. Seit Ihrem letzten Besuch«, sie warf einen Blick zu Jueles, der mit Sascha am Grab stand, »war er wie erlöst, fast fröhlich schien er mir zu sein. Ich glaube, ihm war eine große Last genommen, da er wusste, dass Sie nicht mehr alleine sind.«

Patrick gehabt zu haben war ein großes Glück in meinem Leben. Er war, trotz seiner schweren Behinderung, ein wunderbarer, optimistischer Mensch und durch sein Leiden weise, obwohl er so jung gewesen war.

Ich konnte ihm nichts Großartiges bieten in seinem kurzen Leben, außer meiner Liebe und Fürsorge. Doch die wichtigsten Dinge im Leben sind ohnehin nicht mit Geld zu bekommen. Wir kommen mit nichts auf diese Welt und gehen mit nichts. Ich habe ihn geliebt.

Nach Patricks Tod kehrte ich nicht mehr in die Wohnung nach Neuaubing zurück, ich hätte die Leere dort nicht ertragen. Als ich meine wenigen Sachen und meine Nähmaschine abholte, zum letzten Mal die Tür der Wohnung hinter mir schloss, wusste ich, dass erneut ein Teil meines Lebens abgeschlossen war.

Ich blieb bei Jueles in dem kleinen Zimmer in der Preysingstraße.

Wir wurden ein Paar.

Ein togolesischer Prinz

Der Beginn unseres Zusammenlebens war nicht einfach. Beide waren wir, obwohl wir uns mochten und brauchten, geprägt von Misstrauen und Vorurteilen durch unser bisheriges Schicksal. Meine Erfahrungen mit Männern hatten sich bis dahin alles andere als positiv gestaltet, und dementsprechend argwöhnisch und empfindlich war ich. Dazu war die Wohnsituation in dem einen Zimmer, unter den vielen Asylanten, überwiegend Männern verschiedener Nationalitäten, schwierig. Da blieben Konflikte nicht aus.

Auch Jueles hatte seine Probleme im Zusammenleben mit mir. Er ist ein ruhiger, zurückhaltender Mann, und ich brachte mit meinem Temperament und meiner Umtriebigkeit sein bisheriges Leben in ziemliche Unordnung. Von anderen afrikanischen Asylanten, die er in seiner ersten Unterkunft in Deutschland kennengelernt hatte, war er vor den deutschen Frauen gewarnt worden: »Die wollen nur Sex von dir, nutzen dich aus, und wenn sie genug haben, zeigen sie dich bei den Behörden an. Dann wirst du ausgewiesen!« So hatte jeder von uns seine Vorurteile, und es dauerte geraume Zeit, bis das Vertrauen zueinander wuchs.

Eines Tages, auf einem unserer Spaziergänge durch die Stadt, nahm ich ihn mit zu einer der Isarbrücken, unter der Obdachlose hausten. Ich war mehrmals dort gewesen, wusste aus eigener Erfahrung, wie hart das Leben »auf Platte« ist, vor allem im

Winter. Auch wenn die Stadt Obdachlosenunterkünfte eingerichtet hatte, manche wollten ihre vermeintliche »Freiheit« bewahren und zogen es vor, unter der Brücke zu leben.

Anfangs waren die Männer argwöhnisch gewesen, wenn ich sie besuchte, doch nach und nach begannen sie, mir zu vertrauen. Ich brachte ihnen Essen und strickte warme Mützen und Handschuhe für sie, hatte mir oft sehr eigenwillige bunte Kreationen ausgedacht, die sie besonders mochten.

Jueles war sehr zurückhaltend und schweigsam, als er die Männer sah, doch das kannte ich von ihm. Mit dunkler Hautfarbe hält man sich besser zurück. Diese Erfahrung hatte er oft machen müssen. Auf dem Rückweg nach Hause sah ich Tränen in seinen Augen.

»Was ist, Jueles? Warum weinst du?«, fragte ich bestürzt.

»Ich habe nicht gewusst, dass es in diesem reichen Land Menschen gibt, die so leben. Ich schäme mich. Ich bin in dieses Land gekommen ohne alles! Ich wurde aufgenommen, ich bekam eine Unterkunft und bekam zu essen und Unterstützung. Dass es hier Menschen gibt, Deutsche, denen es schlechter geht als mir, dem Fremden, das kann ich nicht verstehen! Ich will ihnen nichts wegnehmen, kein Geld, keine Wohnung, keine Arbeit! Das wäre nicht anständig von mir.«

»Du nimmst ihnen nichts weg, Jueles«, beruhigte ich ihn. »Ja, es stimmt, es gibt arme Menschen bei uns, auch solche, die man nicht sieht, die in ihren Wohnungen bleiben und oft nicht wissen, wie sie den Monat überstehen sollen. Doch die, die wir besucht haben, wollen nicht anders leben, warum auch immer! Da sind Menschen dabei, denen es einmal sehr gut ging, die gebildet sind, aber irgendwann abgestürzt sind.«

Ich dachte dabei an die »Professorin« in der Gruppe der Berliner Obdachlosen, die mich nach meiner Ankunft aus dem Libanon aufgenommen hatten. Dass ich selbst einmal zu den Obdachlosen gehört und »auf Platte« gelebt hatte, erzählte ich Jueles erst einmal nicht.

»Ich bin sehr froh, dass ich Arbeit gefunden habe und Geld verdiene, nicht mehr auf Unterstützung angewiesen bin. Das ist sehr wichtig für mich. Auch wenn ich mit meinen Bildern noch wenig Geld verdiene, ich habe Arbeit gefunden, von der ich leben und Geld nach Hause schicken kann.«

Im Laufe der Zeit erfuhr ich mehr über Jueles. Nach seiner Ankunft in Deutschland war er in einer Erstunterkunft in Landsberg am Lech untergebracht gewesen. Er fühlte sich dort nach der Flucht gut versorgt und sicher, doch er hatte Angst, auf die Straße zu gehen.

Einmal, so erzählte er begeistert, kam ein Deutscher, er hieß Erwin, ins Asylantenheim und lud einige der Männer, darunter Jueles, zu einem Afrikafest zu sich nach Hause ein. Ein Afrikafest mitten in Bayern! Jueles war überglücklich gewesen, afrikanische Musik zu hören und trommeln zu können. Erwin schenkte ihm, nachdem er erfahren hatte, dass Jueles Maler war, Farben und Leinwand. Zum ersten Mal hatte er das vage Gefühl, sich in Deutschland wohlfühlen zu können.

Nach drei Monaten musste er Landsberg verlassen und wurde in eine Containersiedlung in München eingewiesen. Die große Stadt verwirrte ihn, bald lernte er, gewisse Viertel, zum Beispiel die Bahnhofsgegend, zu meiden, um Anfeindungen oder Pöbeleien aus dem Wege zu gehen.

Das Schlimmste für ihn war, nicht arbeiten zu dürfen, auf staatliche Unterstützung angewiesen zu sein. So oft es möglich war, telefonierte er mittels Telefonkarte mit seinem Vater, hoffend, die Verhältnisse in Togo hätten sich gebessert, sein Bann wäre aufgehoben und er könnte zurück in seine Heimat. Doch die Zustände in Togo hatten sich nicht verändert, waren sogar schlechter geworden. Der Vater war froh, dass sein Sohn in Sicherheit war, und beschwor ihn, in Deutschland zu bleiben.

»Ich wusste«, erklärte mir Jueles, »dass es das Wichtigste war, die deutsche Sprache zu erlernen. Damals gab es noch keinen Deutschunterricht für Asylanten wie heute. Ich nahm private Stunden bei einem Lehrer, sparte mir die Gebühr vom Munde ab. Er hieß Pravu, war Inder und studierte Philosophie an der Universität. Um sein Studium zu finanzieren, gab er nebenbei Sprachunterricht. Er war ein sehr guter Lehrer und darüber hinaus ein interessanter Mensch, mit dem ich viele Fragen über das Leben diskutieren konnte. Das tat mir sehr gut. Als er erfuhr, dass ich Maler bin, brachte er mich mit Münchner Künstlern zusammen. Sein Freund Hans Kotter, ein international anerkannter Künstler, schickte mir einmal ein Paket mit Farben und Pinseln in die Containersiedlung in der Thomas-Hauser-Straße. Das war eine große Überraschung. Endlich konnte ich wieder malen! Malen ist mein Lebenselixier, Manuela. Ohne die Malerei könnte ich nicht leben. So fand ich nach und nach Freunde hier, Togolesen, aber auch einige wenige Deutsche.«

»Aber du sehnst dich immer noch sehr nach deiner Heimat?«

»Ja, ich werde meine Heimat nie vergessen, denke immer an mein Heimatdorf Kpéhénou, an meine Familie und an Togo. Wenn ich mit Papa telefoniere, tröstet er mich: ›Ela chè do do Evi gnè – es wird alles gut werden, mein Sohn!‹, sagt er immer, und dann halte ich es wieder für einige Zeit aus. Doch mein Heimweh bleibt. Aber seitdem wir zusammen sind, ist es besser geworden.«

Er schenkte mir wieder sein scheues Lächeln.

Irgendwann nahm Jueles mich zu seinen Landsleuten mit, einer Gruppe von ungefähr zweihundert Menschen aus Togo, die in München lebten. Auch von ihnen wurde ich zuerst misstrauisch beäugt. Dass sich ein schwarzer Mann eine weiße Frau nimmt, wird akzeptiert, doch eine weiße Frau, die sich mit einem Schwarzen einlässt, wird schief angesehen. Ich musste mir erst ihre Achtung erringen.

Die Flüchtlinge, vor allem jene mit dunkler Hautfarbe, die hier bei uns leben, haben es schwer. Abgesehen von der Unsicherheit, ob ihr Asylantrag anerkannt wird, leben sie in einem ständigen Zwiespalt. Einerseits wollen sie ihre Herkunft und Heimat nicht verleugnen, andrerseits möchten sie in diesem, für sie fremden Land »dazugehören«. Oft zeigt sich das an ihrer westlichen Kleidung; afrikanische Kleidung zu tragen ist eher verpönt.

Vor allem für die Frauen ist es schwierig, sich in unserer Kultur zurechtzufinden. Es ist nicht so, dass Frauen in Afrika nicht emanzipiert wären. Sie leisten im Gegenteil fast die gesamte Arbeit, ernähren die Familie, aber in der Öffentlichkeit sind sie dem Mann untertan. Es führt oft zu Konflikten in der Ehe, wenn sie sehen, wie selbstbewusst die Frauen hier auftreten, und sie sich auch so benehmen wollen.

Von den Togolesen lernte ich afrikanische Lebensweise und Bräuche kennen. Doch auch zu Hause achtete Jueles auf die gewohnten Rituale aus der Heimat und stellte zum Beispiel bei jedem Essen auch ein Tellerchen für die Ahnen bereit.

Gelegentlich gingen wir in die Kirche, Jueles ist evangelischer Christ und sehr gläubig.

»Vermutlich bin ich sogar mehrmals getauft«, lachte er, als wir einmal durch die Stadt bummelten. »Ich wurde in einem Dorf im Busch geboren und bin dort aufgewachsen. Oft kamen Missionare, um die Kinder zu taufen, und die Mamas ließen ihre Kinder gerne von allen taufen. Das könnte auf keinen Fall schaden, meinten sie.« Er schmunzelte. »Doch weiterhin glaubten sie an unsere Geister und Götter. In unserem Dorf, in Vogan, gab es keinen Strom, kein fließendes Wasser. Wir lebten dort wie vor Hunderten von Jahren. Wir Kinder liefen nackt herum, gewaschen wurden wir nur, wenn es mal regnete. Heute weiß ich, es war wie im Paradies, fernab der zivilisierten Welt. Ich hatte eine wunderschöne Kindheit.« Jueles' Augen leuchteten, als er das erzählte.

Wir hatten uns auf eine Parkbank gesetzt, Jueles sah gedankenverloren vor sich hin.

»Und warum bist du weg aus Vogan, nach Lomé?«

»Mein Vater wollte seinen Regierungsdistrikt erweitern und gründete ein neues Dorf, Kpéhénou, in der Nähe von Lomé. Natürlich musste die Familie mitziehen, seine zwei Ehefrauen mit ihren Kindern, und der Hofstaat.«

»Welcher Hofstaat?«

Jueles zögerte. »Mein Vater, Hugpathi, ist der König des Stammes der Ewè-Mina, die im Süden Togos leben. In Togo gibt es viele Stämme, aber die Ewè-Mina sind einer der wichtigsten und größten. Meine Mutter war die erste und Hauptfrau meines Vaters, eine Prinzessin aus dem Stamm der Kpome Tansi aus dem Norden Togos. Sie ist vor Jahren gestorben, nach einem Unfall. Das war sehr hart für mich und für den Stamm, denn sie war eine gute Königin, hat vielen Menschen geholfen.«

»Dann bist du ein Prinz?«, unterbrach ich Jueles ungläubig.

Jueles lachte verlegen. »In meiner Heimat bin ich ein Prinz, aber das zählt hier nicht, deshalb will ich nicht darüber sprechen. Dann glauben die Leute, dass ich lüge oder mich wichtigmachen will. Eigentlich heiße ich nicht Jueles, mein Stammesname ist Kangni und dazu Kossigan, weil ich an einem Sonntag geboren wurde. Den Namen Jueles habe ich erst in der französischen Schule bekommen, an der mich mein Vater angemeldet hatte. Er wollte, dass ich, damals als Einziger unseres Stammes, eine Schulbildung erhalte. Das war mit ein Grund, dass wir Vogan verlassen haben und in die Gegend von Lomé gezogen sind. Ich war sehr traurig, als wir aus Vogan weg sind, ich mochte die Schule nicht. Die Lehrer waren sehr streng. Wir mussten bekleidet sein, Boubous tragen – ein bei uns typisches Gewand – und sogar Unterhosen! Wir Kinder durften nur Französisch sprechen, doch wir lernten die Sprache schnell. Französisch ist die Amtssprache in Togo, das kommt aus der Zeit des früheren französischen Protektorats, weißt du?«

»Und hast du in der Schule gewohnt, wie in einem Internat?«, fragte ich.

»Nein, ich habe im Königsdorf meines Vaters, in Kpéhénou, gewohnt, zu Hause bei Mama und Papa. Mein Vater lebt dort heute noch in seinem Kral.«

»In einem Palast?«, fragte ich erstaunt.

»Nein!« Jueles lächelte wieder. »Du darfst dir das nicht so vorstellen wie bei einem König hier. Das Dorf besteht aus vielen Hütten aus Beton mit Blechdächern. In der Mitte, im Zentrum, ist der eingezäunte ›Compound‹ des Königs und seiner Familie. Diese Hütten sind größer und geräumiger als die anderen und haben Fenster aus Glas. Dort steht ein großer Baobab-Baum, unter dem mein Vater Rat hält mit den Männern des Stammes, dem Chief, dem Medizinmann und dem Griot.«

»Dem Griot? Was ist ein Griot?«, fragte ich.

»Der Griot ist ein wichtiger Mann in unserem Stamm, er kommt im Ansehen gleich nach dem König. Er kennt die Geschichte des Stammes, weiß über alle früheren Könige und generell über alles Bescheid. Sein Wissen wird innerhalb seiner Familie weitergegeben. Es gibt in Afrika einige bedeutende Griot-Familien. Sie haben großen Einfluss auf die jeweiligen Stammeskönige.«

»Und wie groß ist dein Stamm?«

»Wir sind ungefähr vierzigtausend. Aber genau weiß man es nicht, da die Kinder, die im Busch geboren werden, oft nicht registriert werden. Die Kindersterblichkeit ist hoch, und es wäre zu viel Aufwand, wenn man sie wieder abmelden müsste, wenn sie gestorben sind. Außerdem kostet das Geld, und mein Stamm ist sehr arm.«

»Aber wenn sie zur Schule gehen, dann werden sie registriert, oder nicht?«

Jueles schüttelte den Kopf. »Viele gehen nicht zur Schule, meist nur die, die in Kpéhénou wohnen. Es kostet Geld, der Weg wäre viel zu weit, und die Eltern sind Analphabeten. Viele verstehen nicht, weshalb die Kinder in die Schule gehen sollen. Im Busch ist das Leben anders, sie denken, da braucht man keine Bildung. Das Leben im Busch ist schön, ich wuchs dort frei und naturverbunden auf.« Jueles seufzte, mit seinen Gedanken tief in der Erinnerung. »Im Busch gab es wilde Tiere, Schlangen, und im Fluss lauerten Krokodile, die sehr gefährlich waren. Es war verboten, zum Fluss zu gehen, deshalb kann ich bis heute nicht schwimmen, wie fast alle Afrikaner. Das ist besonders schlimm, wo so viele Afrikaner versuchen, auf billigen Schlauchbooten nach Italien zu kommen. Da ertrinken sehr viele Menschen in ihrer Not.«

Ich war erstaunt, was Jueles alles erzählte, begierig, mehr zu erfahren, und er fuhr fort:

»Wir lebten sehr einfach dort. Auf den Feldern wuchs alles, was wir brauchten – Mais, Hirse, Maniok, Süßkartoffeln. Was an Überschuss da war, verkauften die Frauen auf dem Markt. Wir Kinder mussten von klein auf mithelfen, vor allem die Mädchen. Wir Jungen hüteten meist die Tiere am Dorfrand. Vor allem die Ziegen sind sehr wertvoll, und wir mussten aufpassen, dass keine verloren ging. Vor den Hütten aus Lehm, die mit Palmblättern gedeckt waren, brannten Feuer, auf denen die

Frauen kochten. Die Frauen in Afrika müssen sich und ihre Kinder selbst ernähren, deshalb kann sich ein Mann auch mehrere Frauen leisten, damit viele Kinder geboren werden.«

Ich war empört, auch wenn ich das ähnlich im Libanon kennengelernt hatte, doch Jueles widersprach ernsthaft:

»Das muss so sein, denn die Kinder sterben oft sehr früh, und der Stamm ist auf Kinder angewiesen. Je mehr Frauen, umso mehr Kinder«, erklärte er. »Ich erinnere mich, wie mein Vater, königlich bekleidet mit einem Fell, einer Federkrone auf dem Kopf und mit seinem Königsstab, vom Hofstaat und dem Griot begleitet, mit viel Tamtam und Getrommel Dörfer im Busch besuchte. Das war immer ein großes Ereignis. Gelegentlich, wenn es nicht zu weit weg war, durften meine Mutter und wir Kinder ihn begleiten. Das war sehr schön und aufregend, denn das ganze Dorf kam zusammen, um uns zu begrüßen. Dann wurde die ganze Nacht gefeiert zu Ehren meines Vaters, des Königs.«

»Glaubst du, dass du je in deine Heimat zurückkannst?«

Er schüttelte den Kopf. »Ich weiß, dass es kein Zurück gibt, zumindest nicht, solange sich das Regime von Gnassingbé Eyadéma nicht ändert. Wir sind nicht sicher vor Verfolgung. Meine Geschwister sind fast alle weg aus Togo oder mit anderen Namen untergetaucht.«

»Aber wenn euer Präsident einmal stirbt?«

Jueles zuckte mit den Schultern. »Wer weiß. Er ist schon alt, aber dann wird vermutlich sein Sohn an die Macht kommen. Man kann nicht wissen, wie es dann sein wird.«

Zu der Zeit, als Jueles und ich uns kennenlernten, war sein Verbleib in Deutschland gänzlich ungesichert. Das deutsche Asylverfahren ist kompliziert und für die Menschen, die hier Zuflucht suchen, sehr belastend. Diese andauernde Unsicherheit zerrt an den Nerven, hinzu kommen die Zustände in den

Flüchtlingsunterkünften mit vielen unterschiedlichen Ethnien, meist Männern. Da gibt es Misstrauen, Aggressionen und Verleumdungen. Zudem haben viele der Asylbewerber eine völlig falsche Vorstellung von Deutschland, dem »Wunderland«. Einmal wurde Jueles von einem anderen Flüchtling gefragt, wo in München die »Bückerstraße« sei.

»Welche Bückerstraße meinst du? Ich kenne keine Bückerstraße.«

»Die Straße, wo man sich nur bücken muss, da, wo das Geld auf der Straße liegt!« Als Jueles lachte und meinte, es gebe keine »Bückerstraße«, wurde der Mann böse, da er dachte, Jueles wolle ihm die Adresse nicht verraten.

Jueles erhielt immer neue Vorladungen von den Asylbehörden, immer wieder musste er bangen, nach Togo ausgewiesen zu werden. Diese dauernde Unsicherheit machte uns beiden sehr zu schaffen. Kurz nachdem wir uns kennengelernt hatten, kam es zu einer erneuten Verhandlung. Jemand hatte Jueles empfohlen, eine Anwältin und einen Dolmetscher zu nehmen. Doch der Mann sprach nicht Ewè-Mina, sondern Kotokolì, einen anderen Dialekt Togos. Das Ergebnis war, dass Jueles die Ausweisung angedroht wurde. Dieser Tag war eine Katastrophe für ihn und mich.

Eine Heirat hätte die Situation entspannt, doch ich wollte nach meinen bisherigen Erfahrungen mit Männern nicht erneut heiraten. Auch Jueles wollte sich nicht in Abhängigkeit von mir begeben. Zu fragil war unsere Verbindung damals noch. Doch für den schlimmsten Fall, die Ausweisung, wäre es eine Option gewesen. Das sagte ich dem Richter, der die Verhandlung führte.

Bei einer nochmaligen Besprechung war zu Jueles' Glück ein Beisitzer dabei, der während der Unruhen in den Neunzigerjahren in Togo gewesen war, als die Demonstration, an der Jueles beteiligt war, stattgefunden hatte. Er wusste um die Situation und die Gefahren, die dort damals herrschten. So bekam Jueles seine vorläufige Aufenthaltsgenehmigung.

Immerhin hatte er eine Arbeitserlaubnis. Jeden Morgen fuhr er früh mit der S-Bahn vierzig Minuten nach Osten, stieg in einen Bus um, der ihn in einer weiteren Viertelstunde zu dem kleinen Dorf Westerndorf brachte. Von dort musste er eine halbe Stunde zu Fuß zum Gut Herrmannsdorf gehen, wo er im »Wirtshaus zum Schweinsbräu« eine Anstellung als Küchenhilfe gefunden hatte.

»Könntest du nicht eine Arbeit in München finden?«, maulte ich, denn Jueles kam oft erst spät nachts in die Preysingstraße zurück.

Er schüttelte den Kopf. »Nein, Herrmannsdorf ist wie das Paradies für mich. Dort fühle ich mich zum ersten Mal gut, seit ich in Deutschland bin. Es ist ein guter Geist dort, für die Menschen und für die Tiere. Lieber würde ich dort statt in der Stadt wohnen.«

Ich schüttelte vehement den Kopf. »Ich könnte mir nicht vorstellen, woanders als in der Stadt zu leben.«

Bald nachdem ich in die Preysingstraße gezogen war, wurde ich sehr krank. Nach Patricks Tod hatte ich einen Zusammenbruch erlitten, und die Ärzte im Krankenhaus, in das ich eingeliefert worden war, stellten bei den Untersuchungen ein Lungenemphysem fest. Man riet mir dringend, das Rauchen aufzugeben. Doch das schaffte ich nicht. Es bleibt mein Laster aus der Jugendzeit.

Als ich im Krankenhaus lag, besuchte mich Jueles so oft er konnte und pflegte mich. Solche Fürsorge hatte ich in meinem bisherigen Leben noch nie erfahren. Es tat mir unendlich gut, wie Jueles sich um mich sorgte.

Kaum war ich einigermaßen wiederhergestellt, wurde Jueles krank. Er hatte sich durch den langen Weg von München zum Gut Herrmannsdorf, die vielen Wartezeiten auf Bus und Zug bei Wind und Wetter, eine schwere Lungenentzündung zugezogen und musste ins Krankenhaus. Ich sorgte mich um ihn, wusste, dass es so nicht weitergehen konnte. Jueles gefiel es ohnehin nicht, dass ich mich tagsüber allein unter all den Männern in der Unterkunft in der Preysingstraße aufhielt.

Als der Besitzer des Gutes Herrmannsdorf, Karl Ludwig Schweisfurth senior, Jueles nach seiner Erkrankung eine kleine Mansardenwohnung auf dem Gut anbot, bat mich Jueles, mit ihm nach Herrmannsdorf zu ziehen. Ich hatte das Gut noch nie gesehen und war mehr als skeptisch. Ich war und bin bis heute ein Stadtmensch, doch Jueles zuliebe willigte ich ein, mir das Gut zumindest anzusehen.

Als ich zum ersten Mal mit Jueles aufs Land fuhr, zweifelte ich sehr, ob ich dort würde leben können. Ich erinnere mich, dass es ein wunderschöner Sommertag war, und die Gegend, in der das Gut lag, war wunderschön. Jueles war aufgeregt, hoffte, es würde mir dort draußen gefallen.

Als wir durch Westerndorf kamen, winkte uns aus dem Garten eines kleinen Bauernhauses eine ältere Frau zu; Jueles winkte fröhlich lachend zurück.

»Das ist Mama Resi«, erklärte mir Jueles. »Sie war die Allererste, die mich hier auf dem Land freundlich gegrüßt hat. Ich war sicher der erste Schwarze, den sie in ihrem Dorf, wenn nicht sogar in ihrem ganzen Leben gesehen hat«, lachte er.

Welche Rolle »Mama Resi« in unserem Leben noch spielen sollte, ahnten wir damals nicht.

Eine gemeinsame Heimat

Das Gut Herrmannsdorf bei Glonn lag idyllisch, wie aus dem Bilderbuch, in der oberbayrischen Voralpenlandschaft. Von dort aus hatte man einen grandiosen Blick in die Chiemgauer Berge.

Gleich neben dem Eingangstor stand das Gutsverwalterhaus, daneben das Herrenhaus mit zwei barocken Erkertürmen. Es sah aus wie ein Schlösschen.

Vor dem Gasthof des Gutes erwartete uns Herr Schweisfurth, der Gutsbesitzer, mit Hut, Schal und einer Zigarre im Mund. Ich wusste, dass Jueles ihn sehr verehrte und schätzte. Er sei ein guter Chef, eine Art Vater für die Menschen, die hier arbeiteten und lebten. Er kannte alle Mitarbeiter beim Namen, mit allen Fragen, Sorgen und Nöten konnte man zu ihm oder zu seiner Frau kommen und um Rat oder Hilfe bitten.

Jueles stellte mich ihm vor: »Das ist Manuela.«

»Willkommen in Herrmannsdorf!«, begrüßte mich Herr Schweisfurth und streckte mir die Hand entgegen. »Haben Sie Lust auf einen kurzen Rundgang über das Gut, Manuela? Das Gasthaus und die Küche, seinen Arbeitsplatz, kann Jueles Ihnen im Anschluss zeigen.«

Ich nickte, und wir machten uns gemeinsam auf zu einem Rundweg. »Wie Sie vielleicht wissen, habe ich das Gut vor mehr als dreißig Jahren gekauft, es sozusagen aus seinem Dornröschenschlaf erweckt. Ich bin gelernter Metzger, war früher erfolgreicher Fleischindustrieller. Doch eines Tages spürte ich, dass mich die industrielle Wurst- und Fleischerzeugung nicht mehr befriedigte. Ich wollte zurück zur Natur, hatte die Idee von artgerechter Tierhaltung und der Herstellung von Lebensmitteln, die diesen Namen verdienen – eben ›Mittel zum Leben‹. Ich wurde sozusagen vom Saulus zum Paulus«, lachte er.

»Ich wollte die vom Aussterben bedrohten guten alten Handwerkskünste in natürlicher, ökologischer Art wiederbeleben und erhalten. Das war meine Vision! Und sie ist mir gelungen. Hier gibt es nicht nur artgerechte Tierhaltung und das eigene Schlachthaus, sondern auch eine Metzgerei, eine Bäckerei, eine Brauerei, eine Schnapsbrennerei und eine Gärtnerei. Alle unsere Erzeugnisse kann man im Hofladen kaufen.«

Wir kamen an einer großen Wiese vorbei, auf der rosaschwarz gefleckte Schweine wühlten und sich suhlten, sie machten einen zufriedenen Eindruck.

»Diese Schweine, es sind Schwäbisch-Hällische Landschweine, sind unsere Spezialität. Sie werden artgerecht gehalten, das werden Sie an der Qualität des Fleisches schmecken.«

Ich schüttelte den Kopf. »Ich esse kein Fleisch, ich bin Vegetarierin.«

»Ah! Da haben wir etwas gemeinsam, ich esse auch kein Fleisch.« Er schmunzelte. »Ich bin vermutlich der einzige Metzger weit und breit, der kein Fleisch isst.«

Mitten auf dem Hof stand die riesige, schwarze, glatt geschliffene Skulptur eines Bullen. Sie war so imposant und einladend zugleich, dass sie mich wie magisch anzog, ich sie berühren musste.

»Neben der Ökologie ist die Kunst meine zweite Leidenschaft«, sagte Herr Schweisfurth, der bemerkt hatte, wie ich den Stier bewunderte. »Sie werden bei Ihren Spaziergängen im und um das Gut herum viele Kunstwerke entdecken.«

Wir wandten uns den Gebäuden seitwärts zu und gingen zu

einem der ländlichen Häuser mit einem kleinen, vom Hof abgetrennten Gärtchen.

»Aber jetzt zeige ich Ihnen die Wohnung, die ich Ihnen anbieten kann. Sie ist nicht sehr groß, aber für Sie beide reicht sie sicherlich.«

Herr Schweisfurth führte uns hinauf in den zweiten Stock und öffnete die Tür zur Wohnung. »Hier ist das Wohnzimmer mit einer abgeteilten Küche, hier sind Bad und WC und dort oben, im ›Dachjuhee‹, er zeigte auf eine schmale Treppe, »dort oben ist das Schlafzimmer.«

Ich sah Jueles seine Begeisterung an, auch mir gefiel die kleine Wohnung, doch meine Zweifel am Landleben waren noch nicht ausgeräumt.

»Überlegen Sie es sich«, meinte Herr Schweisfurth, »und geben Sie mir Bescheid. Ich muss los zu einem Termin, aber schauen Sie sich ruhig weiter um auf dem Gut, Manuela!«

Als Herr Schweisfurth gegangen war, stiegen wir hinauf in das Schlafzimmer unter dem Dach. Wir legten uns auf die Matratzen und schauten durch das Dachfenster in den blauen Himmel.

»In der Nacht kann man von hier die Sterne sehen. Das ist schön«, sagte Jueles.

»Du musst mich nicht weiter überzeugen, Jueles«, lachte ich. »Ich werde mit dir auf Gut Herrmannsdorf ziehen, doch du musst mir versprechen, dass wir oft in die Stadt fahren. Ganz kann ich auf das Stadtleben nicht verzichten!«

Er sah mich an und strahlte. »Es wird wunderschön sein hier mit dir, und ich verspreche dir, dass wir in die Stadt fahren, wann immer du willst. Wir werden hier glücklich sein, Manuela! Es ist ein guter Platz mit guten Menschen!«

Bald darauf zogen wir mit Sack und Pack von München aufs Land.

Auf einem unserer ersten Spaziergänge entdeckten wir nicht weit vom Hof entfernt einen besonderen Platz – »Die blaue Blume«, ein großer bewachsener Ringwall mit einer breiten Rampe und einem Tennentor, wie es auf bayrischen Bauernhöfen üblich ist. Im inneren Rund waren ursprünglich blaue Blumen angepflanzt worden, doch inzwischen hatte sich die Natur ihren Platz zurückerobert und ließ wachsen, was ihr gefällt.

Oft saßen wir dort abends im hohen Gras, Jueles trommelte, sang afrikanische Lieder und tanzte traditionelle Tänze, auch Regentänze, wenn Dürre herrschte und Wasser dringend nötig war. Für ihn war »die blaue Blume« ein besonderer, magischer Platz. »Hier fühle ich mich meiner Heimat nah, hier kann ich mit den Geistern meiner Ahnen Kontakt aufnehmen.«

In seiner Jugend hatte Jueles, auf Wunsch seines Vaters, mehrere Monate im Busch bei einem Medizinmann und Schamanen gelebt. Dieser lehrte ihn die Riten und Traditionen seines Volkes, zeigte ihm Heilpflanzen, führte ihn in Blutopfer und den Gebrauch von Fetischen ein. Er hatte Jueles' Spiritualität erkannt, wollte ihn bei sich behalten, ihn zu einem Schamanen ausbilden. Doch Jueles, so erzählte er mir, spürte, dass er zurück, nach Lomé, musste. Doch das Gefühl für und den Glauben an die archaischen Bräuche seines Stammes hat er sich bis heute bewahrt.

Jueles ging jeden Morgen in die Küche des Restaurants zum Arbeiten. »Es ist eine ehrliche Arbeit«, erwiderte er, als ich einmal meinte, er könnte doch einen anderen, anspruchsvolleren Job finden. »Ich stelle mir vor, wie sich die Gäste freuen, wenn alles schön sauber ist. Von meiner Malerei können wir nicht leben, es ist sehr schwierig, eine Galerie zu finden, die meine Bilder ausstellt. Es ist gut so, wie es ist.«

Jueles fühlte sich hier sicherer als in der Stadt, und mit seiner höflichen, bescheidenen Art hatte er schnell Freunde unter den vielen Mitarbeitern des Gutes und Anerkennung beim Chef des Restaurants gefunden.

Nach und nach fand auch ich Freunde unter den Angestellten. Auch zu den Menschen im nahegelegenen Markt Glonn verbesserte sich das Verhältnis. Anfangs waren wir, vor allem Jueles, auch dort misstrauisch beäugt worden, wenn wir im Ort auftauchten.

Ich erinnere mich, dass wir eines Tages einen Heimatabend im Festzelt in Glonn besuchten. Die vielen Leute in bayrischen Trachten faszinierten Jueles, vor allem die Männer mit ihren Hüten mit Gamsbart, Adlerflaum oder anderen Federn beeindruckten ihn.

»Das ist wie in Afrika«, rief er erstaunt aus. »Auch bei uns ist ein Hut mit Federn ein Statussymbol.«

Als die Schuhplattler auftraten und Jueles die Männer hochspringen, klatschen, sich auf Schenkel, Waden und Füße klopfen sah, war er restlos begeistert.

»Wie bei uns daheim, bei den Geisterbeschwörungen«, meinte er.

»Aber das hier sind keine Geisterbeschwörungen. Das sind Balztänze, die Männer wollen den Frauen imponieren!«, erklärte ich ihm.

»Das ist in Afrika genauso«, lachte er.

Trotz allem war es anfangs schwierig, Anschluss zu finden. Das hat sich geändert. Heute trägt Jueles bei Festen im Dorf stolz Lederhose und Trachtenjanker, dazu einen Hut mit einer Feder, und er fühlt sich wohl darin. Viele kennen und grüßen ihn.

Er unterrichtet auch eine Gruppe von Kindern im Trommeln, und gelegentlich treten wir in Schulen oder Kindergärten bei Thementagen zu Afrika auf. Dann erzählt Jueles von seiner

Kindheit und Jugend, von der Zeit, die er im Busch bei einem Medizinmann verbracht hat, von den Geistern und den Fetischen, an die man in Afrika glaubt, und von der afrikanischen Medizin. Er ist ein guter Botschafter seines Landes.

Mein Gesundheitszustand verschlechterte sich zusehends, immer wieder waren Krankenhausaufenthalte nötig, was Jueles sehr beunruhigte. An eine geregelte Lohnarbeit für mich war nicht zu denken.

Ich begann, kreativ zu werden, denn Zeit hatte ich genug. Oft bekam ich Stoffe, Wolle und andere verwertbare Materialien geschenkt; ich sammelte alles, was mir unter die Finger kam. Das erste afrikanische »Kostüm«, das ich für Jueles nähte, war ein knallgelber Boubou mit glitzernden Bordüren und einer dazu passenden Kappe.

Jueles war begeistert. Er trug das Stück bei unserem nächsten Spaziergang ins beschauliche Glonn und hätte beinahe einen Unfall provoziert, so gaffte ihm die Fahrerin eines Autos hinterher. Einen Schwarzen in einem grellgelben Umhang auf einer Landstraße mitten in Oberbayern hatte sie sicher noch nie gesehen!

Von da an nähte ich afrikanische Kleidungsstücke für Jueles und später auch für mich. Bald waren wir bekannt wie bunte Paradiesvögel. Immer ausgefallener und gewagter wurden meine Entwürfe. Heute zeige ich meine Kreationen auf afrikanischen Festen oder Festivals, wie dem berühmten Tollwood in München. Ich erfüllte mir den Traum, den ich damals als junges Mädchen in der Nähstube des Erziehungsheimes geträumt hatte.

Das Schönste für uns waren die Stunden, in denen wir beide in unserer kleinen Mansardenwohnung, in unserem »kreativen Chaos«, wie eine Freundin es nannte, arbeiteten.

Jueles malte an der Staffelei, es roch nach Acrylfarben und Terpentin, ich schneiderte an der Nähmaschine. Oft tauchten wir erst nach Stunden aus unserer schöpferischen Versunkenheit auf.

Wir lebten sehr bescheiden. Nur gelegentliche Ausflüge in die Stadt, zu afrikanischen Events oder Tanzveranstaltungen gönnten wir uns, denn Jueles tanzt ebenso gerne und leidenschaftlich wie ich.

Auch heute noch zählen Fasching, Afrikafeste und die Advents- und Weihnachtszeit zu den Höhenpunkten im Jahr. Dann treten wir oft mit meinen Entwürfen und Kostümen auf und erregen meist ziemliches Aufsehen. Wir erhielten bereits etliche Preise, darauf bin ich ein bisschen stolz. Auch Jueles liebt es, sich in meinen Kostümen zu zeigen, je bunter, knalliger und schillernder, umso mehr begeistern sie ihn.

Ebenholz und Elfenbein

»Gemeinsam sind wir stark«

Schreckliche Erinnerungen

Wieder einmal wurde ich nachts wach, weil Jueles im Schlaf um sich schlug, stöhnte und schrie. Anfälle dieser Art hatte er immer wieder.

»Jueles, wach auf!« Ich schüttelte ihn.

Er starrte mich an, schien mich nicht zu erkennen.

»Jueles, es ist alles gut!«, versuchte ich ihn zu beruhigen, hielt seinen schweißnassen, zitternden Körper fest. »Es ist alles gut!«

Langsam beruhigte er sich. Ich kannte diese Panikattacken, die ihn gelegentlich im Schlaf übermannten. Es waren traumatische Erinnerungen an Gefangenschaft und Folter in Togo, von denen er mir erzählt hatte.

Nach dem Abschluss des Collège hatte Jueles ein Studium an einer privaten Kunstakademie in Lomé begonnen. Schon als Kind wusste er, dass er Maler werden wollte. Sein Vater war anfangs dagegen, sein Wunsch war, sein Sohn solle Anwalt oder Lehrer werden, um dem Stamm von Nutzen zu sein. Doch als er sah, wie beharrlich Jueles auf seinem Wunsch bestand, willigte er endlich ein. »Papa wollte, dass ich glücklich bin.«

Jueles war sehr stolz, als er die Aufnahmeprüfung an der Akademie »Art et Lux« des berühmten togolesischen Künstlers Professor DaBla bestanden hatte und zum Kunststudium angenommen worden war.

»Mein Vater musste viel Geld dafür bezahlen und viele Flaschen Whisky hinbringen.«

»Schickst du deshalb heute, aus Dankbarkeit, so viel Geld wie möglich nach Hause?«, fragte ich.

»Nicht nur deshalb. Mein Volk ist sehr arm, ich will alles tun, um zu helfen. Unter dem Regime von Gnassingbé Eyadéma hat mein Stamm sehr zu leiden. Vor allem die Stammeskönige sind ihm ein Dorn im Auge, denn das Volk verehrt sie. Unser Dorf Kpéhénou ist zwar von einer hohen Mauer umgeben und mit einem Gittertor nach außen abgesichert, trotzdem sind oft Soldaten eingedrungen, haben Hütten verwüstet, Angst und Schrecken verbreitet. Nach diesen Überfällen sah das Dorf aus wie nach einem Wirbelsturm.«

»Und dein Vater? Wie erging es ihm?«, fragte ich besorgt.

»Die Soldaten wagen nicht, meinen Vater anzugreifen, auch nicht den Medizinmann oder den Griot. Vor denen haben sie Angst, vielleicht auch Respekt. Doch Papa ist sehr unglücklich darüber, dass er seinen Stamm nicht besser beschützen kann.«

»Und du? Was hast du gemacht?«

»Ich hatte mit einigen meiner Mitstudenten eine Gruppe gegründet, die wir ›UAL‹ nannten – ›Union freier Künstler‹. Wir trafen uns heimlich, um über die politischen Verhältnisse in Togo zu debattieren. Wir wollten etwas tun, unserem Land helfen. Weißt du, es herrscht große Ungerechtigkeit zwischen Arm und Reich, viel Korruption, hohe Arbeitslosigkeit, vor allem bei der Jugend. Als wir hörten, dass eine ausländische Wirtschaftsdelegation nach Togo kommen würde, beschlossen wir, auf der Place de la Liberation in Lomé eine friedliche Demonstration abzuhalten. Wir planten, nach Anbruch der Dunkelheit, weiß gekleidet und mit Kerzen in der Hand, mit Plakaten, auf denen Parolen der Französischen Revolution wie ›Freiheit, Gleichheit, Brüderlichkeit‹ standen, singend, tanzend und trommelnd vor den Palast des Präsidenten zu ziehen. Doch es kam alles anders. Unsere friedliche Demonstration wurde zu einer Katastrophe!

Plötzlich tauchten Lastwagen mit Soldaten auf und feuerten auf uns. Es gab ein schreckliches Blutbad, Freunde von mir kamen ums Leben, auch meine erste noch scheue Liebe, Mawule, sah ich im Kugelhagel sterben.« Jueles verbarg sein Gesicht in den Händen, als er sich an dieses schreckliche Ereignis erinnerte.

»Zusammen mit meiner Schwester Kossiwoa konnte ich mich retten«, fuhr er fort. »Doch ich musste mich verstecken, wagte mich nicht mehr nach draußen, denn die Soldaten durchsuchten das ganze Land nach Demonstranten. Ich war einer der Organisatoren der Aktion und deshalb besonders gefährdet.«

»Dann bist du nach Deutschland geflohen?«

Jueles schüttelte den Kopf. »Nein! Ich hätte nie daran gedacht, meine Heimat zu verlassen! Ich hatte gerade meine ersten Erfolge als Künstler, meine Familie und alle meine Freunde waren dort, ich kümmerte mich um die Jugendlichen, nicht nur meines Stammes, hatte mit ihnen eine Fußballmannschaft aufgebaut und trainierte sie. Nie hätte ich daran gedacht, mein Land zu verlassen!

Anfangs habe ich mich versteckt, hoffte, es würde Gras über die Sache wachsen. Doch eines Abends, als ich mich zum ersten Mal wieder auf den Markt wagte, fingen mich Soldaten. Sie fesselten mich, stülpten mir einen Sack über den Kopf. Sie warfen mich in den Kofferraum eines Wagens und brachten mich in ein Gefängnis in der Nähe von Lomé, eines der berüchtigten Gefängnisse Togos, die kaum jemand lebend verlässt.«

»Aber du bist freigekommen?!«

»Ich war dort in Einzelhaft, wurde verhört, geschlagen und gefoltert. Es war schrecklich, ich kann nicht darüber sprechen«, schloss Jueles mit zitternder Stimme. Ich sah, wie sich sein dunkles Gesicht fahl verfärbte in der Erinnerung an diese entsetzliche Zeit.

»Aber wie hast du es geschafft, dort rauszukommen?«

Er zuckte mit den Schultern. »Eines Nachts kamen sie. Sie fesselten mich, stülpten mir wieder einen Sack über den Kopf und warfen mich auf die Ladefläche eines Lastwagens. Dann fuhren wir hinaus in die Nacht. Ich war sicher, sie brächten mich zur Hinrichtung, und ich betete, dass es schnell, nicht erst nach qualvoller Folter gehen solle.«

Er schwieg lange, fuhr dann fort: »Es kam ganz anders. Plötzlich hielt das Auto an. Sie zerrten mich von der Ladefläche, rissen mir den Sack vom Kopf und schnitten die Fesseln auf. Einer der Soldaten gab mir einen Tritt und zischte: ›Hau ab! Beim nächsten Mal kommst du nicht mehr lebend davon!‹ Dann rasten sie weg. Erst konnte ich nicht glauben, dass ich frei war, doch es war so!

In der Dunkelheit schlich ich zurück in unser Dorf. Dort war großer Jubel, als ich auftauchte, niemand hatte mehr damit gerechnet, dass ich zurückkommen würde.«

Ich legte den Arm um ihn, spürte, wie schwer es ihm fiel, über diese traumatische Zeit zu sprechen.

»Doch das Leben hatte sich verändert«, begann Jueles wieder. »Ich spürte das Misstrauen mir gegenüber, auch das meiner Freunde und Kollegen in der Akademie. Sie mieden mich. Ich kann es verstehen. Selten kamen Menschen aus dem Gefängnis zurück und wenn, dann waren sie einer Gehirnwäsche unterzogen worden, wurden von der Regierung als Spitzel eingesetzt.« Wieder seufzte er, ließ den Kopf hängen. Jetzt verstand ich, weshalb Jueles nachts oft aufschrie, um sich schlug, schweißgebadet aufwachte und sich nur schwer beruhigen ließ.

»Ich fühlte mich verfolgt, nicht mehr sicher in meiner Heimat«, fuhr Jueles fort. »Mein Vater bat mich, wenn auch schweren Herzens, Togo zu verlassen. Als ich mich von ihm verabschiedete, ahnte ich nicht, dass ich ihn so lange nicht mehr wiedersehen würde. Über den Grenzfluss Togba flüchtete ich in der Nacht nach Benin, unseren Nachbarstaat. Doch auch dort entging ich nur knapp einer Verhaftung. Spitzel aus Togo waren überall. Mein Freund Ametepe, der in Benin lebte, beschwor mich, ins Ausland zu fliehen, versprach, mir dabei zu helfen.

Eines Tages war es so weit. Ametepe hatte mir über eine Flüchtlingsorganisation ein Visum und ein Flugticket besorgt. Ich konnte mir nicht aussuchen, wohin ich wollte, ich hatte keine Wahl. Es war mir auch egal, ich wollte nur in Sicherheit sein, da war mir jedes Land recht, in dem ich sicher war.

Man erklärte mir, dass ich nach Deutschland fliegen würde. Dort müsste ich mich der Polizei stellen und das Wort ›Asyl‹ sagen. Alles Weitere würde sich ergeben.

›Deutschland ist ein gutes Land, man wird dich dort aufnehmen‹, sagte der Mann der Organisation, als er mir das Ticket gab.

Deutschland! Ich hatte keine Ahnung von diesem Land, wusste nur, dass es irgendwo in Europa lag, dass Togo vor dem Ersten Weltkrieg eine deutsche Kolonie und dass Fußball dort ein beliebter Sport war. Ich kannte all die Namen der bekannten Fußballstars wie Beckenbauer, Müller und Rummenigge, denn ich war in Togo selbst ein begeisterter und guter Fußballspieler gewesen. Als ich im Flugzeug saß und Afrika unter mir verschwinden sah, weinte ich. Ich hoffte, bald wieder nach Hause zurückkehren zu können.«

Mein erster Besuch in Togo

Durch seine vielen Erzählungen von Togo, seinem Dorf und seiner Familie und auch durch unsere Besuche bei den Togolesen, die in München leben, erwachte in mir die Sehnsucht, Jueles' Heimat, seinen Vater, König Hugpathi, und sein Volk kennenzulernen. Da für Jueles eine Reise in seine Heimat nicht möglich war, beschlossen wir, dass ich trotz meiner Flugangst alleine nach Togo reisen sollte.

Jueles war ebenso nervös wie ich, er wusste nicht, wie ich auf das so andere afrikanische Leben reagieren würde, gab mir viele Informationen und Verhaltensregeln mit auf den Weg.

Ich war auf dem Flug so angespannt, dass ich den Mann auf dem Sitz neben mir immer wieder vor Aufregung kniff, sodass er mich am Ende des Fluges augenzwinkernd bat, mich beim nächsten Flug nicht wieder neben ihn zu setzen.

Wenn Besuch aus Europa anreise, und dann auch noch eine Weiße, erklärte mir Jueles, wäre das etwas Besonderes und es kämen unzählige Verwandte und Freunde zum Flughafen, um den Gast jubelnd und trommelnd zu begrüßen. Von meiner Ankunft hatte Jueles deshalb vorsichtshalber nur seinem Vater und seinem Bruder Ayaou erzählt, der mich am Flughafen abholen würde.

Er hatte mich als seine Frau angekündigt, die die afrikanische Kultur kennenlernen wolle. Dass wir keinen Trauschein besaßen, spielte in Afrika keine Rolle. Erst heute bestehen die modernen jungen Frauen auf einer »richtigen« Ehe vor dem Standesamt, denn ein Trauschein ist ein Garant dafür, dass sich der Mann, zumindest offiziell, keine weitere Frau nehmen darf.

Als ich spätnachts in Lomé ankam, war das Ankunftsterminal für Besucher bereits geschlossen, ich folgte den anderen Angekommenen hinaus auf die Straße. Ayaou und seine Frau Yvonne warteten bereits auf mich. Obwohl ich Rastazöpfe, die mir eine afrikanische Freundin in München geflochten hatte, und afrikanische Kleidung trug, erkannten sie mich sofort. Vermutlich habe ich recht ratlos in die Gegend geschaut. Ich sah den beiden ihre Neugierde an, denn dass eine Weiße sie besuchte, war noch nie vorgekommen, noch dazu die Frau von Jueles, der in Deutschland lebte.

Die Begrüßung war freundlich, ein bisschen reserviert, eher scheu. Ich spreche kein Französisch, aber einige Worte zur Begrüßung in der Stammessprache Mina hatte mir Jueles beigebracht.

Ayaou führte mich zu dem ramponierten Moped, mit dem er gekommen war, und zeigte auf den Rücksitz. Auch Yvonne hatte ein solches Moped dabei und folgte uns mit meinen beiden Koffern, die sie auf abenteuerliche Art und Weise seitlich an dem Gefährt anbrachte.

Zunächst besuchten wir Freunde in Lomé, da es nachts zu gefährlich gewesen wäre, auf den unbeleuchteten Straßen bis ins Dorf Kpéhénou zu fahren, wo Jueles' Vater lebte. Nach halsbrecherischer Fahrt über holprige, unbeleuchtete Straßen hielten wir an einem ebenerdigen Gebäude aus Beton mit Wellblechdach an, das um einen Innenhof erbaut war. Wir wurden bereits voller Ungeduld erwartet.

Es folgten ein langes Begrüßungsritual und ein ausgiebiges Essen, doch ich war viel zu müde, um gebührend zu würdigen, was für mich aufgetischt wurde. Es wuselte geradezu von Menschen, viele waren gekommen, um mich zu sehen. Mehrere Familien wohnten innerhalb des Krals, dazu kamen noch Marktleute, an die einige der Räume vermietet waren – sie alle wollten die weiße Frau sehen. Ich war unglaublich froh, als ich endlich eine Matratze am Boden zum Schlafen zugewiesen bekam.

Um vier Uhr morgens, ich war noch todmüde, weckte mich unerbittlich der Ruf des Muezzins von der nahegelegenen Moschee; die Christen aus der danebenliegenden Kirche brüllten lautstark »Halleluja« dagegen. Beide Konfessionen versuchten, sich an Lärm zu übertreffen.

Ich stand auf und ging hinaus auf den Hof. Kleine Mädchen kehrten den Sand, und Frauen bereiteten das Frühstück auf dem offenen Feuer vor. Sie waren überrascht, mich so früh am Morgen zu sehen. Jueles erzählte mir einmal, dass man glaube, die Weißen würden nie vor Mittag aufstehen.

Zwei Tage verbrachte ich mit Ayaou und Yvonne in Lomé bei den Verwandten. An eine Weiterreise nach Kpéhénou war vorerst nicht zu denken, bevor nicht alle Freunde, Bekannte und Nachbarn mich, die weiße Frau Kangnis, begutachtet hatten. Es war alles fremd und sehr anstrengend für mich.

Endlich brachten mich Ayaou und Yvonne nach Kpéhénou, das nicht mehr so weit außerhalb Lomés liegt wie zu Jueles' Jugendzeit, sondern von neu erbauten Häusern und Hütten umgeben war, denn Lomé war in den vergangenen Jahren zu einer Millionenstadt angewachsen.

Auch hier in Kpéhénou standen ebenerdige Häuser aus Beton mit Dächern aus Wellblech, die bei großer Hitze mit Bananenblättern abgedeckt wurden. Vor jedem Haus gab es eine offene Feuerstelle, und gelegentlich entdeckte ich ein kleines Stückchen Grünland, auf dem Gemüse angebaut wurde. Ansonsten sah ich Sand, Sand, Sand.

Der gesamte Bezirk war von einer Mauer umgeben und wie eine Festung mit einem Gittertor nach draußen abgesichert. Doch meist stand das Tor tagsüber offen, nur nachts wurde es geschlossen.

Wir wurden erwartet, bereits am Tor in Empfang genommen. Man begrüßte uns mit Trommeln, Gesang und Tänzen und führte mich zum »Palast« König Hugpathis. Ich schwitzte in der Hitze vor Nervosität und Aufregung, gleich Jueles' Vater, dem König, zu begegnen.

Sein Haus unterschied sich von den anderen durch seine Größe und war von einigen kleineren Hütten umgeben, die zu dem »Compound« gehörten. Es war auf einem Podest erbaut und hatte als Besonderheit Fenster mit Verglasung. An der Bemalung der Wände erkannte ich sogleich Jueles' künstlerische Handschrift.

Im Hof des Hauses stand ein großer Baobab-Baum, »der Lebensbaum«, der in der Hitze etwas Schatten spendete – ganz so wie es Jueles mir beschrieben hatte.

Dort saß König Hugpathi. Man sah ihm sein hohes Alter an. Er war groß und hager, mit kurz geschorenen grauen Haaren. Auf den Wangen trug er die Narben der Stammeszeichen, die von den Schnitten herrührten, die ihm als Jugendlichem bei den Mannbarkeitsriten zugefügt worden waren. Er saß sehr aufrecht auf einem Stuhl vor dem Haus, hielt seinen Königsstab in der Hand und erwartete mich, die weiße Frau seines Sohnes Kangni aus dem fernen Deutschland.

Neben ihm standen einige alte Männer in malerischer afrikanischer Kleidung und musterten mich. Das mussten die Berater des Königs und der Griot sein, nach dem König der wichtigste Mann des Stammes, von dem mir Jueles erzählt hatte.

Voller Hochachtung begrüßte ich Jueles' Vater, beugte mich tief hinab, so wie Jueles es mir geraten hatte. Er gab mir ein Zeichen, mich zu setzen, und ich hockte mich auf einen Schemel, den man eilends für mich herbeigebracht hatte. Alle anderen setzten sich vor uns in den Sand.

Der König sah mich ernst und prüfend an, ich versuchte ein zaghaftes Lächeln, das nicht erwidert wurde. Als ich die Geschenke, die mir Jueles für seinen Vater mitgegeben hatte, aus meiner Reisetasche holte, nahm er sie huldvoll nickend entgegen.

Ich sprach ihn mit den wenigen Worten, die ich beherrschte, an, fragte, wie es ihm gehe. Die Umstehenden erschraken, erst später erfuhr ich, dass man den König nicht direkt ansprechen darf, nur über einen Mittelsmann, der wiederum für den König antwortet. Das war alles sehr befremdlich und neu für mich. Ich war angespannt und fühlte mich unwohl.

Plötzlich rief jemand: »Foto!« Im Nu verschwanden alle in den Hütten. Ich blieb verdutzt auf meinem Schemel sitzen, wusste nicht, wie ich mich verhalten sollte. Nach geraumer Zeit, in der ich abwartend und schweigend neben Jueles' Vater saß, kamen sie zurück, frisch gekleidet, die Haare gekämmt und kunstvoll frisiert. Sie gruppierten sich um den Stuhl Hugpathis und um mich, einer strengen Hierarchie folgend, die ich nicht durchschaute. Stocksteif und ohne zu lächeln verharrten sie, bis einer von ihnen Fotos aus verschiedenen Blickwinkeln geschossen hatte. Das war meine erste Begegnung mit Jueles' Vater.

König Hugpathi verhielt sich anfangs distanziert. Es war sicherlich schwer für ihn zu akzeptieren, dass sein Sohn eine weiße Frau, eine »Yowo«, genommen hatte, noch dazu eine Ältere, die vermutlich keine Kinder mehr bekommen würde. Doch mit der Zeit, als er bemerkte, dass ich nicht arrogant wie viele Weiße war, mich für sein Volk interessierte und helfen wollte, änderte sich seine Einstellung zu mir. Als ich Wochen später nach Deutschland abreiste, gestattete er mir, ihn »Papà« zu nennen. Das war eine große Ehre für mich.

Nach der Vorstellungszeremonie führte mich Yvonne durch das Dorf. Die Häuser hatten meist mehrere kleine Räume, den Wohnraum mit einer offenen Feuerstelle und die Frauenzimmer. Wenn ein Mann mit mehreren Frauen zusammenlebt, was allgemein üblich ist, bekommt jede der Frauen ihr eigenes »Compartement«, in dem sie mit ihren Kindern wohnt und nachts, nach einem streng geregelten Plan, von ihrem Mann besucht wird.

Dass die Frauen untereinander sehr eifersüchtig seien, hatte Jueles mir erzählt, und auch, dass der Mann darauf achten müsse, allen gleichermaßen seine Gunst zu gewähren, was seine Besuche, aber auch gelegentliche Geschenke betraf.

Die meisten Räume hatten Fensteröffnungen, vor manchen hing ein Stück Stoff. Die Türen standen immer offen, gekocht wurde traditionell im Freien am offenen Feuer, bei Regen unter einem Vordach. Neben dem Haus befand sich ein kleines Gärtchen, in dem die Frauen Gemüse, Hirse und Maniok anbauten, und wenn nach einer guten Ernte etwas Überschuss blieb, durften sie es mit Genehmigung ihres Mannes auf dem Markt verkaufen.

Für mich war es unverständlich, wie sich die Frauen dem Mann in gewissen Dingen unterwarfen, obwohl sie doch alleine für ihren Unterhalt und den der Kinder aufkamen!

Yvonne stellte mich Naga vor, der zweiten Frau König Hugpathis, in deren Haus ich während meines Aufenthaltes wohnen würde. Naga mochte um die siebzig Jahre alt sein, es war schwierig für mich, ihr Alter zu schätzen. Sie war rundlich, hatte ein freundliches, breites Gesicht und ein ausgeprägtes Hinterteil, wie die meisten afrikanischen Frauen, so wie es in Afrika begehrt ist.

Sie wies mir meinen Schlafplatz zu, ein flaches Bettgestell mit einer dünnen Matratze und einer Decke. Sie selbst schlief im gleichen Raum auf einer Matratze am Boden.

Ich wusste von Jueles, dass Naga die Witwe des Bruders von König Hugpathi war, die er nach dessen frühem Tod als Frau übernommen hatte. Naga hatte zwei Söhne aus ihrer ersten Ehe mitgebracht und mit dem König zwei weitere Kinder bekommen. Es war ihr Glück, dass sie die Frau Hugpathis geworden war, denn nach den Statuten des Stammes verliert eine Frau nach dem Tod ihres Mannes sämtlichen Besitz, muss sich mit ihren Kindern ohne männlichen Schutz durchschlagen.

Die nächsten Tage verbrachte ich im Dorf.

Hier in Togo erkannte ich wieder, wie seinerzeit im Libanon, dass es ein Vorteil sein kann, wenn man der Sprache nicht mächtig ist, man sich mit Gesten verständigt. Man ist viel aufmerksamer, sieht und beobachtet genauer. So kam ich, bis ich die Sprache besser erlernt hatte, gut zurecht.

Bis heute spielt sich das Leben im Dorf draußen ab, es konzentriert sich überwiegend auf das Essen. Eine gute Frau steht immer am Feuer vor dem Haus und kocht. Strom gibt es, wenn überhaupt, nur stundenweise, so es die Regierung erlaubt.

Im Inneren der Hütte hält man sich nur bei Regen oder nachts zum Schlafen auf. Beleuchtet wird sparsam mit Konservendosen, die mit Petroleum gefüllt sind, was immer wieder zu Unfällen und Bränden in den Hütten führt, wenn sie aus Unachtsamkeit umgestoßen werden.

Gegessen wird ebenfalls im Freien. Die Männer essen zuerst, so wie ich es auch im Libanon kennengelernt hatte. Dem König wird das Essen auf einem Teller serviert, er isst nicht mit den anderen zusammen, sondern abgesondert. Niemand darf den König beim Essen beobachten. Die anderen sitzen am Boden. Aus Akume, einem festen Brei ähnlich wie bei uns Polenta, formt man mit den Fingern der rechten Hand Bällchen, die man in eine gemeinsame Schüssel mit Fleisch und Soße tunkt. Daneben steht meist eine Schüssel mit kaltem Wasser, um sich die heißen Finger zu kühlen. Die linke Hand zum Essen zu nehmen wäre anstößig, niemand würde das tun. Sie wird dazu benutzt, sich den Popo zu reinigen. Auch das hat mich sehr an die Zeit im Libanon erinnert.

Für mich als Vegetarierin waren die Mahlzeiten schwierig. Als man bemerkte, dass ich den Brei ohne Fleisch und Soße und nur das Gemüse aß, bekam ich jeden Tag Spaghetti – in Togo ein Luxusessen. Bald konnte ich Spaghetti nicht mehr sehen!

Wie überall in Afrika liegt die Hauptlast der Arbeit bei den Frauen. Sie sorgen für das Haus, für das Essen, ziehen die Kinder groß und arbeiten, wenn möglich, auf dem Markt, um ihre geringen Erzeugnisse zu verkaufen. Kaum haben sie ein Kind geboren, steckt bereits das nächste »im Ofen«.

Die Männer legen großen Wert auf ihre Zeugungsfähigkeit, wollen »gute Gockel« sein, wie Jueles mir einmal lachend erklärt hatte. »Es ist für den Erhalt des Stammes nötig«, meinte er mit ernster Miene, »denn viele Kinder sterben nach der Geburt oder im Kindesalter.« Bleibt ein Paar kinderlos, liegt die Schuld natürlich bei der Frau. Ein zeugungsunfähiger Mann ist in Afrika undenkbar!

Es gibt viele vernachlässigte Kinder oder Waisen, oft auch Aids-Waisen, die von anderen Familien aufgezogen werden, so wie sich generell das ganze Dorf um die Erziehung der Kinder kümmert, nicht nur die Eltern.

Die Männer sind oft arbeitslos, lungern herum oder halten lange, höchst wichtige Palaver vor dem Haus des Königs im Schatten des Baobab-Baumes ab.

Naga und Yvonne kümmerten sich um mich in den Wochen, die ich in Togo verbrachte. Sie führten mich durch Lomé, zum Markt und in die Hütten anderer Stammesangehöriger, oft auch zu Kranken, die sie betreuten. Mit ihren klapprigen Mopeds, ich bei Yvonne auf dem Rücksitz, fuhren wir häufig durch die Gegend.

Die Straßen in Togo sind sandig, voller Schlaglöcher, verdreckt, voll mit Müll und Plastik. Alles, was man dort kauft, und ist es noch so klein, wird in eine Plastiktüte gesteckt, damit niemand sehen kann, was man erstanden hat. Diese Tüten werden bei nächster Gelegenheit weggeworfen und dann vom Wind in die Gegend geweht, wo sie an Büschen und Bäumen hängen bleiben. Umweltbewusstsein ist noch nicht bis hierher gedrungen. Nur im Regierungsviertel und in den eleganten Vierteln der Weißen, vor allem Franzosen aus der Protektoratszeit, ist es sauber, und die Straßen sind asphaltiert. Die Müllmänner – nur in den Weißenvierteln gibt es eine Müllabfuhr – sind alle vermummt. Yvonne erklärte mir, sie würden sich schämen, diese »Schmutzarbeit« für die Weißen erledigen zu müssen. Ich vermute eher, dass sie sich vor dem Gestank schützen wollen.

Der Müll der Eingeborenen wird dagegen irgendwo weggeworfen oder auf großen Müllhalden deponiert, auf denen Frauen und Kinder in Gesellschaft von Ratten nach Verwertbarem suchen.

Obwohl Lomé am Meer liegt und es dort einen wunderschönen Strand gibt, sonnt sich dort niemand, so wie wir es tun würden. Viele Afrikaner können nicht verstehen, dass wir Weiße uns in die pralle Sonne oder gar in Sonnenstudios legen, um braun zu werden! Für sie ist das Ideal, möglichst helle Haut zu haben.

Afrikaner gehen allenfalls voll bekleidet am Strand auf und ab. Ich habe dort niemanden gesehen, der ins Wasser ging oder sich in den Sand setzte. Auch Menschen dunkler Hautfarbe bekommen Sonnenbrand, es fällt nur nicht so auf wie die Krebsröte bei uns Weißen.

Die Weißen gehen nie an den Strand. Sie haben ihre eigenen Pools in ihren Gärten oder Privatstrände in den Hotels. Sie pflegen, außer zu ihren schwarzen Bediensteten, meist keinerlei Kontakt zur schwarzen Bevölkerung, leben unter sich. Auch ich hatte zu Weißen, die in Togo leben, wenig bis keinen Kontakt.

Viele weiße Touristen werden mit Bussen durch die schwarzen Viertel gefahren und begaffen die afrikanische Bevölkerung in ihren oft primitiven Hütten wie wir zu Hause exotische Tiere im Zoo. Vor allem Franzosen machen infolge ihrer früheren Verbindungen während des französischen Protektorates Urlaub in Togo, denn Togo ist ein wunderschönes Land.

Yvonne erzählte mir, dass viele ältere Französinnen nach Togo kämen, um sich einen jungen Liebhaber für die Urlaubszeit zuzulegen. Den halten sie dann für seine Liebesdienste einige Wochen aus. Diese Form der Prostitution der jungen Männer ist in ihrem familiären Umfeld keineswegs geächtet, ganz im Gegenteil. Auch diese »Arbeit« gehört schlicht zum Broterwerb und ist recht einträglich, wenn auch nur für kurze Zeit. Natürlich kümmert sich so gut wie keine der Frauen weiter um ihren Liebhaber, schickt ihm Geld oder unterstützt ihn anderweitig, wenn sie wieder zu Hause in Frankreich ist.

Auf meinen Streifzügen mit Naga durch Lomé beeindruckte mich am meisten der Markt der Einheimischen, mehr noch als damals der Basar im Libanon. Anfangs fürchtete ich mich im Gewirr der dunklen Nebengassen, vor allem, da ich als Weiße neugierig, oft auch feindselig, angestarrt wurde. Nun konnte ich nachfühlen, wie Jueles sich in Deutschland fühlen musste.

Neben einer mehrstöckigen Halle waren Unmengen von Ständen mit allen nur erdenklichen Waren aufgebaut. Viele der Frauen saßen in ihrer malerischen Kleidung auf einer Matte am Boden, bauten ihre Waren um sich auf. Die kleinen Kinder krabbelten nackt im Schmutz, steckten sich alles Mögliche in den Mund oder nuckelten an der Brust der Mutter.

Ein farbenfrohes Bild, Stimmengewirr, laute Musik, Händler, die schreiend ihre Waren anpriesen, dazwischen Frauen in bunten Kleidern, elegant Waren auf dem Kopf balancierend. Alles, was man sich vorstellen kann, wurde auf dem Markt angeboten: Kleidung, Stoffe, Schuhe, Werkzeug, Gewürze, Medikamente. Fast alles, was dort verkauft wurde, war in einem gebrauchten Zustand, wie bei uns auf dem Flohmarkt. Lautstark wurde gefeilscht. Mich faszinierte und erstaunte es, wie fix die Marktfrauen rechnen konnten, auch wenn sie keinerlei Schulbildung genossen hatten.

In der Gasse der Lebensmittel lag das Fleisch von Ziege, Schaf, Rind oder auch Schwein im getrockneten Blut, von Hunderten von Fliegen umschwirrt. Nicht anders war es beim Fisch, Fliegen überall. Wenn ich nicht ohnehin Vegetarierin gewesen wäre, wäre mir spätestens hier der Appetit auf Fleisch gründlich vergangen. Besonders widerlich fand ich die Gläser mit Mayonnaise, die in der prallen Sonne standen und von denen sich Frauen löffelweise bedienten, den Löffel ableckten und wieder zurücksteckten.

Ich trank Wasser nur aus Volvic-Flaschen, doch selbst da musste ich darauf achten, dass die Flaschen noch verschlossen und nicht mit irgendwelcher »Brühe« befüllt worden waren.

Das wäre mir schlecht bekommen. Noch heute wundere ich mich, dass ich das alles, bis auf wenige Tage mit Durchfall, einigermaßen gesund überstand.

Auf meinen Streifzügen durch Lomé entdeckte ich asiatische, arabische und europäische Lokale, sogar ein bayerisches gab es, »Alt München«, in dem unter anderem bayrisches Bier und bayrische Spezialitäten wie Weißwürste und Leberkäse angeboten wurden. Das Lokal stammt aus der Zeit, als Franz Josef Strauß, der damalige bayrische Ministerpräsident, mit Gnassingbé Eyadéma eng befreundet war. Sein Ausspruch gegenüber dem Präsidenten, »Wir Schwarzen müssen zusammenhalten«, ist legendär. Strauß gehörte zur bayerischen CSU, einer »schwarzen« Partei. Strauß hatte unter anderem die Firma Marox, einen bayrischen Fleisch- und Wursterzeuger, nach Togo vermittelt, die dort eine Metzgerei und dieses Lokal einrichtete.

Daneben gab es einen Shop, in dem man alle nur erdenklichen westlichen Waren und Lebensmittel einkaufen konnte, so man die nötigen Devisen hatte.

Ich genoss es, dort gelegentlich Pommes, die mit Senf serviert wurden, zu essen. Endlich mal keine Spaghetti oder Foufou!

Oft wurde ich in Lomé von Weißen angesprochen, aber auch von Schwarzen, die in Europa lebten und in der Heimat zu Besuch waren. Meist sprach man mich auf Französisch an, und wenn ich dann »Non! Allemand!« entgegnete, war die Freude groß, denn nun konnten sie vor ihren Freunden mit ihren deutschen Sprachkenntnissen glänzen. Wer es dauerhaft nach Europa geschafft hat, ist in Togo hoch angesehen.

Über Yvonne lernte ich Kassim kennen, einen jungen Mann, der in Deutschland um Asyl nachgesucht hatte. Er war gebildet, hatte gehofft, in Deutschland studieren zu können, war jedoch ausgewiesen worden. Die Abschiebung ist ein großes Problem für diese jungen Männer, die von der Familie ausgewählt worden waren, um in Europa das Glück für die ganze Familie zu finden. Kommt man mittellos zurück, gilt man als Versager, wird oft von der Familie verachtet, sogar ausgestoßen.

Kassim sprach gut Deutsch, und ich lernte von ihm vieles über Togo, seine Geschichte und Kultur, über die frühere deutsche und spätere französische Kolonialzeit, über das heutige Leben in Togo. Er erzählte mir, dass die Franzosen in Togo verhasst seien, da sie sich während des Protektorates sehr arrogant benommen hätten, während man von den Deutschen aus der früheren Kolonialzeit nur Gutes berichtete.

Togo ist ein armes Land, und am ärmsten ist die einheimische Bevölkerung. In der Hierarchie stehen sie ganz am Ende. Auch unter den Afrikanern spielt die Hautfarbe eine große Rolle, da rede noch einmal einer über europäischen Rassismus! Je dunkler der Teint, als umso minderwertiger wird man angesehen. Ein Grund, weshalb viele der modernen jungen Frauen versuchen, ihre Haut mit chemischen Bleichmitteln aufzuhellen, was oft scheußliche Hautverätzungen hervorruft.

Viele ausländische Geschäftsleute leben in Togo, die meist sehr arrogant auftreten, vor allem die Inder und Araber.

Einmal beobachtete ich, wie der Besitzer eines libanesischen Lokals ein kleines, schwarzes Mädchen, das den Boden aufwusch, trat und schlug. Es war ein Sklavenkind, das im Hof in einem Verschlag, einer Hundehütte ähnlich, schlief. Er war verblüfft, als ich ihn in seiner Sprache beschimpfte, die ich aus meiner Zeit im Libanon beherrschte.

Als ich mich eindringlich nach dem kleinen Mädchen erkundigte, bot er mir an, mir so ein Kind zu besorgen. Es würde so gut wie nichts kosten.

Es gibt Araber, die in die Dörfer fahren und den Menschen

weismachen, dass ihre Kinder bei ihnen in der Stadt ein besseres Leben hätten. Oft verkaufen diese dann ihre Kinder für ein paar Münzen, froh, einen Esser weniger am Tisch zu haben. Diese Armen erwartet ein schlimmes Schicksal. Sie werden weiterverkauft, ausgebeutet, misshandelt, die Mädchen als Sexsklavinnen gehalten.

Kassim erzählte mir, dass er mit einer Theatergruppe von Studenten über die Dörfer zieht, um die Menschen aufzuklären, was mit ihren Kindern geschieht, wenn sie diese den fremden Händlern überlassen. Der Staat weiß sehr wohl, was abläuft, unternimmt aber nichts dagegen, da er die reichen Araber und Inder nicht vergrämen will. Sie bringen viel Geld ins Land, sind sehr geschäftstüchtig, was man von den einheimischen Togolesen nicht unbedingt behaupten kann.

Sonntags ging ich mit Naga in die Kirche. Die Zeremonie dauerte drei Stunden, streng nach christlicher Liturgie, denn Jueles' Stamm war vor langer Zeit missioniert worden.

Die überwiegend weiblichen Besucher der Messe sangen laut die Kirchenlieder mit, klatschten und bewegten sich rhythmisch im Takt der Musik, ganz anders als bei uns, wo es ruhig und gesittet zugeht.

Einmal, so erinnere ich mich, schlief ich ein. Es war mir schrecklich peinlich! Doch Afrikaner würden einen nie auslachen, allenfalls kichern sie und warten, bis man die Augen wieder öffnet. Ich hatte gehofft, der Pfarrer hätte es nicht bemerkt, doch natürlich hatte er es gesehen, denn ich saß als Ehrengast in der ersten Reihe.

Über Kassim lernte ich eine Gruppe von Studenten kennen. Mit ihnen diskutierte ich über die Zustände in Togo, doch Kassim bat mich eindringlich, vorsichtig zu sein.

»Du trägst dein Herz auf der Zunge, Manuela. Das kann sehr gefährlich sein«, warnte er mich. »Du bist hier in Afrika und nicht in Deutschland, wo man alles sagen darf!«

Immer wieder wurde mir von den Studenten vorgehalten, dass wir Weißen, Deutsche wie Franzosen, ihr Land während der Kolonialzeit und des Protektorates ausgebeutet hätten. Das machte mich wütend.

»Das mag sein«, entgegnete ich, »aber ihr seid seit über fünfzig Jahren unabhängig, warum macht ihr nichts aus eurem Land? Ihr sitzt nur da und jammert und gebt anderen die Schuld an der Misere!«

Auch über die Sklavenzeit wurde heftig diskutiert und darüber, dass wir Menschen wie Tiere eingefangen und verschleppt hätten. Als ich ihnen vorwarf, dass ihre Stammeshäuptlinge oft an diesen Deportationen beteiligt waren und ihre eigenen Leute an die Sklavenhändler verkauft hatten, wollten sie das nicht glauben.

Ich bin sicher, dass Kassim nur einen geringen Teil meiner Rede übersetzte, um mich zu schützen.

»Manuela, du musst lernen, afrikanisch zu denken und zu sprechen. Du darfst nicht alles direkt sagen, musst lernen, zu umschreiben, in Gleichnissen zu sprechen.«

Ich gestehe, dass mir das in meiner direkten, unverblümten Art schwerfiel.

Mit Yvonne besuchte ich weitab von Lomé Stammesangehörige, oft Kranke. Wenn wir mit dem Moped in einem Dorf ankamen, wurden wir bereits erwartet. Die »Buschtrommeln« funktionierten hervorragend. Nach solchen Fahrten waren wir verdreckt und staubig vom Sand auf den Pisten, doch die Waschgelegenheiten waren eingeschränkt, Wasser war Mangelware.

Überall wurde ich bestaunt, die kleineren Kinder versteckten sich ängstlich hinter ihrer Mutter, wenn sie mich sahen, die Mutigeren zupften an dem Tuch, das ich um mich gewickelt hatte, fassten mich an oder zogen an meinen blonden Haaren. Alle warteten begierig auf die Geschenke, die ich mitgebracht hatte.

Einmal erlebte ich in der Hütte eines abgelegenen Dorfes die Geburt eines Kindes mit. Als das kleine Mädchen geboren war, begann ein seltsames Ritual. Kaum abgetrocknet, wurde der winzige Popo massiert, geknetet und gesalbt. In Afrika gilt ein voluminöses Hinterteil bei Frauen als absolut begehrenswert, nicht die Brüste, die nur der »Milchladen« für die Kinder sind. Noch mehr erstaunte mich, dass das Baby nicht dunkel, sondern rosig weiß aussah. Yvonne klärte mich auf, dass die Babys weiß geboren werden und ihre Haut sich erst nach ungefähr zwei Wochen dunkel färben würde.

Auf einer dieser Touren kamen wir in das Dorf Vogan, mitten im Busch gelegen. Es war der Stammsitz der Ewè-Mina und früherer Sitz des Königs. Hier hatte Jueles, fernab der Zivilisation, seine Kindheit verbracht.

War schon Lomé ein Kulturschock für mich gewesen, ging es hier in Vogan noch weitaus archaischer zu als in Kpéhénou, dem jetzigen Königssitz. Das Dorf bestand aus etwa dreißig Strohhütten ohne elektrischen Strom oder fließendes Wasser. Auch hier befand sich in der Mitte des Dorfes der »Compound« des Königs, der jetzt in Kpéhénou residierte und nur gelegentlich nach Vogan reiste und sein Haus bezog. Dort war ich mit Yvonne untergebracht.

Die Frauen hatten nur ein Tuch um die Hüften geschlungen, waren geschmückt mit Perlen und Kaurimuscheln. Die Männer trugen meist nur einen Lendenschurz und ebenfalls bunten Schmuck und Verzierungen im Haar, wie ich sie von Jueles kannte.

Hier in Vogan stand ich unter stetiger Kontrolle, konnte mich nicht frei bewegen. Es wäre außerhalb des Dorfes, mitten im Busch mit wilden Tieren, Schlangen und bedrohlichen Insekten, auch viel zu gefährlich gewesen.

Dass ich als weiße Frau alleine unterwegs war, ohne Mann, erregte allgemeines Unverständnis. Oft wurde ich von Männern angetatscht, an meinen blonden Haaren gezogen. Manche boten mir an, mich zu heiraten, erhofften sich, so nach Deutschland, in das gelobte Land, zu kommen.

Auch hier spielte sich das Leben überwiegend im Freien ab, mit Sonnenuntergang verschwand man in den Hütten. Togo liegt am Äquator und die Nacht bricht übergangslos herein. Es wird ganz plötzlich dunkel, ohne Dämmerung wie bei uns.

Zur Zeit meines ersten Aufenthaltes in Togo besaß ich noch kein Handy, doch ich konnte von Papas vorsintflutlichem Telefon mit Wählscheibe oder auch mit einer Telefonkarte in der Stadt nach Deutschland telefonieren. Das tat ich so oft ich konnte, um mit Jueles zu sprechen. Wenn ich ihm von meinen oft skurrilen Erlebnissen berichtete, amüsierte er sich sehr. Als ich ihm einmal erzählte, dass im Dorf immer wieder ältere Frauen auf mich zugekommen waren, auf ihren Rücken gedeutet und »Kangni, Kangni« gerufen hatten, lachte er. »Das soll heißen, sie hätten mich als Baby auf ihrem Rücken getragen und jetzt wärst du ihnen dafür ein Geschenk schuldig.«

Drei Monate, bis zum Ablauf meines Visums, blieb ich in Togo, mein Heimweh wuchs zusehends. Ich sehnte mich nach Jueles und nach Deutschland, nach der Sauberkeit, dem Komfort und der Hygiene – fremde Begriffe in Afrika! Ich sehnte mich nach Ruhe und Ordnung.

Doch als ich wieder zu Hause angekommen war, fühlte ich mich fremd. Die vielen Menschen, ob am Flughafen oder in der

Stadt, erschienen mir wie gefühllose Roboter, alles kam mir kalt und grau vor. Man hastete aneinander vorbei, ohne sich anzusehen, anzusprechen oder zuzulächeln.

Wenn man nach Monaten aus Afrika zurückkehrt, aus dieser Explosion von Farben, Gerüchen und Lärm, ist das Leben hier gewöhnungsbedürftig. Ich brauchte einige Zeit, bis ich »angekommen« war, mich eingewöhnt hatte.

Anlässlich meiner Rückkehr veranstalteten unsere Freunde und die Togolesen aus der Münchner Community ein Fest im Englischen Garten. Sie wollten wissen, wie es in Togo war, wie mir das Land gefallen hatte. Alle haben Heimweh, sehnen sich sehr nach ihrer Heimat.

Inzwischen war ich mehrere Male in Togo, das sich mit den Jahren verändert hat. Die jungen Menschen lehnen mehr und mehr ihre afrikanische Kultur ab, glauben, wenn sie sich benähmen wie Weiße, wären sie etwas Besseres. Auch der Respekt vor den Alten lässt nach. Noch vor wenigen Jahren wäre es undenkbar gewesen, dass man einen Älteren unterbricht, ihm widerspricht. Ich erinnere mich, wie mir Jueles einmal erzählte, wie entsetzt er anfangs in Deutschland gewesen war, als er sah, wie frech und respektlos Kinder sich ihren Eltern gegenüber verhielten.

Fast jeder besitzt nun ein Handy. Anfangs hat mich das, ehrlich gesagt, entrüstet. Jueles und ich sparen jeden Cent, um Unterstützung nach Togo schicken zu können, und sie kaufen sich Handys!

Selbst Kinder, die nicht lesen können, sieht man mit Mobiltelefonen. Im besten Fall lernen sie so etwas lesen, aber sie geraten auch auf schlimme Seiten oder Apps. Die Eltern, ohne jegliche Ahnung von diesen Dingen, haben keine Kontrolle mehr darüber, was ihre Kinder sehen und lernen. Doch das ist auch bei uns gelegentlich so!

Natürlich kann man diese Mobiltelefone nicht mit unseren hochwertigen I-Phones, Nokias, Samsungs oder ähnlichen Marken vergleichen. Es sind billige Geräte, die meist nach kurzer Zeit kaputt sind, weggeworfen werden und eine Menge Elektroschrott produzieren. Nur die SIM-Karte ist wichtig und das Internet, um zu sehen, wie wundervoll das Leben in Deutschland oder anderswo in Europa ist, wo man angeblich, ohne zu arbeiten, herrlich leben kann.

Bei meinem ersten Besuch in Kpéhénou hatten noch viele der Frauen, vor allem die älteren, nur ein Tuch um die Hüften geschlungen, ließen die Brust frei. Heute bedecken die Frauen und Mädchen ihre Brüste mit einem Tuch oder tragen zumindest einen schicken Büstenhalter. Barbusig sieht man nur noch ganz alte Frauen oder die Tänzerinnen bei traditionellen Festen und bei folkloristischen Darbietungen für die Touristen.

Die Arbeitslosenquote ist enorm, und so steigt auch die Kriminalität. Zudem kamen in den letzten Jahren viele Flüchtlinge aus anderen afrikanischen Staaten, in denen Krieg herrscht, nach Togo. Es findet nicht nur ein Flüchtlingsstrom aus afrikanischen Ländern nach Europa statt, sondern auch innerhalb Afrikas wandern die Menschen. Sie flüchten aus Ghana, Mali, Nigeria. Es sind die Ärmsten der Armen, denn sie haben nicht das Geld, Schlepper nach Europa zu bezahlen.

Diese Flüchtlinge sind in Togo noch weniger gern gesehen als bei uns in Europa, denn sie nehmen die ohnehin wenigen Arbeitsplätze weg. Diese Menschen, viele Kinder sind darunter, leben auf der Straße, sind froh, wenn sie in Abfällen etwas zu essen finden und eine Decke, in die sie sich nachts wickeln können. Es gibt kein Sozialsystem wie bei uns, keinerlei Unterstützung vom Staat, auch nicht für die eigenen Leute.

Wenn ich längere Zeit zu Hause bin, sehne ich mich nach Togo und umgekehrt. Was mir hier oft zu wenig an Empathie, Fröhlichkeit und Leben ist, erscheint mir dort manchmal zu viel. Afrika ist faszinierend, oft auch unverständlich und erschreckend. Trotz alledem sehe ich Togo inzwischen als meine zweite Heimat an, habe die Menschen dort lieben gelernt. Ich fühle mich in beiden Welten wohl, sowohl in Afrika als auch in Deutschland.

Samir

Wir lebten bereits Jahre auf Gut Herrmannsdorf, als mich die Vergangenheit einholte, die ich längst für beendet gehalten hatte.

Ich war allein zu Hause, als es klingelte, und war erstaunt, denn unsere Haustür stand immer und für jedermann offen. Niemand, der uns besuchte, läutete.

Neugierig öffnete ich die Wohnungstür, hörte Schritte die Holztreppe heraufkommen. Dann stand er vor mir: Ein hochgewachsener, gutaussehender junger Mann, vielleicht dreißig Jahre alt oder etwas mehr. Schwarze Haare, dunkle Augen, dunkler Teint, ein arabischer Typ. Mich beschlich ein eigenartiges, banges Gefühl. Lange hatte ich nichts mehr mit Arabern zu tun gehabt. Misstrauisch sah ich ihn an.

»Du erkennst mich nicht?«, fragte er und fügte, als ich den Kopf schüttelte, hinzu: »Nein, natürlich nicht!«

Ich wusste nicht, was ich sagen sollte. Ich hatte den Mann noch nie gesehen, trotzdem kam er mir bekannt vor.

»Ich bin Samir, dein Sohn!«, presste er hervor.

Ich musste mich vor Schreck am Türrahmen festhalten. Nun fiel es mir wie Schuppen von den Augen, jetzt wusste ich, an wen mich der Mann vor mir erinnerte: an Ahmed, meinen geschiedenen Ehemann, den Vater meiner fünf Kinder, von denen drei im Libanon gestorben waren.

»Samir?«, flüsterte ich. Ich schüttelte ungläubig den Kopf. »Samir ist tot!«

»Nein! Ich bin nicht tot, wie du siehst!«

Ich war wie erstarrt.

»Kann ich reinkommen?«, fragte der Mann.

Ich ließ ihn an mir vorbei in die Wohnung. Meine Knie fühlten sich weich an, und als ich mir eine Zigarette anzündete, zitterte meine Hand. Wir setzten uns im Wohnzimmer einander gegenüber, und Samir begann zu erzählen.

»Damals, bei dem Bombenangriff, kamen nicht alle Kinder ums Leben. Einige wurden in das Lazarett in der Nähe, andere in Krankenhäuser in Beirut eingeliefert. Es dauerte eine Weile, bis man herausfand, zu welcher Familie die verletzten Kinder gehörten.« Er schob seine Hosenbeine hoch, und ich konnte vernarbte Wunden an seinen Beinen sehen. Mich schauderte.

»Als man endlich herausgefunden hatte, zu welcher Familie ich gehörte, und Baba und mein Vater mich nach Hause holten, konnte ich mich an nichts erinnern, ich war ja noch so klein.« Er schwieg, ich wagte nicht, ihn zu unterbrechen.

»Man sagte mir später, du hättest mich verlassen, wärst aus dem Libanon geflohen, obwohl es dir dort gut ging.« Er sah mich vorwurfsvoll an.

Ich konnte nur verneinend den Kopf schütteln. »Nein, das stimmt nicht, Samir! Man hatte mir gesagt, ihr wäret beide tot, der kleine Ahmed und du! Ich war in den Libanon gekommen, um euch Kinder, Ahmed, Nabil und dich, nach Deutschland zu holen. Euer Vater hatte euch aus Berlin entführt. Als ihr alle drei tot wart, wollte ich nicht im Libanon bleiben. Ich hatte keinen Grund mehr dazu. Jemand half mir, nach Deutschland zu fliehen.«

Er sah mich mit skeptischer Miene an, schien mir nicht zu glauben.

»Es ist wahr, Samir! Du musst mir glauben!«

Er schüttelte den Kopf, presste die Lippen aufeinander.

»Wie hast du mich gefunden? Lebst du im Libanon? Du sprichst gut Deutsch!«

»Ich bin im Libanon aufgewachsen, in Saida, im Haus meiner Großeltern. Das kennst du ja!«

Ich nickte, erinnerte mich an Ahmeds Mutter, Umm Ahmed, die mich nicht leiden konnte, und an Baba, Ahmeds Vater, der streng, aber gerecht gewesen war.

»Sie waren gut zu mir, sie haben mich geliebt«, fuhr Samir fort. »Es hat mir an nichts gefehlt, außer an einer Mutter und einem Vater!« Er sah mich anklagend an. »Ich weiß, du hast Umm Ahmed nicht gemocht, das hat sie mir erzählt. Sie mochte dich auch nicht, hat mir immer gesagt, du wärst eine schlechte Frau. Sie hat nie verstanden, warum mein Vater dich geheiratet hatte.«

Ich nickte. »Das stimmt! Sie mochte mich nicht, sie hat mir das Leben dort sehr schwer gemacht. Weißt du, wie man sich alleine in einem fremden Land fühlt, wenn man die Sprache nicht spricht?«

Samir nickte. »Das weiß ich gut! Als mich mein Vater nach Deutschland brachte, war ich dreizehn Jahre alt. Alles war fremd für mich, die Kultur, die Sprache, die Schule. Wir wohnten in Neukölln, dort leben viele Araber.«

Ich nickte, auch ich hatte dort einmal gelebt, es schien mir eine Ewigkeit her zu sein.

»Mein Vater hat sich nicht viel um mich gekümmert, aber ich habe es geschafft! Ich habe nach der Schule eine Hotellehre gemacht und in verschiedenen Häusern gearbeitet«, sagte er stolz. »Zurzeit lebe ich in Russland, bilde Lehrlinge in einem Hotel aus, aber irgendwann will ich wieder zurück nach Deutschland. Mein Traum wäre ein eigenes kleines Hotel in Berlin. Doch vorerst ist es nur ein Traum.«

»Träume können wahr werden, Samir, wenn man es wirklich

will. Doch erzähl mir, wie es Baba und der Großmutter geht! Leben sie noch?«

Samir schüttelte den Kopf. »Baba ist gestorben, da war ich zehn Jahre alt. Ich habe danach mit Großmutter alleine gelebt, bis mein Vater kam und sie in ein Altersheim gesteckt hat. Das werde ich ihm nie verzeihen!«, stieß er aufgebracht hervor.

Ich konnte ihn verstehen. Ich hatte während meiner Zeit im Libanon einmal so ein Heim besucht und war erschüttert gewesen, wie schlecht die Menschen dort versorgt waren, wenn sich nicht die Angehörigen um sie kümmerten.

»Großmutter ist dort gestorben. Das Haus in Saida hat er an einen Nachbarn verkauft, er brauchte wohl Geld. So kam ich nach Deutschland.«

»Wo lebt er jetzt, dein Vater?«

»Er wohnt in Berlin. Er hatte wieder geheiratet, ist aber geschieden.« Das abfällige Lächeln ließ mich vermuten, dass die Beziehung zu seinem Vater nicht die beste war.

»Hat er sich um dich gekümmert, als du klein warst?«, fragte ich, konnte mir die Antwort denken.

»Nein! Er war die meiste Zeit in Deutschland, hat mich in Saida zurückgelassen. Er kam nur ab und zu in den Libanon.«

Bitterkeit stieg in mir hoch. Das war die Zeit gewesen, in der Ahmed mich gesucht und in München gefunden, zwei weitere Kinder mit mir gezeugt hatte, Sascha und Patrick. Die ganze Zeit hatte er gewusst, dass Samir lebte, und es mir nicht gesagt! Ich war fassungslos und erschüttert.

»Wann hast du von mir erfahren? Weißt du, dass du einen Bruder hast?«

»Einen? Ich habe zwei Brüder!«, erwiderte er entrüstet.

Ich schüttelte den Kopf. »Patrick ist gestorben. Er war schwerstbehindert, hat dir das dein Vater nicht erzählt?«

»Nein! Das hat er nicht. Er hat mir lange nichts von dir und den anderen Kindern erzählt. Hatte immer gesagt, du hättest mich nicht gewollt und wärst abgehauen, hättest mich bei Umm Ahmed und Baba zurückgelassen.«

Eine unheimliche Wut stieg in mir auf. Ahmed hatte ihm nur Lügen erzählt.

»Es ist alles gelogen, Samir!« Er sah mich skeptisch an. »Du musst mir glauben! Ich werde dir sagen, wie es wirklich war!« Dann begann ich, ihm zu erzählen, wie Ahmed die Kinder entführt hatte, wie ich in den Libanon gereist war. Ich berichtete ihm von Nabils Tod, meiner Arbeit im Lazarett und meiner verzweifelten Hoffnung, die Zwillinge mit Hilfe eines deutschen Arztes nach Deutschland zu bringen.

»Als der Kindergarten bombardiert wurde und ich deinen toten Zwillingsbruder sah, mir gesagt wurde, dass du nicht unter den geretteten Kindern wärst, hatte ich allen Mut verloren. Ich war sehr krank, lag im Lazarett.«

»Und dann bist du weg!« Er sah mich vorwurfsvoll an.

»Was hätte ich im Libanon tun sollen? Ich war dorthin gereist, um euch Kinder zu holen!« Ich versuchte, meine Tränen vor Samir zu unterdrücken. »Da ich dachte, ihr Kinder wärt tot, wollte ich nur noch weg. Der Arzt aus dem Lazarett hat mir geholfen, über Israel zu fliehen.«

»Und dann hast du meinen Vater angerufen, er solle nach München kommen! Wie passt das alles zusammen?«, fragte er fast böse.

Ich stieß empört die Luft aus. »Nie im Leben hätte ich ihn darum gebeten! Nicht nach allem, was er mir und euch Kindern angetan hatte! Er kam nach Deutschland und hat mich gesucht und, leider, auch gefunden.«

Er sah mich abschätzig an. »Und dann hast du wieder zwei Kinder mit ihm gekriegt? Wie soll ich das glauben?««

Ich zündete mir eine weitere Zigarette an, um Zeit für eine

Antwort zu finden. »Ich weiß nicht, warum ich ihn wiederaufgenommen habe, Samir! Ich war allein, mir ging es schlecht, und er war anfangs sehr nett zu mir.« Ich verzog verächtlich das Gesicht.

Samir nickte: »Ja, ich kenne das. Er kann sehr nett sein – aber auch ganz anders!«

»Wie auch immer!« Ich zuckte hilflos mit den Schultern. »Ja, ich habe zwei Kinder bekommen, Sascha und Patrick. Patrick war schwerstbehindert, niemand hat geglaubt, dass er lange leben wird. Dein Vater hat verlangt, dass ich ihn in ein Heim gebe, aber das wollte ich nicht! Ich wollte ihn bei mir behalten, nachdem ich bereits drei Kinder verloren hatte. Wir haben uns getrennt, im Streit. Ich habe die Kinder alleine großgezogen, obwohl es schwierig war. Deinen Vater habe ich nie mehr wiedergesehen, ich dachte, er wäre in den Libanon zurückgegangen. Wann hast du von mir und deinen Brüdern erfahren?«

»Vor einigen Jahren. Er hatte wieder einmal zu viel getrunken, da hat er mir von euch erzählt. Doch seine Version war ganz anders.«

»Das glaube ich dir aufs Wort!«, stieß ich erbittert hervor.

»Ich habe oft daran gedacht, euch zu suchen. Aber dann …«, er zuckte mit den Schultern, »dann habe ich es doch gelassen. Weiß nicht, warum. Vielleicht hatte ich Angst vor dir und vor dem, was ich erfahren würde. Aber jetzt«, er sah auf, seine Augen leuchteten, »jetzt bin ich verheiratet und habe einen kleinen Sohn. Damit hat sich vieles für mich verändert. Nun weiß ich, wie schön und wie wichtig eine Familie ist. Deshalb habe ich nach euch gesucht! Es war nicht schwierig, dich zu finden. Dass du in München gelebt hast, wusste ich, und den arabischen Namen gibt es nicht oft. Ich habe auch Saschas Adresse gefunden, aber ich wollte erst mit dir sprechen. Du sollst entscheiden, was du für richtig hältst!«

Mit Tränen in den Augen sah ich meinen wiedergefundenen Sohn an. »Du wirst Sascha und seine Familie kennenlernen! Sascha ist auch verheiratet, seine Frau heißt Nicole, und sie haben zwei kleine Töchter. Es geht ihm gut! Er wird sich freuen, wenn er hört, dass sein totgeglaubter Bruder aufgetaucht ist.«

»Meine Frau heißt auch Nicole! Was für ein Zufall!«, rief Samir lebhaft aus. Dann fragte er: »Du bist nicht wieder verheiratet? Du trägst immer noch unseren arabischen Namen.«

»Nein, verheiratet bin ich nicht. Doch ich lebe schon lange mit einem Mann zusammen. Du wirst ihn kennenlernen. Er ist Afrikaner, aus Togo.«

»Ein Neger?« Samir sah mich entsetzt an.

»Kein Neger, ein Afrikaner, mit dunkler Hautfarbe, ja!«, gab ich gelassen zurück. »Jueles ist sehr nett und sehr liebevoll zu uns. Du wirst ihn mögen, so wie Patrick ihn mochte und auch Sascha und seine Familie ihn mögen.«

»Warum heiratest du ihn dann nicht?«, fragte er provozierend. »Wenn er doch so gut zu euch ist?«

Ich sah Samir nachdenklich an. »Irgendwann, eines Tages werden wir heiraten, Jueles und ich. Wenn die Zeit gekommen ist.«

Der Tod des Königs

Aus Togo erreichte uns die Nachricht, dass Papa krank sei, sehr krank.

»Unser Vater ist zweiundneunzig Jahre alt, Kangni«, meinte Ayaou, Jueles' Bruder, am Telefon. »Er ist älter als alle Menschen, die ich kenne.«

Bei meinem letzten Besuch in Togo hatte auch ich mit Schrecken bemerkt, wie hinfällig Papa geworden, wie sehr er gealtert war. Jueles war meist sehr bedrückt, wenn er mit seinem Vater gesprochen, dessen schwache Stimme gehört hatte. Er ahnte, dass Papa bald sterben würde, und es war bitter für Jueles, nicht zu ihm reisen, ihn vielleicht noch ein letztes Mal sehen zu können. Täglich rief er in Togo an, Papas Zustand wurde von Tag zu Tag schlechter.

Eines Nachts hörte ich, wie Jueles sich leise aus dem Bett schlich, die Wohnung verließ. Ich versuchte wieder einzuschlafen, doch ich fand keine Ruhe mehr. Ich stand auf, zog mir eine Jacke über und ging die Treppe hinunter, hinaus in die Sommernacht. Ich konnte Jueles nicht sehen, doch ich ahnte, wo er sein könnte.

Ich ging über den nächtlichen Hof, den Wiesenweg hinunter zur »blauen Blume«. Die Tennentür war nur angelehnt, und ich sah hinein. Es war, wie ich vermutet hatte: Jueles saß im Mondlicht im Gras, vor sich eine Trommel. Wie in Trance bewegte er den Oberkörper, trommelte leise, sprach und sang vor sich hin.

Eine geraume Zeit beobachtete ich ihn, aber ich wollte ihn in seiner Versunkenheit nicht stören. Ich ging zurück in unsere Wohnung, schlüpfte zurück ins Bett und wartete. Nach einiger Zeit hörte ich Jueles kommen, er legte sich neben mich.

Ich griff nach seiner Hand. »Was ist los, Jueles?«, fragte ich leise.

»Papa ist tot! Ich habe mit seinem Geist gesprochen«, erwiderte er flüsternd.

Wenige Stunden später kam der Anruf aus Kpéhénou mit der Todesnachricht. Ich verstand nur teilweise, was gesprochen wurde, doch ich sah die Trauer und Ergriffenheit in Jueles' Gesicht, dann Staunen, Erschrecken, Ungläubigkeit. Er beendete das Gespräch.

»Was ist los, Jueles? Schlechte Nachricht?«

»Papa ist tot, wie ich es gesagt hatte.«

»Musste er leiden?«, fragte ich besorgt, da Jueles sichtlich bewegt war, Tränen in den Augen hatte. Ich wusste von der engen Verbundenheit zwischen ihm und seinem Vater.

»Nein, er ist ganz ruhig eingeschlafen.«

Ich atmete auf, war trotzdem beunruhigt, da ich sah, wie aufgewühlt Jueles war. Er sah mich an.

»Es ist etwas anderes! Papa hat mich zu seinem Nachfolger bestimmt. Ich soll König der Ewè-Mina werden.«

Ich stieß vor Überraschung einen Schrei aus, schlug die Hand vor den Mund. Damit hatten wir nie und nimmer gerechnet. Jueles lebte seit fünfzehn Jahren in Deutschland. Er hatte seine Heimat seither nicht mehr gesehen, und es bestand keine Hoffnung, dass sich das in nächster Zeit ändern würde, auch wenn jetzt, nach dem Tod Gnassingbé Eyadémas, dessen Sohn Faure Staatspräsident von Togo war. Der mochte zwar moderner und gemäßigter sein als sein Vater, doch die alten Seilschaften funktionierten noch immer. Zu seiner Amtsübernahme hatte keine

Amnestie für politisch Verfolgte stattgefunden, wie sonst oft üblich. Wir wussten, Jueles stand immer noch auf der Liste der Verfolgten.

»Willst du das, Jueles? Und wie soll das gehen, wo du doch in Deutschland lebst und nicht nach Togo reisen kannst? Wie willst du dieses Amt ausführen, Jueles?«, fragte ich ihn. »Du hast Brüder in Afrika, die älter sind als du! Warum hat er dich auserwählt?

»Ich glaube, er hat mich schon immer als seinen Nachfolger gesehen. Meine Mutter erzählte mir einmal, dass er mich kurz nach meiner Geburt in ihre Arme gelegt und gesagt hatte, sie solle gut auf mich aufpassen, ich würde einmal eine große Aufgabe übernehmen. Von meinen Brüdern lebt außer Ayaou und Joseph keiner mehr in Togo. Ein Großteil meiner Familie ist in anderen afrikanischen Staaten untergetaucht. Auch sie wurden verfolgt. Sippenhaft! Ohne unsere Unterstützung könnten sie kaum ihr Leben bestreiten. Wir zwei konnten helfen und wir haben es getan. Vermutlich denken sie, wir sind reiche Leute«, sagte er und schmunzelte trotz seiner Traurigkeit. »Lass uns schlafen gehen, ich bin müde. Wir besprechen das morgen weiter.«

Wir verbrachten beide die restliche Nacht in unruhigem Schlaf. Ich hatte keine Vorstellung davon, was das Amt bedeuten, und vor allem, wie Jueles seine Geschäfte von hier aus führen könnte. Doch ich ahnte, dass er den Wunsch seines Vaters respektieren wollte.

In den nächsten Tagen gab es viele Gespräche zwischen uns und mit Togo.

»Ich spüre, Jueles, du willst das Amt annehmen, nicht wahr? Doch wie soll das funktionieren, wo du nicht nach Togo reisen kannst?«

»Mein Vater hatte seine Berater, auch ich werde einen Kreis von Ratgebern haben, auf die ich mich verlassen kann, unter anderem den Griot. Auch wenn ich nicht in die Alltagsgeschäfte eingebunden bin, in Streitigkeiten und anderen Entscheidungen, die den Stamm betreffen, werde ich das letzte Wort haben.« Er nahm meine Hand. »Doch ich werde es nicht ohne dich schaffen, Manuela, und ich will es auch nicht, ohne dass du damit einverstanden bist. Ich brauche dich dazu!«

»Aber was kann ich tun? Wie kann ich dir helfen?«, fragte ich ratlos.

»Du hilfst schon jetzt dadurch, dass du bereit warst, mein Volk kennenzulernen, dass du mithilfst, die Armut dort zu lindern. Ich weiß, dass du gute Kontakte zu den Frauen dort hast, zu Yvonne und Naga. Sie schätzen dich, nicht nur wegen der Geschenke, die du bei deinen Besuchen mitbringst, sondern auch, weil sie spüren, dass du sie magst und helfen willst.«

Es stimmte, bei meinen Besuchen in Togo waren mir die Menschen, trotz mancher Vorbehalte und Fremdartigkeit, ans Herz gewachsen.

»Ich muss in den nächsten Tagen meine Antwort geben. Wenn die Beerdigungsriten für meinen Vater vorbei sind, muss der neue König gekrönt werden.«

»Aber wie soll das gehen?«, fragte ich überrascht.

»Du könntest als meine Stellvertreterin nach Togo reisen, der Krönungszeremonie beiwohnen und zur Königin der Ewè-Mina gekrönt werden. So werde ich es mit dem Griot besprechen. Ich werde die Zeremonie von hier aus in Gedanken verfolgen. Es spielt keine Rolle, ob ich persönlich anwesend bin, eine Strohpuppe kann mich vertreten. Wichtig sind Herz und Geist!«

Jueles nahm meine Hand und sah mich fragend an. »Willst du dies auf dich nehmen?«

Ich war sprachlos. Alles hätte ich mir vorstellen können, doch nie, dass ich einmal eine afrikanische Königin sein würde! Was würde auf mich zukommen? Würde ich der Aufgabe gewachsen sein, ohne Jueles in Afrika an meiner Seite? Wie würden die Menschen des Stammes auf mich, eine Weiße, als Königin reagieren? Tausend Gedanken und Überlegungen schwirrten durch meinen Kopf. Doch als ich Jueles' erwartungsvoll bittenden Blick sah, war meine Entscheidung gefallen. Ich wollte ihn unterstützen, wie auch immer.

»Wenn du glaubst, dass es richtig ist und ich dir damit helfen kann, dann will ich es tun!«, sagte ich.

Jueles legte den Arm um meine Schultern. »Ich danke dir!« Er atmete tief durch, und ich spürte, wie erleichtert er war. Die Würfel waren gefallen.

»Nun habe ich viele Kinder, für die ich sorgen muss«, meinte Jueles lächelnd.

Ich wusste, dass er sich immer Kinder gewünscht hatte, es mit mir aber nicht möglich war. Nun war er von heute auf morgen für vierzigtausend »Kinder« verantwortlich.

Wir beschlossen, niemandem außer der Familie zu berichten, dass wir zu König und Königin der Ewè-Mina gekrönt werden würden. Jueles wollte es nicht. Er befürchtete, die Leute würden ihn als Angeber oder Aufschneider sehen.

»Es geht hier in Deutschland niemanden etwas an, es ist nur für meinen Stamm von Bedeutung. Hier möchte ich so weiterleben wie bisher.«

Auch ich fand das gut so.

Vor meiner geplanten Abreise organisierten wir mit der togolesischen Kommune in München und Deutschland eine Abschiedszeremonie für Papa. Es hatte sich in Windeseile verbreitet, dass ihr König gestorben war, und Jueles wollte allen die Gelegenheit geben, von ihm Abschied zu nehmen.

Er mietete in einer freien christlichen Kirche in München einen Raum für die Zeremonie. Es kamen viele Togolesen, nicht nur aus München, auch aus angrenzenden Ländern wie Frankreich, den Niederlanden und Belgien. Sie alle wollten Abschied von König Hugpathi nehmen, viele von ihnen hatten ihn persönlich gekannt.

Sascha mit seiner Familie und ich waren die einzigen Weißen unter den vielen Afrikanern, die meist in bunter, festlicher, traditioneller Kleidung gekommen waren. Ein Begräbnis oder eine Totenfeier ist in Togo ein großes Fest des Lebens, denn man glaubt an die Wiedergeburt und das Weiterleben nach dem Tod.

Wir hatten das Porträt von König Hugpathi, das Jueles gemalt hatte, vorne im Saal aufgestellt und dazu jede Menge weißer Kerzen. Frische Blumen sind in Togo nicht üblich, das hat vermutlich mit den hohen Temperaturen dort zu tun, dafür bringt man künstliche Blumen aus Krepppapier. Ich legte trotzdem ein Blumenbouquet dazu, das fand ich schöner.

Eine afrikanische Musikgruppe trommelte und spielte, ein Chor sang. Jueles hielt in seiner Stammessprache eine berührende Rede auf seinen Vater, danach traten einzelne Mitglieder des Stammes nach vorne, und jeder von ihnen erzählte eine Anekdote über den toten König. Das alles dauerte stundenlang.

Als der offizielle Teil beendet war, standen alle Trauergäste an, um uns die Hand zu schütteln. Dabei durften wir ihnen nicht in die Augen schauen, sondern mussten zur Seite blicken, was für uns Deutsche irritierend ist. Doch es gehörte sich so. Auch Sascha, Nicole und selbst ihren kleinen Kindern wurde die Hand geschüttelt.

Sascha wunderte sich darüber, hatte er König Hugpathi doch

nicht gekannt. Doch Jueles erklärte ihm, dass auch er und seine Familie nun zur großen Familie des Stammes gehörten.

»Du könntest sogar einmal König der Ewè-Mina werden, denn der König bestimmt seinen Nachfolger«, erklärte er. Sascha sah ihn erschrocken an. Da lachte Jueles und meinte: »Rein theoretisch.« Sascha nickte erleichtert und grinste.

Nach den Beileidsbekundungen gingen die Trauergäste weiter zum Schreiber, der in ein Kondolenzbuch die Namen eintrug, diese dabei laut verkündete und dazu die Gabe, die derjenige mitgebracht hatte, sei es Geld, Mithilfe oder Essen für das Buffet, das nebenan aufgebaut war. Diese Sitte mag uns befremdlich vorkommen, hat aber in Togo ihren Sinn.

Ich dachte an Naga, die Witwe Hugpathis, die nach dem Tod ihres Mannes drei Tage lang das Haus nicht verlassen durfte und von der Familie und Nachbarn versorgt wurde. Zudem war sie als Witwe verpflichtet, für die Bestattungskosten aufzukommen, was vor allem bei einer königlichen Beerdigung mit einer großen Menge an Trauergästen fast unmöglich war. Deshalb werden Geld und Naturalien für die Begräbnisfeier gesammelt.

Das Geld, das bei unserer Trauerfeier gespendet wurde, schickten wir zur Entlastung Nagas nach Togo.

Nach dem offiziellen Teil mit christlichen Gesängen und Gebeten begann die »Party«.

Es wurde getrommelt, gelacht, getanzt, gegessen und getrunken. Das Bild König Hugpathis war immer dabei, damit sein Geist sehen konnte, dass die Menschen fröhlich und dankbar dafür waren, ihn als König gehabt zu haben. Zwischendurch wurden lustige Geschichten erzählt und viel gelacht. So ging es bis in die frühen Morgenstunden.

Zu diesem Zeitpunkt wussten die wenigsten, dass Jueles zum neuen König bestimmt worden war. Es ziemte sich nicht, vor der eigentlichen Bestattung, die in Togo erst noch stattfinden sollte, über seinen Nachfolger zu sprechen, da der Geist des Verstorbenen noch nicht im Jenseits angekommen war.

Doch unsere Entscheidung war gefallen. Jueles würde der neue König und Nachfolger seines Vaters werden und ich dessen Königin.

Sika, die weiße Königin

In den Tagen vor meiner Abreise nach Togo hatte mich Jueles in vielen Angelegenheiten, die seinen Stamm betrafen, unterrichtet und mir weitere Wörter in der Stammessprache beigebracht.

»Vertraue Naga und Yvonne, sie werden dich bei allen Vorbereitungen begleiten«, versuchte er, die Wogen meiner verständlichen Aufregung zu glätten.

Schließlich wird man nicht alle Tage zu einer afrikanischen Königin gekrönt!

»Der Ältestenrat, der Chief, der Medizinmann und der Griot kennen alle Rituale einer Krönung. Sie werden die Zeremonien leiten. Du musst nur tun, was sie sagen!«

Ich nickte, doch ein Gefühl der Beklommenheit konnte ich nicht abschütteln. Würde ich alles richtig machen? Würde man mich, die Weiße, als Königin akzeptieren?

Jueles beruhigte mich. »Es ist alles besprochen, hab keine Angst. Mein Geist und meine Gedanken werden bei dir sein.«

Als ich nach einem langen Flug endlich in Lomé ankam, wurde ich wie gewohnt von Ayaou und Yvonne abgeholt.

Doch diesmal, so spürte ich, war etwas anders. Sie waren nicht mehr so unbefangen freundlich wie sonst, eher verhalten und reserviert, verbeugten sich tief vor mir.

Auch die Menschen in Kpéhénou, wohin sie mich zuerst brachten, betrachteten mich anders als früher. Da war ein gewisser Abstand, eine Distanziertheit. Das stimmte mich traurig, denn früher hatten es mir immer die offene Freundlichkeit und Fröhlichkeit angetan.

Später verstand ich, dass dies mit meiner künftigen Stellung zu tun hatte. Ich war nun nicht mehr einfach »Manuela«, sondern die zukünftige Königin des Stammes. Das gebot Respekt.

Die Vorbereitungen zur Krönungszeremonie und auch die Krönung selbst, so sagte man mir, würden in Vogan stattfinden, dem traditionellen Dorf des Stammes im Busch, dort, wo Jueles seine frühe Kindheit erlebt hatte.

Nach wenigen Tagen in Kpéhénou wurde ich in einer feierlichen Prozession mit viel Tamtam, Tanz, Gesang und Trommelbegleitung nach Vogan gebracht. Dort wurde ich von den Ältesten des Stammes empfangen und in den Kral des Königs geführt. Gottlob waren Naga und Yvonne bei mir und betreuten mich. Bald hatte sich mit den beiden, vor allem wenn wir unter uns waren, die alte Vertrautheit wieder eingestellt, worüber ich sehr froh war. So fühlte ich mich nicht mehr so einsam und verlassen.

In den ersten Tagen in Vogan wurde ich stundenlang »ausgestellt«. Ich saß auf einem Podest vor der königlichen Hütte, der Hitze wegen hielt man einen aus Rohr gefertigten Sonnenschirm über mich oder fächelte mir mit einem Palmwedel Luft zu. Oft hatte ich das Gefühl, ohnmächtig zu werden, doch in mein Kleid war hinten ein Stock gesteckt worden, damit ich mich stets aufrecht hielt. Ich durfte meinen Platz nicht verlassen und nicht sprechen.

Viele Stammesangehörige aus Lomé, aber auch aus anderen Teilen Togos und aus den Dörfern im Busch kamen, um mich, ihre künftige Königin, zu sehen. Sie defilierten an mir vorbei und verbeugten sich ehrerbietig vor mir, dann setzten sie sich in den Sand und beäugten mich kritisch. Ich, als Weiße, musste ein Schock für sie gewesen sein.

Drei Tage lang bekam ich nichts zu essen und nur sehr wenig zu trinken. Ich hatte Hunger, doch eigenartigerweise ließ der Hunger nach, nicht jedoch der Durst. Meine Kehle und mein Mund waren wie ausgedörrt. Doch das gehörte zu der Prüfung, ob ich mich als Königin würdig erweisen würde.

Täglich fanden rituelle Waschungen statt. Ich musste mich dazu vor den Frauen nackt ausziehen, die mich, unter Aufsicht von Naga, vorbereiteten. Es war mir unangenehm, vor allem, da sie mich erstaunt und fast mitleidig ansahen, sogar kicherten und lachten: Meine weiße Haut, die blonden langen Haare, meine Größe und vor allem mein schlanker Körperbau waren für sie ungewöhnlich. Eine üppige Figur, auf die in Afrika viel Wert gelegt wird, hatte ich nicht. Ich entsprach nicht dem hiesigen Schönheitsideal, kein Mann würde eine so dünne Frau wie mich begehren.

Dann begannen die Vorbereitungsriten: Nach der dreimaligen Waschung durch eine Voodoo-Frau wurde ich in traditionelle Kleider gehüllt, in den Farben der königlichen Familie, die nur diese tragen darf. Meine Haare flochten die Frauen in viele lange, dünne Zöpfe – eine Zeremonie, die Stunden dauerte.

Dann kamen der Griot und der Medizinmann in die Hütte, die ich nicht verlassen durfte. Zu meinen Ehren und zur Befriedigung der Geister wurde vom Medizinmann eine Ziege geopfert, ihr Blut in einer Schale aufgefangen. Mich schauderte, als er meine Arme, Beine und mein Gesicht damit bestrich. Dann setzte er sich vor mich auf den Boden und warf mehrere Male drei Kaurimuscheln in den Sand.

Jueles hatte mir erzählt, er könne aus der Lage der Muscheln sehen, ob ich gesund sei oder ob ein böser Geist in mir stecke.

Als Königin musste ich frei von allen bösen Geistern sein. Auch diese Prüfung bestand ich.

Täglich kamen mehr und mehr Menschen nach Vogan, Hunderte mochten es zum Schluss gewesen sein. Die meisten kamen zu Fuß, oft von weit her, manche mit den in Togo sehr beliebten »Taximopeds«. Auch uralte Busse schwankten und wackelten über die staubige Sandpiste, die zum Dorf führte, heran.

Endlich kam der erste Tag der Krönung. Im Innenhof des königlichen Krals, im Schatten eines Palmdaches, war ein Podest aufgebaut, darauf ein Sessel, mit einem Tuch in den Farben Togos ausgeschlagen. Dorthin hatte man, mit prächtigem Gewand in den traditionellen Königsfarben ausstaffiert, die Strohpuppe gesetzt, die Jueles vertreten sollte. Sie war zudem mit vielen Perlen, Ketten aus Kaurimuscheln und Talismanen geschmückt, auf dem Kopf saß die Federkrone, die von seinem Vater stammte. Daneben stand ein junger Mann, der Jueles' Königstab hielt, den ich aus Deutschland mitgebracht hatte. Jueles hatte einen Stab mit einem Pinsel anfertigen lassen, als Zeichen seines Berufes als Maler. Der Anblick der Puppe stimmte mich traurig, ich sehnte Jueles herbei, wünschte, dass er diese feierlichen Tage hätte miterleben dürfen.

Neben ihm auf dem Podest versammelten sich der Hofstaat, der Chief, der Medizinmann und der Griot, der die dreitägige Krönungszeremonie leiten sollte. Mein Sessel stand unterhalb des Königsstuhls mit der Strohpuppe.

Am ersten Tag der Zeremonie wurde ich in schlichte Kleidung gekleidet. Das, so erklärte mir Naga, sollte zeigen, dass ich nicht königlicher Abstammung war.

Am zweiten Tag brachte mir Naga morgens ein buntes Tuch, wie es alle Frauen trugen, und erst am dritten Tag bekam ich den extra für die Krönung gewebten Stoff in den Farben des Königshauses umgebunden, dazu eine goldfarbene Kopfbedeckung. Man legte mir prächtigen Schmuck aus Perlenschnüren und Kaurimuscheln, Lederbändchen mit kleinen Knochen und Federn um Hals, Handgelenke und Fesseln, um die bösen Geister abzuwehren.

Der Griot verkündete feierlich meinen königlichen Namen: Er benannte mich »Sika«, was »Gold wert« bedeutet. Auf diesen Namen bin ich stolz, zeigt er doch, dass meine Arbeit und Hilfe für mein Volk anerkannt wird.

Tag und Nacht wurde ununterbrochen getrommelt, gesungen getanzt, gegessen und getrunken. Im Dorf und im Umkreis waren viele offene Feuerstellen entfacht. Vor allem in der Nacht wirkten die flackernden Feuer mit den tanzenden, trommelnden und singenden Menschen in ihren grellbunten Kostümen exotisch und pittoresk auf mich.

Auch ich durfte jetzt essen. Als Königin musste ich mich dazu in die Hütte zurückziehen. So sah auch niemand, außer Naga und Yvonne, die wussten, dass ich Vegetarierin bin, dass ich kein Fleisch aß. Dies wäre womöglich als Affront gewertet worden, denn Fleisch gilt als besonderes Festtagsmahl.

Die Strohpuppe samt Sessel wurde ebenfalls zum Essen in die Hütte getragen, und so saß ich »Jueles«, der jetzt Kangni Kossigan II. war, beim Essen gegenüber. Ich sprach mit ihm, erfühlte die Antworten, die er geben würde, ich spürte, dass sein Geist anwesend war.

So oft ich konnte versuchte ich, mit Jueles per Mobiltelefon in Verbindung zu sein, was nicht immer einfach war.

Jueles erhielt zu Hause jeden Abend einen Bericht aus Togo, wie der Tag verlaufen war, ob und wie ich es »geschafft«, ob ich mich der Ehre, als Königin gekrönt zu werden, würdig erwiesen hatte. Er wurde auch gefragt, ob er mit meinem Namen »Sika«

einverstanden wäre. Auch der genaue Zeitpunkt der Krönung war ihm bekannt, sodass er in Gedanken dabei sein konnte.

Er selbst ging jeden Tag während der Zeremonien in Togo seiner Arbeit nach und fuhr abends nach München zu togolesischen Freunden, um mit ihnen zu essen und sich auszutauschen, fuhr spätnachts wieder zurück zum Gut Herrmannsdorf.

Zwischen den einzelnen Ritualen konnte ich mich immer wieder in die Hütte zurückziehen, denn ich war von all den Zeremonien, die ich oft nicht verstand, sehr erschöpft.

Gottlob war Jueles die Hauptperson der gesamten Krönungsfeierlichkeiten. Ich wurde zwar ehrerbietig gegrüßt und als die weiße Königin neugierig beäugt, spielte an der Seite des neuen Königs aber nur eine Nebenrolle.

Immer wieder tauchten Personengruppen auf, die Jueles und mir Geschenke überreichten: Hühner, Ziegen, Schnaps, Säcke voller Lebensmittel wie Mais und Maniok, Stoffe, Schmuck und Handarbeiten.

Vorsichtig gab ich ihnen über Naga zu verstehen, dass ich nicht alle diese Geschenke nach Deutschland würde mitnehmen können. So gab ich die Hühner frei zum Schlachten und Braten, die Ziegen wurden an Dorfgemeinschaften und die kleine Schule in Kpéhénou weitergegeben. Auch die meisten der Kultgegenstände und Fetische ließ ich im Compound des Königs in Kpéhénou. Ich suchte nur einige besondere aus und nahm Stoffe und Schmuck mit nach Deutschland.

Diese ganzen Festivitäten waren für mich überaus anstrengend, und ich fragte Yvonne zum Ende der drei Krönungstage, ob ich nicht nach Kpéhénou zurückkehren könne. Ich wollte vor meinem Abflug nach Deutschland Dörfer im Busch besuchen, wie immer bei meinen Aufenthalten in Togo. Außerdem unterstützten wir seit einiger Zeit eine kleine Schule bei Kpéhénou, die ich gerne ansehen wollte.

Yvonne besprach sich mit Naga, dann organisierte sie ein Buschtaxi, und wir fuhren, ohne großes Aufsehen zu erregen, von Vogan zurück nach Kpéhénou, wo nach all der Aufregung der letzten Tage Ruhe einkehrte, auch wenn ich mich jetzt, als Königin, nicht mehr so ungezwungen im Dorf bewegen konnte wie früher.

Mit Yvonnes und Ayaous Hilfe mietete ich einen kleinen Laster, eine Art Landrover mit Ladefläche, auf den wir Säcke mit Zucker, Reis und Maismehl, Teigwaren und Geschenke aufluden, dazu die begehrten Plastikkanister zum Wasserholen.

Abenteuerliche Gefährte, halb demolierte Lkws, Mopeds, vorne, hinten und seitlich beladen, und Busse voll mit Passagieren und unzähligen Gepäckstücken auf dem Dach begegneten uns auf den sandigen Straßen und hinterließen riesige rote Staubwolken.

An den Straßenrändern sah ich Frauen in stolzer, aufrechter Haltung, Holzbündel oder Kanister auf dem Kopf balancierend. Meist trugen sie ein Baby in einem Tuch auf dem Rücken, Kleinkinder liefen neben ihnen her. Wenn sie uns sahen, winkten sie uns fröhlich zu. Es faszinierte mich immer wieder, wie lebensfroh die Menschen trotz ihrer Armut und Bedürftigkeit waren.

Sobald Maisfelder und die typischen Maniokhügel in unser Blickfeld kamen, wussten wir, dass wir uns einem Dorf näherten. Auf den Feldern arbeiteten überwiegend Frauen mit einem Baby auf dem Rücken, darunter viele Schwangere. Lärmend und lachend kamen uns Kinder entgegen, auf kleine Geschenke oder Bonbons hoffend.

In den Dörfern wurden wir bereits erwartet, die Buschtrommeln funktionierten hervorragend. Sicherlich waren die Dorfbewohner erstaunt darüber, dass ihre Königin verdreckt und verschwitzt aus einem Jeep kletterte, nicht im Gefolge eines Hofstaates anreiste.

Der Ablauf war immer der gleiche: Zuerst wurde ich zum Chief geführt, soweit es im Dorf einen gab. Wenn nicht, hielt eine andere wichtige Person eine lange, lange Rede, von der ich kaum ein Wort verstand.

Dann gab es zu essen und zu trinken, worauf alle immer warteten. Auch wenn diese Menschen selbst nicht viel besaßen, Gastfreundschaft wurde großgeschrieben. Mir war es unangenehm, wenn sie eine Ziege geschlachtet hatten, denn ich wusste, wie arm sie waren und dass sie sich selbst kaum Fleisch gönnten. Da musste ich selbst als Vegetarierin einige Brocken Fleisch essen, um sie nicht zu verletzen. Immerhin beruhigte mich der Gedanke, dass sie durch meinen Besuch in den Genuss eines Festessens kamen.

Gelegentlich gab es die Möglichkeit zu duschen. Dazu wurde ein Kanister mit Wasser an einen Busch gehängt, aus dem spärlich Wasser tropfte, das kaum zum Haarewaschen reichte. Wie oft habe ich mich da in unser zwar kleines, aber mit fließendem Wasser ausgestattetes Badezimmer in Herrmannsdorf gewünscht.

Auf unserer Fahrt kamen wir auch nach Abobo-Kpoguede, dem Dorf, aus dem Jueles' Vater stammte und in dem er begraben war. Es war Jueles' Wunsch gewesen, dass ich nach Möglichkeit die Grabstätte aufsuchte, die Mitgliedern der königlichen Familie vorbehalten war.

Naga erzählte mir, wie beeindruckend die Trauerfeiern für den König gewesen waren. Die Nachricht von seinem Tod hatte sich in Windeseile verbreitet. Die Trauergäste, es waren an die tausend, waren von weit her gekommen: aus Lomé, den Dörfern, aus dem Busch, zu Fuß und mit Bussen.

König Hugpathi hatte verfügt, dass er in einem einfachen Holzsarg, blau bemalt in der Farbe des Himmels, bestattet werden sollte. Das war unüblich, normalerweise werden die Könige in prachtvollen Särgen mit vielen Grabbeigaben für das Jenseits beigesetzt. Doch Papa wollte sein Volk nicht mit Unkosten belasten. Er wurde mit einem eigens angefertigten Tuch bekleidet in den Sarg gelegt, man legte als Grabbeigaben lediglich Palmschnaps und Reis dazu, damit seine Seele auf ihrer langen Reise zu den Ahnen nicht darben musste und auch um die Geister im Jenseits mittels dieser Gaben zu besänftigen.

Die Ewè-Mina glauben, dass die Seele des Verstorbenen weiter unter ihnen ist, wie der Wind in den Bäumen, wie das Wasser im Fluss.

Bei einer einfachen Bestattung wie dieser ist auch die Gefahr geringer, dass Grabräuber die Ruhestätte schänden, wovor man große Angst hat. Man glaubt, dass der Geist eines so Geschändeten keine Ruhe findet und als rastlose Seele umherwandern muss. Vor diesen armen, umherirrenden Seelen, den »Untoten«, fürchten sich die Menschen sehr.

Hier, in Abobo-Kpoguede dachte ich wieder an Jueles, wünschte, er könne mit mir hier am Grab seines Vaters stehen. Ich war froh, dass wir den im Asyl lebenden Togolesen mit unserer Trauerfeier in München eine Möglichkeit gegeben hatten, von ihrem König Abschied zu nehmen.

Nach einer Woche kamen wir zurück nach Kpéhénou. Ich überlegte zusammen mit Yvonne und Naga, wie man vor allem den Frauen des Stammes helfen, ihnen ihr Leben erleichtern, welche Hilfsprojekte man in die Wege leiten könne. Dieses Thema lag mir sehr am Herzen, denn ich wusste und hatte gesehen, dass die Frauen in Afrika für alles und jegliches verantwortlich sind: für die oft große Familie, die Erziehung der Kinder, die Pflege der Alten, für den Hüttenbau in den abgelegenen Dörfern, selbst für den Lebensunterhalt für sich und die Kinder und oft auch noch für den Mann. Meist bekommen sie wenig oder keine Unterstützung von den Männern. Hier fühlte ich mich gefordert zu helfen.

Am letzten Abend meines Aufenthaltes wurde ich in Kpéhénou mit einem Festessen, Trommeln und Tanz verabschiedet.

Für die Fahrt zum Flughafen hatte Ayaou diesmal ein Taxi organisiert, denn ich hatte Geschenke dabei, für meinen Mann, König Kangni Kossigan, der für mich noch immer »Jueles« ist und es auch immer bleiben wird.

König Kangni Kossigan II.

Meine Freude und Erleichterung waren groß, als ich wieder zu Hause ankam. Jueles freute sich über die kleinen Geschenke, die ich mitgebracht hatte, wie golden angestrichene Sandalen aus alten Autoreifen und Ähnliches.

Wie schon sein Vater, König Hugpathi, erwartet Jueles nichts von seinem Volk, im Gegensatz zu manchem anderen togolesischen Stammeskönig, der seinen Stamm ausbeutet, Unterhalt, Geld und Geschenke verlangt.

Eine besondere Gabe des Stammes war eine lange Kette aus Kaurimuscheln, die »Leidenskette des Königs«, die schon sein Vater getragen hatte. Jueles trägt sie bei allen offiziellen Anlässen unter der Kleidung direkt am Körper, sie erinnert ihn an die Pflichten gegenüber seinem Volk. Jueles versteht sein Amt als Aufgabe. Auch ich habe bei der Krönung solch eine Kette bekommen und trage sie ebenso wie Jueles.

Die togolesische Gemeinde freute sich mit uns, dass wir nun König und Königin der Ewè-Mina waren. Jueles ist aufgrund seiner ruhigen und hilfsbereiten Art bei seinen Leuten beliebt und anerkannt. Auch ich habe mir in all den Jahren, in denen ich mit Jueles zusammenlebe, ihren Respekt und ihre Achtung erworben.

Jueles hat nach seiner Krönung neben dem Chief und dem Griot zwei Sprecher aus verschiedenen Gegenden des Stammes ausgewählt, die ihm über die Umstände und eventuelle Schwierigkeiten des Stammes berichten, die wissen, wo Hilfe nötig ist. Als Stammeskönig hat er keinerlei politischen Einfluss, das würde das Regime nicht dulden.

In seinem Amt geht es um die sogenannte »kleine Gerichtsbarkeit«. Darunter fällt die Schlichtung von Streitigkeiten familiärer oder nachbarschaftlicher Art, wenn es zum Beispiel um Erbschaftsangelegenheiten oder Auseinandersetzungen um Grund und Boden geht. Ich habe damit nichts oder wenig zu tun, unterstütze Jueles aber, wenn es ein Problem gibt und er nach meinem Rat fragt.

Jueles ist mit den Sprechern in Togo telefonisch oder per E-Mail verbunden. Oft kommt es vor, dass nachts das Telefon klingelt und einer der Sprecher aus Togo am Apparat ist. Meist wird das Problem wortreich geschildert, nachdem man es mit den Ältesten diskutiert hatte, man jedoch zu keiner einvernehmlichen Meinung gekommen war. Oft handelt es sich um Streitigkeiten zwischen Nachbarn, die den Rat der Ältesten nicht akzeptieren wollen. Dann ist der König gefragt.

Ein Beispiel dazu: Es gab Streit zwischen zwei Nachbarn. Der eine hatte dem anderen die Haustüre entwendet. Jueles wusste sofort den Grund. Der Mann hatte offensichtlich seine Miete nicht bezahlt, beziehungsweise nicht bezahlen können. Deshalb baute ihm der Vermieter die Haustüre aus, was eine große Schande für den Schuldner ist. Jueles überwies daraufhin die Miete, und so war der »Fall« zumindest bis auf Weiteres erledigt. Auch traditionelle Angelegenheiten müssen entschieden werden. Das alles erfolgt auf absoluter Vertrauensbasis, aufgrund einer akzeptierten, natürlichen Autorität des Königs.

So ist es in Togo zum Beispiel üblich, dass eine Frau nach dem Tod des Ehemannes völlig ohne Rechte dasteht. Das meist geringe Vermögen wird der Familie des Mannes zugeschlagen. Hier hat Jueles entschieden, dass, entgegen dieser Tradition, die

Hütte in den Besitz der Frau übergeht und diese mit ihren Kindern dort wohnen bleiben kann.

Auch bei Heiratsfragen wird er konsultiert, wenn es um Verehelichungen zwischen Christen und Moslems oder mit einem Mitglied eines anderen Stammes geht.

Jueles ist bei all seinen Entscheidungen auf Ausgleich und Gerechtigkeit bedacht, auch unter den verschiedenen Stämmen, soweit er mit ihnen zu tun hat. Er hat auch angeordnet, dass alle Kinder nach der Geburt gemeldet werden, damit man sie für die Schule erfasst und sie auch später einen Pass beantragen können – eine Sache, die ihm sehr am Herzen liegt.

Manches Mal muss Jueles seine Sprecher vertrösten, wenn er spontan keine Entscheidung für ein Problem fällen kann. Dann zieht er sich mit seinen Trommeln zurück und taucht in die Welt seiner Geister ein, meditiert, um eine Lösung zu finden. Es wird erwartet, dass er eine Entscheidung trifft, und wenn er diese verkündet, wird sie absolut akzeptiert. Das Wort des Königs gilt. Doch neben all diesen Beratungen und Entscheidungen sieht er seine Hauptaufgabe als König darin, sein Volk so gut er kann materiell zu unterstützen.

Unser Leben auf Gut Herrmannsdorf ging weiter seinen gewohnten Gang. Niemand wusste etwas von der Ehre, die uns zuteilgeworden war, nur der Familie und der togolesischen Gemeinde in München und Deutschland war es bekannt.

Wenn wir uns unter den Togolesen oder auf Afrikafesten bewegen, lerne ich einen anderen, einen neuen Jueles kennen. Er tritt selbstbewusster auf als früher. Er ist weiterhin ruhig und freundlich, doch seine Haltung ist eine andere – königlich eben, und das wird respektiert.

Für mich sind Auftritte bei afrikanischen Festen gewöhnungsbedürftig. Nicht nur, dass ich einige Schritte hinter Jueles gehen muss, auch am Tisch darf ich nicht sprechen und vor allem sind keinerlei Zärtlichkeiten, nicht einmal Berührungen erlaubt. Das fällt mir, die ich eher spontan reagiere, oft schwer. Zudem werden wir von allen Gästen begrüßt, was viel Zeit in Anspruch nimmt, bis jeder Gast an unserem Tisch vorbeidefiliert ist und sich verbeugt hat.

Wenn wir heute in die Stadt fahren, sind wir immer afrikanisch gekleidet und mit Schmuck behangen, das ist für uns selbstverständlich. Damit erregen wir oft Aufsehen, eine Weiße mit einem Schwarzen, traditionell gekleidet, das sieht man selbst in der Großstadt nicht jeden Tag.

Eines Tages, als wir in der Kaufingerstraße, der belebten Einkaufsstraße Münchens, unterwegs waren, kamen zwei Frauen auf uns zu. Es waren Afrikanerinnen, wie wir in traditioneller Kleidung. Sie warfen sich vor Jueles auf den Boden, berührten mit der Stirn den Asphalt. Jueles reagierte gelassen, berührte die Frauen an der Schulter zum Zeichen, dass sie sich erheben können.

Ich stand völlig überrascht daneben mit meinen Plastiktüten vom Einkauf in der Hand. Die Frauen redeten, demütig gebeugt, in ihrer Sprache mit Jueles. Der griff in seine Tasche und gab ihnen Geld. Ich wusste, es waren unsere letzten Scheine. Gottlob hatten wir das Ticket für die S-Bahn zur Heimfahrt bereits gekauft.

Die Szene hatte eine Frau beobachtet, die nun auf uns zukam und fragte, was das zu bedeuten habe.

»Das ist unser König«, sagte die ältere der beiden Afrikanerinnen fast erbost ob dieser Frage.

»Sie sind ein König?«, fragte die Frau erstaunt.

Jueles kicherte, wie immer, wenn er verlegen ist. »Ja, ja, es stimmt, ich bin ein Stammeskönig aus Togo.« Er zeigte auf mich. »Das ist meine Frau, Reine Sika.«

Mir war die Situation höchst unangenehm.

»Und Sie leben hier in Deutschland?«, fragte sie ungläubig.

Wir nickten beide, und ich fügte hinzu. »Mein Mann wird in Togo verfolgt, deshalb lebt er hier im Exil.«

Es stellte sich heraus, dass die Frau Journalistin einer großen süddeutschen Zeitung und natürlich an dieser ungewöhnlichen »Story« interessiert war. Sie überredete uns zu einem Treffen, und wenige Zeit später erschien ein Artikel über Jueles. Kurz darauf kamen weitere Zeitungen auf uns zu, berichteten über den »König vom Schweinsbräu«, wie die Brauerei von Herrmannsdorf heißt, eine andere betitelte ihren Artikel mit: »Ein König ohne Schloss«. Nun ließ sich unser königlicher Status nicht länger verbergen, auch nicht in Herrmannsdorf. Erst recht nicht, als der Bayerische Rundfunk an uns herantrat und einen Bericht über uns in der »Abendschau« brachte, was umfangreiche Fernsehaufnahmen auf Gut Herrmannsdorf erforderte. Die Familie Schweisfurth, ebenso überrascht wie alle anderen, die uns kannten, erteilte die Genehmigung für die Dreharbeiten.

Nach diesen Zeitungsberichten und den Fernsehsendungen im Bayrischen Fernsehen, später noch in Servus-TV, kamen Leute nach Herrmannsdorf, um uns zu bestaunen, kamen ins Lokal und fragten den damaligen Restaurantchef nach Jueles. Das war alles andere als das, was wir wollten.

Auch für unsere Spendenaufrufe war dies von Nachteil, denn man glaubte, Jueles als König wäre reich und nicht auf Spendengelder angewiesen.

Inzwischen hat sich all die Aufregung wieder gelegt, vor allem, da wir unser einfaches Leben führen wie früher. Jueles arbeitet in der Restaurantküche als Hilfskraft, ich sitze meist in unserer Wohnung oder im Sommer im Garten und entwerfe und nähe Kostüme.

Wir leben am Existenzminimum und freuen uns, wenn wir gelegentlich nach München fahren und auf Afrikafesten oder anderen Events tanzen und trommeln können.

Jueles und ich werden, seit wir bekannt sind, oft zu Events eingeladen, zu afrikanischen Festen, zum »Tollwood« in München, zu privaten Festen und auch in Schulen und Kindergärten, wo Jueles von seiner afrikanischen Heimat erzählt, trommelt und singt. Dabei erlebe ich erneut einen anderen Jueles. Sobald er zu trommeln beginnt, verwandelt er sich in einen Mann voller Vitalität und Begeisterung, dessen Herz sich beim Trommeln der afrikanischen Rhythmen öffnet, der seine Heimat und Herkunft nicht verleugnet, sondern stolz darauf ist, Afrikaner zu sein.

Jueles fühlt sich wohl in Deutschland, vor allem Bayern betrachtet er als seine zweite Heimat. Doch er träumt davon, eines Tages in sein Land Togo zu seinem Stamm zurückkehren zu können.

»Dahoam ist dahoam – und dahoam ist Togo«, sagt er in seinem lustigen Bayrisch und lächelt dabei wehmütig.

Wir heiraten!

Jueles und ich lebten nun schon seit achtzehn Jahren als Paar zusammen, liebten uns mehr und mehr, und so allmählich empfand auch ich, dass es an der Zeit wäre, unsere Verbindung offiziell zu besiegeln. Ich wusste, dass Jueles es sich seit Langem wünschte. So bestellten wir in unserer Heimatgemeinde das Aufgebot, nicht ahnend, welche Schwierigkeiten uns erwarteten.

Es war kompliziert, alle notwendigen Papiere, vor allem für Jueles, beizubringen. Togo ist weit, und Unterlagen von dort zu erhalten war fast ein Ding der Unmöglichkeit. Selbst wenn es gelang, mussten diese erst aus dem Französischen übersetzt werden.

Der konservative Standesbeamte auf der Gemeinde war nicht besonders hilfreich bei unserem Unternehmen. Vielleicht vermutete er eine »Scheinehe«, obwohl wir bereits viele Jahre zusammenlebten, vielleicht waren es rassistische Vorbehalte, doch das vermute ich nur. Mal war ein Dokument verschwunden, dann passte der zugesagte Termin nicht mehr.

So ging es über ein Jahr, bis meinem Sohn Sascha der Geduldsfaden riss und er meinte: »Dann heiratet doch in Dänemark! Dort gibt es eine Hochzeitsinsel, sie heißt Ærø, dort geht alles ganz schnell. Das machen viele Leute. Ich habe schon mit Samir gesprochen, er fände es auch gut. Wir fahren alle mit euch hin zur Hochzeit!«

Sascha regelte für uns alle Formalitäten mit der dortigen Hochzeitsagentur, und am 12. April 2012 war es so weit: Wir fuhren mit Sascha, meiner Schwiegertochter Nicole und den beiden kleinen Enkelkindern mit dem Auto nach Dänemark. Da der Wagen mit immerhin sechs Personen voll besetzt war, hatte Sascha einen zusätzlichen Anhänger für unser Gepäck montiert. So machten wir uns auf! Auch Samir reiste mit seiner Frau und dem kleinen Sohn an.

Vom Festland aus ging es mit einer Fähre auf die schöne Insel Ærø, die als Heiratsparadies bekannt ist.

Auf der Fähre wurde ich seekrank, dachte, mein letztes Stündchen hätte geschlagen und ich würde meine Hochzeit nicht mehr erleben.

Am Hochzeitsmorgen waren wir beide sehr aufgeregt. Jueles trug sein afrikanisches Festgewand und eine mit seinen Stammeszeichen bestickte Kappe, die ich extra angefertigt hatte. Ich trug eine weiße Bluse, einen bunten Rock, hatte die Haare hochgesteckt und mit weißen Blüten bekränzt. Eine Freundin hatte mir bunte High Heels besorgt, doch auf dem Kopfsteinpflaster, das es auf der gesamten Insel gab, konnte ich mit diesen ungewohnten Absätzen nicht laufen. So zog ich kurzerhand die Schuhe aus und ging, unter allgemeinem Gelächter, barfuß zur Trauung.

Im Rathaus von Ærø warteten außer uns noch einige Paare, die meisten ohne Begleitung. Trauzeugen konnte man sich von der Gemeinde stellen lassen. Unsere Trauzeugen waren dabei, wir hatten die beiden Nicoles, die Frauen von Sascha und Samir, gewählt.

Geduldig warteten wir. Ein Paar nach dem anderen wurde aufgerufen zu einer kurzen Zeremonie, auch welche, die erst nach uns gekommen waren. Ich wurde unruhig, da unsere Namen noch nicht gefallen waren. Sollte wieder etwas schiefgehen? Waren die Papiere nicht in Ordnung? Hatte man uns vergessen?

Endlich, wir waren das letzte Paar, trug eine Angestellte zwei mit blauem Samt bezogene Sessel in das Trauungszimmer und rief uns auf. Wir waren dran!

Die Standesbeamtin war sehr freundlich, entschuldigte sich für die lange Wartezeit, erklärte, sie wisse, dass unsere Trauung etwas Besonderes sei, und dass sie sich deshalb mehr Zeit nehmen wolle. Ich war sehr gerührt.

Sie hielt eine ergreifende Rede auf Deutsch, dann sprach sie die Trauungsformel, und wir tauschten die Ringe. Nun war ich Frau Samlan und rechtmäßig mit dem König von Togo verheiratet.

Als ich mit meinem frischgebackenen Ehemann und zweien meiner fünf Söhne, meinen Schwiegertöchtern und den drei kleinen Enkelkindern anschließend beim Essen saß, war ich glücklich.

Meine Gedanken schweiften zu Nabil und Ahmed, die ich im Libanon verloren hatte, und vor allem zu Patrick, der diesen Tag nicht erleben durfte.

Doch heute war kein Tag des Trauerns, sondern ein Tag der Freude. Nach langen Jahren des Zusammenlebens waren Jueles und ich glücklich im Hafen der Ehe angekommen.

Die afrikanische Gemeinde freute sich mit uns über unsere Hochzeit, auch wenn es für die meisten von ihnen keinen großen Unterschied macht, ob man »nur« zusammenlebt oder einen Trauschein hat.

Anders in der »weißen« Umgebung. Es war erstaunlich für mich, dass ich plötzlich mit anderen Augen gesehen und als

»Frau Samlan« respektiert wurde. Vorher war ich immer nur die »Freundin« von Jueles gewesen, oft kaum beachtet worden. Selbst meine Enkelkinder nannten mich nicht Oma Manuela, sondern Oma Jueles oder die Frau von Opa Jueles. Das hatte mein Selbstwertgefühl manches Mal getrübt.

Jetzt habe ich einen Namen, bin Manuela oder Frau Samlan und nicht mehr nur ein Schatten hinter Jueles. Das alles wegen eines Stücks Papier!

Inzwischen sind wir über fünf Jahre verheiratet. Ich weiß, dass Jueles, der sehr gläubig ist, gerne kirchlich heiraten möchte. Das haben wir vor. Wenn wir genügend Geld gespart haben, werden wir ein Fest mit der Familie und allen unseren Freunden feiern, den weißen und den schwarzen. Es wird ein wunderschönes deutsch-afrikanisches Fest werden!

»Le Courage du Togo«

Seit ich Jueles kenne, schickte er von seinem oft geringen Einkommen Geld nach Togo. Obwohl er schon lange in Deutschland lebt, fühlt er sich seiner Heimat und seinem Stamm eng verbunden.

Fast alle seine Geschwister leben im afrikanischen Ausland, in Ghana, Benin oder im Niger, und kommen wirtschaftlich kaum über die Runden. Jueles, der in Deutschland lebt, im »gelobten Land«, sehen sie als reichen Mann an.

Wirkliches Verständnis für seine Geldüberweisungen entwickelte ich erst, nachdem ich zum ersten Mal in Togo gewesen war, die Armut und Bedürftigkeit der Menschen erlebt und gesehen hatte. Ab da engagierte auch ich mich in der Hilfe für Togo.

Mit Naga, Yvonne und der jungen Awifavi, die als kleines Kind von Papa in seinen Haushalt aufgenommen worden war, gewann ich verlässliche Kontaktpersonen vor Ort. Sie helfen und wissen, wer was am nötigsten braucht. Leider ist Naga vor wenigen Jahren verstorben, ist ihrem Mann Hugpathi nachgefolgt, was mich sehr bekümmert hat.

Es ist kein Problem, Hilfsmittel für Togo zu bekommen. Alles, was bei uns entsorgt wird, ist dort heiß begehrt. Egal was es ist, alles wird gebraucht. Weitaus größer ist das Problem, die Pakete nach Togo zu verschicken. Anfangs haben wir das, was wir gesammelt hatten, per Postpaket nach Togo geschickt. Das war kompliziert und sehr teuer. Später versuchten wir, bei anderen Organisationen beizupacken, doch das klappte nicht so, wie wir uns das vorgestellt hatten. Wir mussten eine andere Möglichkeit finden.

Die Idee, einen gemeinnützigen Verein zu gründen, kam auf, als uns ein befreundeter Geschäftsmann eine größere Summe in Aussicht stellte, dafür jedoch eine Spendenquittung benötigte, um den Betrag von der Steuer absetzen zu können.

Wir besprachen uns mit Freunden, stellten bei den zuständigen Behörden die erforderlichen Anträge und hätten fast vor den bürokratischen Hürden kapituliert. Es gab viele Unstimmigkeiten und auch Misstrauen uns gegenüber, viele Formulare mussten ausgefüllt werden, bis unser Vorhaben endlich genehmigt wurde.

Seit 2013 sind wir nun ein eingetragener gemeinnütziger Verein. Ich bin erste Vorsitzende, Jueles zweiter, und enge Freunde aus unserem Miesbacher Freundeskreis, die uns nahestehen, stellten sich für die fünf weiteren erforderlichen Posten als Gründungsmitglieder zu Verfügung. Nun können wir Spendenbescheinigungen ausstellen, die steuerlich anerkannt sind. Doch leider fließen die finanziellen Zuwendungen spärlich.

Jueles gab unserem Hilfswerk den Namen »Le Courage du Togo« – »Mut für Togo« –, und unter diesem sind wir inzwischen bekannt. Die Güter für Togo lassen sich schnell sammeln. Manchmal können wir uns sogar kaum vor materiellen Spenden jeglicher Art retten. Von Kleidung, Schulbedarf, Bettzeug, Matratzen und Decken über Haushaltswaren – insbesondere Kochtöpfe –, Fahrräder, Nähmaschinen, auch ohne elektrischen Antrieb, Spielsachen, Lebensmittel – soweit nicht verderblich – und Werkzeuge bis hin zu medizinischen Artikeln wird gespendet. Alles wird in Togo benötigt und geschätzt.

Seit Neuestem schicken wir Warnwesten, die sehr gefragt und nötig sind, denn der Straßenverkehr in Togo hat in den letzten Jahren sprunghaft zugenommen. Es sind recht ramponierte Gefährte, die auf den Straßen unterwegs sind, oft ohne ausreichende Beleuchtung, so kommt es häufig zu Unfällen. Die Fahrer flüchten meist nach einer Kollision, sie fürchten, von den Dorfbewohnern gelyncht zu werden. So bleiben immer wieder Schwerverletzte und sogar Tote auf der Straße liegen.

Die Warnwesten sind vor allem für die Kinder gedacht, die keinen Schulranzen oder einen älteren Schulranzen ohne Leuchtstreifen besitzen. Mit den Westen sind sie vor den Gefahren der Straße besser geschützt.

Sehr begehrt sind darüber hinaus Schuhe und Hüte. Trägt man Schuhe, ist man jemand in Togo! Ich traf einmal einen Mann in Lomé, der zwar einen Anzug trug, aber keine Schuhe. Er schämte sich dafür und hatte sich mit Farbe »Schuhe« an die Füße gemalt, sogar mit Schnürsenkeln daran.

Auch Hüte gelten als besonderes Gut. Yvonne und ich konnten eine Beschneiderin überzeugen, ihre barbarische Tätigkeit einzustellen. Diese brutale Verstümmelung von Mädchen ist in Afrika weit verbreitet. Die Beschneidung ist ein großes Übel, dagegen anzugehen ist schwer, denn es ist verpönt, darüber zu sprechen.

Wir versprachen der Frau Unterstützung, bis sie eine andere Tätigkeit gefunden hätte. Sie war unter der Bedingung einverstanden, dass wir ihr einen Hut schickten. Mit einem Hut würde sie in der Achtung steigen, die ihr durch den Verlust ihres »Berufes« abhandenkommen würde. Diesen Wunsch konnten wir ihr erfüllen, sie bekam einen eleganten Hut und ist heute »Herrin eines Hühnerhofes« in einem Dorf, dem wir Hühner und zwei Hähne gespendet hatten. Bei meinem letzten Besuch sah ich sie dort, die Hühner betreuend und Eier verkaufend, immer mit dem Hut auf dem Kopf, den sie mit schillernden Hahnenfedern geschmückt hatte.

Weitaus schwieriger als das Sammeln von Gütern ist das Problem, finanzielle Unterstützung für das Versenden der Container zu erhalten. Die Verschiffung von Rotterdam kostet uns etwa dreitausend Euro, dazu kommen Zoll- und andere Gebühren, sodass wir letztendlich mit Ausgaben von siebentausend Euro pro Container rechnen müssen.

Trotzdem versuchen wir, zwei Container pro Jahr nach Togo zu schicken, was leider nicht immer möglich ist. Unser persönliches Einkommen ist gering, deshalb bekommen wir keinen Bankkredit und sind absolut auf Spendengelder angewiesen. Gelegentlich wird uns ein privater Kredit gewährt, den wir mühsam zurückzahlen, oder Jueles kann eines seiner Bilder oder seine bemalten Tassen verkaufen. Trotz dieser Probleme ist unsere Hilfsbereitschaft und Energie ungebrochen.

Sämtliche Waren werden in Herrmannsdorf abgegeben und gesammelt. Wir dürfen sie hier und bei »Mama Resi« in deren Stadel in Westerndorf einlagern, bis wir genügend Waren und das Geld für einen Container beisammenhaben. Gottlob haben wir Helfer, die uns beim Transport und beim Einlagern der Spenden sowie beim Packen der Container helfen, wir selbst besitzen weder ein Fahrzeug noch einen Führerschein.

Wenn ich die Päckchen befülle, stelle ich mir die strahlenden Augen beim Öffnen vor. Selbst Kleinigkeiten wie Modeschmuck, Haarschmuck, Gürtel, ein noch gut erhaltener Schulranzen mit Leuchtstreifen für einen Buben, eine Puppe für ein Mädchen oder gar eine Packung Spaghetti können den Menschen in Togo eine besondere Freude bereiten. Auch wenn man arm ist, freut man sich über Schönes und nicht unbedingt Lebensnotwendiges. Das macht auch mich glücklich.

Leider verwechseln Leute gelegentlich »Spende« mit »Müllabfuhr«. Fast alles, was wir verschicken, ist gebraucht, das ist absolut in Ordnung so. Doch manchmal wird uns etwas vor die Tür gelegt, das selbst wir, die wir nicht empfindlich sind, nur mit spitzen Fingern anfassen. Das muss dann über den Sperrmüll entsorgt werden, was wiederum Geld kostet, zusätzliche Arbeit verursacht, mühsam und ärgerlich für uns ist. Einmal hatte ein »Spender« vergessen, einen Adresszettel zu entfernen. Da wagte ich, ihn anzurufen, um mich zu beschweren. Die wüsten Beschimpfungen, die daraufhin auf mich niederprasselten, werde ich so schnell nicht vergessen!

Wenn es sich vereinbaren lässt, versuche ich nach Togo zu fliegen, wenn ein Container dort ankommt, doch das ist immer seltener möglich. Zum einen aus finanziellen Gründen, denn auch der Flug kostet Geld, das wir anderweitig benötigen, zum anderen wegen meiner angeschlagenen Gesundheit.

Inzwischen haben wir, unter der Leitung von Yvonne, eine Gruppe von Helfern aufgebaut. Sie nehmen den Container in Empfang, um lange Liegezeiten im Hafen zu verhindern, denn jeder Tag kostet Gebühren. Diese Helfer sind für die Verteilung der Pakete zuständig.

Meist teilt mir Yvonne vorab mit, wer was dringend benötigt. Sie ist in den Dörfern unterwegs, kennt die Umstände und ist eine integre, zuverlässige Frau. Dann schnüre ich ein spezielles Paket mit dem Namen des Empfängers, doch immer auch ein weiteres Paket für das Dorf. Auch in Afrika herrschen Neid und Missgunst, wie überall auf der Welt.

Auch beim Zoll wird geklaut. Die Hilfslieferungen der großen Organisationen wie dem Roten Kreuz sind nicht so leicht zu bestehlen. Da wird alles kontrolliert und geprüft. Doch bei den kleinen, privaten Lieferungen bedient man sich gerne. Deshalb packe ich inzwischen »Zollpäckchen« mit diversen Getränken, Kleidung und Schuhen. Wir wollen Korruption und Diebstahl nicht unterstützen, aber wir haben Verständnis für die Arbeiter dort. Man muss das nüchtern und vorurteilsfrei sehen. Diese Leute bekommen oft monatelang keinen Lohn, wollen jedoch den Job im Hafen keinesfalls aufgeben, denn es ist ein Privileg, beim Staat zu arbeiten.

Im Laufe der Jahre hat sich unser Hilfspool ausgeweitet. Wir unterstützen nicht nur einzelne Personen oder Familien, sondern auch eine Schule, ein Behindertenheim der Kirche und eine kleine Krankenstation. Dort arbeiten Krankenschwestern und Hebammen unter primitivsten Bedingungen, und wöchentlich fährt ein Arzt unentgeltlich dorthin, dem wir das Benzingeld bezahlen.

Zu sehen, wie die Kranken und Kinder geduldig draußen im Sand sitzend darauf warteten, wann und ob sie verarztet werden würden, wie sie auf verdreckten Matratzen oder gar nur auf Decken auf dem Fußboden lagen, schnitt mir ins Herz, vor allem, wenn ich bemerkte, dass mancher Kranke weggeschickt wurde, wenn er nicht wenigstens ein paar Münzen als Bezahlung beitragen konnte.

Ein weiteres großes Problem in Togo ist die Bildung.

Es müsste dringend ein anderes Bildungssystem eingeführt werden, um das Land vorwärtszubringen. Doch das ist Sache der Regierung, die daran offensichtlich nicht interessiert ist.

Es herrscht Schulpflicht, doch viele Kinder gehen nicht zur Schule, denn das kostet Geld, allein die obligatorische Schuluniform muss bezahlt werden. Für manche Kinder aus dem Busch ist der Weg zu weit.

Schulgeld für ein Kind überweisen wir direkt an die Schule,

um sicherzugehen, dass es ankommt und nicht anderweitig »Verwendung« findet.

Viele Kinder bleiben Analphabeten, vor allem die Mädchen, die oft nur, wenn überhaupt, ein bis zwei Jahre zur Schule gehen, dann zu Hause mitarbeiten müssen. Selbst wohlhabendere Eltern schicken ihre Kinder oft nicht zur Schule, befürchten, dass diese »schlauer« werden, als sie selbst es sind. Wenige Väter sind so weitsichtig, wie Jueles' Vater es war, der seinen Sohn aufs Collège schickte und ihm eine Ausbildung ermöglichte.

Deshalb ist ein Besuch in der kleinen Schule, die wir unterstützen, jedes Mal eine wahre Freude, und wir versuchen, sie mit Schreibmaterial, Schulbüchern, auch mit deutschen Bilderbüchern, zu unterstützen. Geschrieben wird mit Kugelschreibern, Füllhalter und Filzstifte würden zu schnell austrocknen. Neulich bekamen wir vier ausrangierte Schultafeln gespendet, die wir nach Togo schickten und große Freude damit auslösten.

Zu sehen, wie begeistert die Kinder bei der Sache sind, wie glücklich sie sind, dass es ihnen ermöglicht wird zu lernen, welche Erwartungen und Ziele sich ihnen durch diese Bildung für ihr Leben erschließen, macht mich unglaublich glücklich. Ohne Bildung keine Zukunft. Das ist in Afrika nicht anders als bei uns.

Leider sehen das die meisten afrikanischen Regierungen anders, denn je ungebildeter die Bevölkerung bleibt, umso leichter ist es, sie zu führen und zu unterdrücken.

Eine berufliche Lehre zu absolvieren ist nahezu unerschwinglich. Umgerechnet achtundsiebzig Euro, einen Sack Reis und eine Flasche Whisky müssen pro Lehrjahr an den Lehrherrn bezahlt werden. Die Abschlussprüfung kostet nochmals umgerechnet zweihundertfünfzig Euro. Das kann sich kaum einer leisten.

Vor Jahren unterstützten wir einen jungen Mann, der inzwischen die Meisterprüfung abgelegt hat und nun Lehrlinge ausbilden will. Wir freuen uns, dass unsere Unterstützung auf so fruchtbaren Boden gefallen ist. Nun braucht er dringend mehr Werkzeug, und wir versuchen, ihm das zu schicken.

In unserem letzten Container konnten wir dank der Spenden unseres Freundeskreises in Miesbach vieles für das Krankenhaus mitschicken, als das dortige Krankenhaus renoviert wurde: Betten, Matratzen, Infusionsständer, medizinische Geräte, Liegen, Nachtschränkchen und jede Menge Verbands- und Injektionsartikel bekamen wir für Togo. Da waren wir sehr begeistert und dankbar!

Gelegentlich kommt ein deutscher Arzt nach Togo, der seinen Urlaub opfert, um den Kranken dort zu helfen. Es ist jedes Mal eine Sensation, und sobald es bekannt wird, strömen die Kranken herbei. Sie sitzen im Sand vor der Station und warten geduldig, bis sie endlich aufgerufen werden. Einem weißen »Medizinmann« wird mehr zugetraut als einem schwarzen, zudem bringt er teure Medikamente und andere medizinische Artikel mit, die dringend benötigt werden und in Togo meist nicht erhältlich sind.

Ein Zahnarzt, der eine Praxis nicht weit von uns betreibt, spendete ein gebrauchtes Röntgengerät.

Als er von unserer kleinen Krankenstation hörte, beschloss er, nach Togo zu fliegen, um Ärzte und Studenten an dem Gerät anzulernen.

Die Menschen in Togo haben oft Zahnfehlstellungen und Kieferdeformationen, für deren Diagnostik das Röntgengerät eine große Hilfe ist. Für all diese Hilfen sind wir sehr dankbar.

Der Arzt wohnte bei Jueles' Bruder in Lomé, damit sparten wir die Kosten für das Hotel, denn jeder Cent soll der Organisation zugutekommen, und der Arzt konnte das wirkliche afrikanische Leben hautnah kennenlernen.

Wir setzen Afrika oftmals mit Aids gleich, das dort weit verbreitet ist und großes Unglück hervorruft. Doch es gibt viele andere Krankheiten, die dringend einer Behandlung bedürfen. Vor allem kleine Kinder sind oft übel dran, und die Kindersterblichkeit ist hoch.

Die meiste Hilfe, die wir leisten, läuft über die Frauen. Frauen sind viel interessierter und vor allem zuverlässiger als die Männer. Kein Wunder, wenn man weiß, dass sie in Afrika für das Wohlergehen der Familien zuständig sind.

Mit Yvonnes Hilfe haben wir derzeit sieben Frauengruppen aufgebaut, die sich gegenseitig helfen und unterstützen. So wurden unter anderem Hühner und Ziegen gekauft und eine Wäscherei eingerichtet.

Mit Krediten und direkten Geldzuwendungen machten wir keine guten Erfahrungen. Es ist besser, Hilfe in Form von Sachspenden zu leisten. Kredite werden meist nicht zurückgezahlt, oder das Geld versickert in irgendwelchen dubiosen Kanälen.

Vor zwei Jahren wütete ein schrecklicher Brand in Lomé, bei dem ein großer Teil des Marktes zerstört wurde. Man munkelt, die Regierung hätte den Brand gelegt, um an der Stelle Häuser zu bauen. Es war eine Katastrophe für die Frauen, die dort ein geringes Einkommen erwirtschafteten. Auch da konnten wir helfen, und Frauen unseres Stammes konnten ihre Stände wiederaufbauen.

Wenn wir doch mal Geld schicken, verwaltet es Yvonne. Wir haben ein Konto eingerichtet und überweisen mit Western Union dorthin. Das ist sicher und schnell, auch wenn die Gebühren hoch sind. Wir sind stolz darauf, dass alle unsere Spenden direkt bei den Menschen ankommen, ohne jegliche Bürokratie, Verwaltungs- oder andere Kosten.

Als Vorsitzender des Vereins bleibt die meiste Arbeit an mir hängen. Vieles, zum Beispiel eine ordnungsgemäße Buchführung, musste ich erst lernen. Eine Steuerberaterin unterstützt uns dankenswerterweise unentgeltlich.

Auch das Arbeiten am Computer erlernte ich. Es ist eine große Erleichterung. Auf Facebook bin ich eifrig vertreten. Keinen Account bei Facebook zu haben könnte man in Afrika nicht verstehen. Facebook ist, bei aller Kritik, weltumspannend und hilft mir, meine Nachrichten schnell, weitreichend und zu jeder Tages- und Nachtzeit zu verbreiten.

Die Arbeit für »Le Courage du Togo« ist oft anstrengend, doch es ist eine lohnende Aufgabe, die mich glücklich macht.

Ich erinnere mich an die Zeit nach Patricks Tod, als ich von Sozialhilfe weg und arbeiten wollte. Aufgrund meines schon damals desolaten Gesundheitszustandes und meiner fehlenden Berufsausbildung war ich nicht vermittelbar. Die Sozialarbeiterin, die mich betreute, meinte damals kurz und knapp, ich müsse eben weiter auf Kosten der Allgemeinheit leben. Diese Aussage hatte mich im Innersten getroffen, denn ich wollte für mich selbst sorgen können, nachdem dies lange Jahre durch die Betreuung Patricks nicht möglich gewesen war. Deshalb bin ich froh und dankbar, dass ich heute gebraucht werde, nützlich bin und etwas zurückgeben kann.

Ich war in meinem Leben oft auf Hilfe angewiesen, jetzt kann ich meinen Teil zurückgeben. So ist die Arbeit für »Le Courage du Togo« nicht nur selbstlos, sie ist der Rettungsanker für mein Selbstbewusstsein und zu meinem Lebensinhalt geworden.

Eine neue Heimat

Auf Gut Herrmannsdorf lebten wir sehr beschaulich, auch wenn sich manches im Laufe der Jahre verändert hatte.

Herr Schweisfurth senior, der »Alte von Herrmannsdorf«, wie er respektvoll genannt wird, hat die Leitung des Gutes an die nächste Generation, seinen Sohn Karl und dessen Frau Gudrun, übertragen. Mit ihnen hat sich auf dem Gut einiges verändert. Zum Wirtshaus, dem Schweinedorf und dem Schlachthaus mit Metzgerei ist eine Kaffeerösterei dazugekommen, auch neue Tiergattungen wie Ziegen und Hühner gibt es nun. Die Hühner dürfen ihre Eier zu piepsenden gelben Küken ausbrüten.

Auch einen Kindergarten gibt es, selbst wenn es in Herrmannsdorf selbst zurzeit nur wenige Kleinkinder gibt. Dafür kommen Kinder aus den umliegenden Dörfern in diesen besonderen, naturgemäßen Kindergarten.

Jeden zweiten Sonntag im Monat finden Führungen in verschiedenen Sprachen statt, und mehrere Male im Jahr werden Festivitäten wie Jazzkonzerte und Kunst- und Handwerksmärkte veranstaltet, die großen Zulauf haben. Dann kommen ganze Busladungen mit Interessenten und viele Familien aus der Stadt nach Herrmannsdorf, wo ein buntes Treiben herrscht.

Meist errichten auch wir einen Stand mit meinen Handarbeiten, Bildern von Jueles und selbst bemalten Tassen und Sparschweinen aus Keramik. Alle unsere Erträge kommen der Togohilfe zugute.

Einmal im Jahr organisieren Jueles und ich ein Afrikafest in der Tenne des Gutshofes. Da kommen neben unseren weißen Freunden Besucher aus verschiedenen afrikanischen Nationen wie Togo, Mali, Ghana und Benin. Alle sind hier in Deutschland gestrandet. Manche haben bereits ihre unbefristete Aufenthaltsgenehmigung, andere erst ihre Duldung erreicht oder zittern vor der Abschiebung.

Ich versuche, afrikanische Atmosphäre zu schaffen, habe viele Ideen. Manchmal baue ich eine afrikanische Hütte auf und dekoriere die Tenne mit Bildern von Jueles. Dann führen wir meine afrikanischen, aber auch andere, moderne Kleider und Kostüme vor. Jueles kocht Foufou, vegetarisch und mit Fleisch, es wird getrommelt und getanzt.

Die Eintrittsgelder und Spenden, die Einkünfte aus dem Verkauf von Jueles' Bildern und bemalten Tassen, aber auch die meiner Kostüme und Kleider, kommen alle der Hilfe für Togo zugute.

Jueles malte weiterhin eifrig, es entstanden viele Bilder, die gelagert werden mussten. Auch mein Kostümfundus hatte sich im Laufe der Jahre vergrößert, unsere kleine Wohnung in Herrmannsdorf platzte aus allen Nähten.

Noch immer hat Herrmannsdorf keinen öffentlichen Busanschluss, sodass wir jedes Mal, wenn wir nach München oder in einen der nächstliegenden Orte wollten, den für mich beschwerlichen, hügeligen Weg über Westerndorf zur Bushaltestelle gehen mussten, was mir wegen meiner Atemnot immer schwerer fiel.

Als wir uns wieder einmal auf den Weg machten, besuchten wir dabei »Mama Resi«, die nun bereits über neunzig Jahre alt war und zunehmend hilfsbedürftiger wurde.

Schon oft hatte sie davon gesprochen, später einmal, wenn sie krank und alleine nicht mehr zurechtkommen würde, in das nahegelegene Alters- und Pflegeheim in Glonn zu gehen. Ihr

Mann war schon lange tot, und eigene Kinder hatte sie nicht. Nun war es so weit, sie hatte die Zusage des Heimes für einen Platz bekommen.

»Ich kenn euch schon so lange«, begann sie nun, »und ich tät mich freuen, wenn mein ›Häusl‹ in gute Hände käme und nicht abgerissen werden tät. Hättet ihr nicht Lust, hier einzuziehen? Nach Herrmannsdorf ist es nicht weit, für den Jueles ist es ein Katzensprung, und es täte ihm gut«, meinte sie verschmitzt, auf Jueles' kleines Bäuchlein anspielend.

Schon früher hatte sie darüber gesprochen, so war der Gedanke für uns nicht ganz neu. Trotzdem würde es für uns eine große Entscheidung sein, denn wir waren, vor allem Jueles, in Herrmannsdorf fest verwurzelt.

Das Häuschen bot keinen großen Komfort, hatte kleine niedrige Zimmer, doch wir stellten ohnehin keine großen Ansprüche. Letztendlich war der Gedanke, unsere beengten Wohnverhältnisse zu verlassen, entscheidend. Der große Garten und vor allem der viele Lagerplatz in der Scheune für unsere Sammlungen für Togo, dazu vor allem die Möglichkeit, ein Malstudio für Jueles und ein Nähzimmer für mich einzurichten, gaben den Ausschlag für den Umzug.

Nach einigem Überlegen schlossen wir mit Mama Resi einen Mietvertrag ab. Vorher hatte sie die Nachbarn in dem aus nur wenigen Häusern bestehenden Westerndorf befragt, ob es ihnen recht sei, dass wir zwei, »ein Schwarzer und eine Weiße«, hier einzögen. Niemand hatte einen Einwand, und so zogen wir mit Sack und Pack um, Mama Resis Kater »Wasti«, den wir in »Baba« umgetauft haben, übernahmen wir mit dem übrigen Inventar.

Jueles freut sich bis heute am meisten über den alten Kohleherd in der Küche, auf dem er, wie in Afrika, direkt über dem Feuer kochen kann. Zudem tut ihm der tägliche Fußweg nach

Herrmannsdorf gut. Er war früher ein begeisterter Sportler und braucht die Bewegung. Ich habe es zum Bus gerade mal fünf Minuten, das erleichtert es, nach Glonn oder zum Bahnhof in Grafing und weiter in die Stadt zu kommen.

Es ist etwas einsamer geworden, seit wir in Westerndorf leben, denn in Herrmannsdorf war immer etwas los.

Jueles hat weiterhin seine Arbeit und seine Kontakte dort, ich kann gut alleine sein. Zudem haben wir viele Freunde, fast täglich kommt jemand auf einen Schwatz vorbei.

Herrmannsdorf, der Familie Schweisfurth und den vielen Freunden dort fühlen wir uns weiterhin verbunden, und wir wären niemals aus dem Dunstkreis Herrmannsdorfs weggezogen. Nicht nur, weil Jueles dort seine Arbeitsstelle hat und geschätzt wird, er dort nach der Flucht aus Togo eine Heimat fand, sondern auch, weil es unsere erste gemeinsame Wohnstätte war.

Herrmannsdorf und Jueles, das gehört zusammen.

Dank

Ich musste in meinem Leben, von meiner ungeklärten Geburt bis heute, manch schwierige Zeiten durchleben und durchstehen. Trotz alledem bin ich eine positiv denkende, humorvolle Frau geblieben, denn ich bin in allen harten Zeiten immer auch auf Menschen gestoßen, die gut zu mir waren und mich unterstützten.

Einige davon habe ich im Buch genannt, viele bleiben unerwähnt, wissen vermutlich nicht, wie sehr sie mir mit ihrer Anteilnahme, Freundlichkeit und Zuneigung geholfen haben, mein Schicksal zu bewältigen.

Ihnen allen möchte ich danken.

Besonderen Dank auch an die Autorin Viktoria Bell, die unsere Erzählungen nach zahlreichen Gesprächen und Interviews in schriftstellerischer Form zu einem Buch verarbeitete.

Ganz besonders danke ich meiner Familie, vor allem meinem Sohn Sascha mit Nicole und den Kindern und meinem wiedergefundenen Sohn Samir und seiner Familie. Sie sind es, die mir aus meiner Vergangenheit geblieben sind, und ich bin glücklich, sie zu haben.

Doch das größte Glück meines Lebens ist, dass ich Jueles, meinen Mann, kennen und lieben gelernt habe. An einem Tiefpunkt unser beider Leben sind wir uns begegnet. Mit ihm begann für mich ein neues Leben und ein glücklicheres Dasein, trotz aller Widerstände und Schwierigkeiten, die wir zusammen meistern mussten.

Er ist die Liebe meines Lebens, und egal, wohin uns das Schicksal führen mag, ich werde an seiner Seite sein, für immer.

Spendenkonto für
»Le Courage du Togo e. V.«

Raiffeisen-Volksbank Ebersberg eG
»Togo-Samlan«

BIC: GENODEF1ASG
IBAN: DE 18701694500100083062

Corinne Hofmann

Die weiße Massai

Jubiläumsausgabe
20 Jahre »Die weiße Massai«

Auf einer Urlaubsreise durch Kenia begegnet Corinne Hofmann dem Massai-Krieger Lketinga und verliebt sich auf den ersten Blick in ihn. Sie verlässt ihren Lebensgefährten, zieht in den kenianischen Busch zu den Massai und heiratet Lketinga. Abenteuerliche Jahre folgen, Jahre der Liebe, aber auch des Verzichts und wachsender Probleme: Die Verständigung ist schwierig, die Ernährung ungewohnt, das Rollenverständnis völlig anders. Als ihre Tochter Napirai geboren wird, scheint sich doch noch alles zum Guten zu wenden. Doch dann kommt alles völlig anders …

»Corinne Hofmanns Schicksalsstory
ist eine Hommage an Kenia, eine Reisereportage und
eine herzergreifende Liebesgeschichte.
Echt und bewegend!«
Petra

www.massai.ch

KNAUR

Nadia Murad

Ich bin eure Stimme

Das Mädchen, das dem Islamischen Staat entkam
und gegen Gewalt und Versklavung kämpft

Mit einem Vorwort von Amal Clooney

Als Gefangene des sogenannten Islamischen Staats erlebt Nadia Murad ein unvorstellbares Martyrium: Sie verliert ihre Familie, wird zum Opfer von Demütigung, Folter und Vergewaltigung. Als sie erstmals vor den Vereinten Nationen von ihrem Schicksal berichtet, hört ihr die Weltöffentlichkeit schockiert zu. Heute setzt die UN-Sonderbotschafterin und Friedensnobelpreiskandidatin sich ein für jesidische Frauen, die noch immer in der Gewalt der Terroristen sind, und kämpft dafür, dass die Täter strafrechtlich zur Verantwortung gezogen werden.

»Ich bin stolz, an der Seite dieser jungen Frau zu stehen,
deren Stärke und Kampfgeist mich beeindrucken.«
Amal Clooney,
Anwältin von Nadia Murad

KNAUR

Über die Autorin:
Manuela Samlan und ihr Mann Jueles leben im Umland von München auf dem Gut Hermannsdorf bei Glonn. Jueles wurde in Deutschland Asyl gewährt. Um ihr Volk der Ewè-Mina zu unterstützen, haben die beiden den Verein »Le courage du Togo« gegründet. Regelmäßig schicken sie Hilfsgüter aller Art nach Afrika und finanzieren dort zudem eine Schule, ein Krankenhaus und ein Behindertenheim mit gesammelten Spenden. Wann immer es Sika möglich ist, fliegt sie nach Togo, wo sie von ihrem Volk herzlich empfangen wird.

KNAUR